Andere Bücher von Megan Bryce

Eigensinnige Bräute

Das Herz der alten Jungfer

Das Herz der stolzen Erbin

Das Herz der skandalösen Witwe

Das Herz der gefallenen Braut

It's Only Temporary

Some Like It Charming

Some Like It Ruthless

Some Like It
CHARMING

It's Only Temporary
Buch Eins

MEGAN BRYCE
Aus dem Englischen von
Anne Sommerfeld

Some Like It Charming –
It's Only Temporary, Buch Eins

Die Originalausgabe erschien 2013 unter dem Titel „Some Like It Charming – It's Only Temporary, Book One"

Deutsche Erstveröffentlichung © 2022
Übersetzung: Anne Sommerfeld
Lektorat: Marie Rullhusen
Korrektorat: Isabel Wieja

ISBN 9798832740188

Für meinen Mann –
auf ewig

1

Irritiert sah Mackenzie Wyatt auf, als zwei Frauen so schnell an ihrem Schreibtisch vorbei stöckelten, wie es ihre modischen High Heels erlaubten. Sie seufzte tief.

Er war hier.

Selbst wenn sie die E-Mail-Benachrichtigungsfunktion ausschaltete und sich weigerte, seine Anrufe anzunehmen, wusste sie immer, wann der Herr des Hauses sein Reich betrat. Der Sprint zur Damentoilette, das hektische Aufräumen der Schreibtische, die Energie in der Luft – all das deutete auf eines hin …

Ethan Howell O'Connor hielt sich im Gebäude auf.

Immerhin gehörte es ihm. Und ihr war klar, dass er sich hin und wieder blicken lassen musste. Allerdings wäre eine Vorwarnung schön, und zwar so zeitig, dass sie sich den Tag freinehmen konnte. Es bereitete ihm nämlich Freude, sie zu provozieren, und ehrlich gesagt, machte es ihr mindestens genauso viel Freude, ihn zu provozieren. Aber wenn es um Ethan O'Connor ging, war sie sich selbst gegenüber nur selten ehrlich.

Schon vor Jahren hatte sie aufgehört, ihre Tür zu schließen. Bei einem seiner Besuche hatte sie unglücklicherweise versucht, sich auf der Damentoilette zu verstecken, aber er war extrem hartnäckig und hatte eine andere Frau geschickt, um sie zu holen. Nachdem es ihr endlich gelungen war, die arme hyperventilierende Frau zu beruhigen, fand Mackenzie ihn an ihrem Schreibtisch sitzend vor, wo er Schokolade aus ihrem Notvorrat verspeiste und sie dabei mit diesem süffisanten Grinsen aus leuchtend grünen Augen belustigt anfunkelte.

In diesem Moment fasste sie den Entschluss, mit dem Verstecken und dem Nett-Sein aufzuhören. Nur wenige Menschen – Ethan eingeschlossen – hatten bemerkt, dass ihr Nett-Sein nur gespielt gewesen war. Und obwohl sie wusste, dass es keine gute Idee war, sich mit dem Boss anzulegen und ihn zu beleidigen, brannte ihr in seiner Nähe regelmäßig die Sicherung durch.

Kein Mann futterte ihr die Schokolade weg, ohne dafür die Konsequenzen zu tragen.

Ihre Beziehung, falls man sie denn so nennen konnte, war danach gespickt von verbalen Wortgefechten, die an jedem Wasserspender belauscht und weitergegeben wurden. Die meisten ihrer Kollegen und Kolleginnen fragten sich, warum sie nicht längst gefeuert worden war. Würde man sie fragen, würde sie antworten, dass Ethan sie wohl amüsant fand.

Sie versuchte jedes Mal, sich nicht von ihm provozieren zu lassen, aber sie hielt es nie länger als zwei Minuten in seiner Gegenwart aus, bis der Damm brach und sie diesen Mann beschimpfte, den ausnahmslos alle für so charmant und attraktiv hielten.

Stille legte sich über die Etage; Mackenzie lockerte die Schultern und knackte mit den Fingerknöcheln.

Sie verzichtete darauf, zur Toilette zu sprinten und sich die honigbraunen Haare zu kämmen, wie es die Kolleginnen getan hatten, die bei der ersten Meldung von Ethans Sichtung losgestürmt waren. Sie tuschte sich auch *nicht* noch schnell die Wimpern ihrer bernsteinbraunen Augen, wie die andere Kollegin, die sich hinter ihren Schreibtisch geduckt hatte, um ihr Spiegelbild in der schwarzen Kaffeetasse zu überprüfen. Nein, Mackenzie setzte eine kühle Miene auf und rümpfte die Stupsnase.

Sie tat so, als würde ihr Herz nicht gleich ihren Brustkorb sprengen. Denn egal, wie gut aussehend, charmant, nervig oder falsch Ethan war, er war der Einzige, der sie aus der Fassung bringen konnte. Würde sie ihn nicht so sehr verabscheuen, fände sie das wohl aufregend.

Mackenzie zwang sich, ihre Konzentration wieder auf die Arbeit zu richten, doch sie wusste genau, wo er sich gerade aufhielt. Das Gemurmel und Lachen verrieten es ihr. Niemand schien zu arbeiten, wenn er in der Nähe war. Es war ihr ein Rätsel, wie die Angestellten im New Yorker Hauptbüro überhaupt jemals ihre Aufgaben erledigten. Bei jedem von Ethans Besuchen dankte sie Gott, dass er nicht in Los Angeles lebte.

Das Gemurmel und Lachen kamen näher und wurden lauter. Er hatte ein Publikum um sich versammelt, und die Leute suchten sich Dinge, die sie in der Nähe von Mackenzies Arbeitsplatzes tun konnten, um dem bevorstehenden Schauspiel beizuwohnen. Der charmanteste Mann der Welt gegen die Frau, die kein Blatt vor den Mund nahm und sich nie bei Autoritätspersonen anbiederte.

Runde eins. *Gong*.

„Hallo, Mackenzie. Wie ich sehe, sind Sie schwer beschäftigt."

Sie sah zu dem großen, schlanken Mann auf und trat sich innerlich in den Hintern. Sie vergaß jedes Mal, wie gut er aussah. Wenn er weg war, ließ sich leicht verdrängen, dass in seinen von langen Wimpern beschatteten grünen

Augen eine teuflisch verspielte Verschmitztheit funkelte. Und dass er ein unwirklich engelsgleiches Gesicht hatte, das von blonden Haaren umrahmt wurde.

„Hallo, Mr O'Connor. Sorgen Sie wieder für Aufruhr?"

Lächelnd schloss er die Tür hinter sich. Sie warf ihm einen Blick zu, der sehr deutlich ausdrückte, was sie davon hielt, und er lachte.

Sie stand auf und ging um ihn herum, um die Tür wieder zu öffnen. Hätte sie doch nur höhere Schuhe getragen. Bei Ethan brauchte sie jede Hilfe, die sie bekommen konnte.

„Sie spielen nicht nach den Regeln, Ethan. Die verwanzen mein Büro, wenn sie die Show nicht hören können."

Sie vernahm das Geräusch sich öffnender Schubladen und verkniff sich ein Grinsen, ehe sie sich erneut zu ihm umdrehte.

„Wie viele Schreibtische durchsuchen Sie eigentlich bei Ihren Besuchen? Ich bin sicher, dass das unprofessionell ist."

Er hielt die Süßigkeiten hoch, die er gefunden hatte. „Da wir gerade von unprofessionell sprechen, was ist das?"

„Eine Schachtel Zimt-Kaubonbons."

„Und wo ist die Schokolade, Ms Wyatt?"

Sie schürzte die Lippen. „Vielleicht könnte ich welche auftreiben, aber Sie müssten sich auf diesen Stuhl setzen …" Sie tippte auf den unglaublich unbequemen Stuhl vor ihrem Schreibtisch. „… um sie zu bekommen."

Grinsend ließ er sich auf ihren gemütlichen, ergonomischen Stuhl fallen und legte die Füße auf den Tisch. „Netter Versuch."

„Zumindest haben Sie meine Schokoriegel nicht gefunden."

Er riss die Bonbon-Verpackung auf. „Ich mag die hier."

„Sie spucken doch bestimmt alles wieder aus, was sie in meinem Büro essen. Nur für den Fall, dass es vergiftet sein könnte."

Er hustete, als hätte er sich verschluckt. „Vielleicht hätte ich das tun sollen, hab ich aber nicht."

Mackenzie zuckte mit den Schultern. „Immerhin sind Sie noch nicht tot."

Ethan musterte die Schachtel, schüttelte sie und suchte nach verdächtigen Spuren, ehe er sich eine Handvoll der feuerroten Kaubonbons in den Mund steckte. „Ich lebe gern gefährlich."

Sie setzte sich auf den unbequemen Stuhl. „Welchem Umstand verdanke ich diesen Besuch? Ich werde in Zukunft darauf achten, dass er sich nicht wiederholt."

„Ich wollte dem Büro – und der verantwortlichen Person – gratulieren, die so einen großartigen Verkauf abgewickelt hat." Er nickte ihr wie ein König zu, der ein Dekret bewilligte.

Mackenzie konnte ein selbstgefälliges Grinsen nicht unterdrücken. Im Laufe der Jahre hatte sie ihm viel Geld eingebracht, aber dieser Verkauf war wirklich ein Mega-Hammer gewesen. Ebenso wie ihre Provision.

Und genau das war der Grund, warum sie den Boss beleidigen und aufziehen durfte. Er fand sie vielleicht amüsant, aber niemand brachte ihm mehr Geld ein als sie. Und das wussten sie beide.

Er steckte sich noch mehr Bonbons in den Mund. „Ich habe beschlossen, dieses kleine Kunststück mit einem Firmen-Picknick am Freitag zu feiern. Mir war klar, dass ich Sie persönlich einladen muss, damit Sie auch erscheinen."

„Picknicks sind eigentlich nicht so meine Sache."

„Es wird ein Softballspiel geben und ich habe gehört, dass Sie eine gute Spielerin sind."

„Leider habe ich mir für Freitag Urlaub genommen." Oder sie würde es tun, sobald er weg war. „Sie müssen sich jemand anderen suchen, der dieses Spiel für Sie gewinnt."

Er nahm die Füße vom Tisch, legte die Ellbogen auf die Platte und beugte sich vor. Sein breites Lächeln entblößte seine weißen Zähne. Wahrscheinlich waren es Veneers.

„Oh, Mackenzie. Ich weiß doch, dass Sie nur gegen Geld für mich spielen würden. Deshalb habe ich Sie ins andere Team eingeteilt."

Ihr Atem stockte eine Nanosekunde zu lange und sein Lächeln wurde breiter.

Mit finsterer Miene brachte Mackenzie ihre Atmung wieder unter Kontrolle. Es war nur ein winziger Ausrutscher gewesen, aber er hatte ihn bemerkt. Er hatte darauf gewartet. Und genau deshalb war Ethan so gefährlich. Er spürte die Schwächen seines Gegenübers auf und wedelte dann mit einem unwiderstehlichen Köder. Und verflixt, sie wollte ihn wirklich bei diesem Softballspiel schlagen. Sie wollte ihm dieses Lächeln aus dem Gesicht wischen und ihn schwitzen lassen.

Sie zwang sich zu einer Antwort. „Obwohl ich Ihnen liebend gern beim Verlieren zusehen würde, habe ich immer noch etwas vor."

Er schüttelte den Kopf. „Ich tue das nur ungern, aber Sie lassen mir keine andere Wahl. Das ist die Bedingung dafür, dass Sie in meinem Unternehmen weiter beschäftigt werden."

„Wollen Sie etwa sagen, dass Sie mich feuern, wenn ich nicht an diesem Picknick teilnehme und eine Runde Softball spiele?"

Ethan nickte mit aufgesetzt trauriger Miene. „Es tut mir leid, aber es bedeutet mir nun mal so viel."

Mackenzie schüttelte den Kopf und lächelte mitleidig. „Könnten Sie mir bitte das kleine Notizbuch aus der oberen rechten Schublade geben? Ja, danke." Sie blätterte zur Mitte und machte sich eine Notiz. „Ethan, Sie lassen nach. Sie haben mir bereits letzte Woche gedroht, mich zu feuern."

„Letzte Woche? Sind Sie sicher?"

„Sie haben angerufen und mir eine Nachricht hinterlassen, dass Sie mir zum Verkauf gratulieren und mich entlassen müssten, wenn ich Sie nicht zurückrufe."

„Oh, ja. Daran erinnere ich mich. Sie haben mich nicht zurückgerufen."

„Sie haben mich nicht gefeuert."

Er lächelte sie an. „Dann steht es wohl Unentschieden. Sie müssen Softball spielen, damit wir sehen, wer von uns beiden wirklich die Oberhand hat."

„Ich werde prüfen, ob ich meine Pläne verschieben kann."

Er drehte sich kurz in ihrem Stuhl und stand dann auf. „Hervorragend. Exzellente Arbeit. Machen Sie weiter so, Mackenzie."

Er stolzierte aus ihrem Büro und sie atmete tief durch. Sie würde ihn beim Softball vernichten. Gut, er hatte sie dazu gebracht, das zu tun, was er wollte, aber das war es ihr wert.

Sie setzte sich auf ihren Stuhl und ignorierte, wie warm er war, und dass der leichte Duft von Ethans Aftershave noch in der Luft hing.

Unvermittelt streckte Ethan den Kopf noch mal zur Tür hinein und sagte: „Beim nächsten Mal haben Sie aber wieder einen Schokoriegel für mich in der Schublade." Dann zwinkerte er ihr zu.

Mackenzie stand auf und schloss nachdrücklich die Tür.

Das nächste Mal würde sie eine Mausefalle für ihn bereit legen.

*

Ethan Howell O'Connor nahm auf dem Rücksitz seines Wagens Platz und dirigierte den Fahrer zu seinem Hotel. Er brauchte eine Massage, ein warmes Bad und ein Bier, vielleicht würde diese quälende Anspannung dann endlich nachlassen.

Er bezweifelte es, doch die Hoffnung starb bekanntlich zuletzt.

Das Problem bestand darin, dass er einfach nicht wusste, wie man mit hässlichen Trennungen umging. Und seine waren immer hässlich. Eben noch schien seine Freundin strahlend glücklich zu sein, doch dann plötzlich aus heiterem Himmel weinte sie sich die Seele aus dem Leib. Er schien immer den Mittelteil zu verpassen. Den Teil, in dem ihr klar wurde, dass er nicht der war, für den sie ihn gehalten hatte. Den Teil, in dem sie entschied, dass er zwar nicht so perfekt war, wie sie geglaubt hatte, aber eine Ehe die Lösung all ihrer Probleme sein würde. Allerdings wie sollte eine Ehe irgendein Problem lösen?

Das würde sie nicht. Aber seine Freundinnen hatten eigentlich auch nicht ihn – den wahren Ethan – heiraten wollen. Sie wollten Ethan Howell O'Connor als Ehemann.

Ethan ließ den Kopf von einer Seite zur anderen rollen und versuchte, die Verspannung in seinem Nacken zu lösen.

Alyse hatte geweint. Sie hatte so heftig geweint, dass er dachte, ihr Herz sei gebrochen, und das war ihm verhasst. Er hasste es, dass sie wegen ihm Tränen vergoss und dass er sie enttäuscht hatte. Immer wieder sagte er sich, dass sie ihn eigentlich gar nicht wirklich liebte und kannte. Sie liebte nur die Vorstellung, die sie sich von ihm und einem Leben mit ihm gemacht hatte.

Er konnte sich das jedoch den ganzen Tag wie ein

Mantra vorsagen, er hasste sich dennoch dafür, dass er ihr Kummer bereitete.

Er kam sich vor wie ein Raubtier, das Jagd auf Frauen machte. Er baute Luftschlösser für sie und zerschmetterte sie kurz darauf, ohne dass er es überhaupt bemerkte.

Ethan lehnte den Kopf zurück und schloss die Augen. Morgen würde er nach einer Lösung suchen, wie er die Sache mit Alyse wieder gutmachen konnte. Er hoffte nur, dass keine Hochzeit dafür nötig sein würde.

*

Am nächsten Morgen wurde Ethan früh vom Hämmern an seiner Hotelzimmertür geweckt. Die Massage hatte den Stress in seinem Nacken und Rücken gelindert, aber die geleerten Bierflaschen im Zimmer hatten für einen heftigen Kater gesorgt und sein Kopf schmerzte. Er wankte zur Tür und verfluchte die Person, die davorstand. Blinzelnd schaute er durch den Spion.

„Mutter? Grandma?"

Argwöhnisch öffnete er die Tür. Seine Mutter warf kurz einen Blick auf ihn, dann umarmte sie ihn.

„Oh, Ethan. Warum hast du es uns nicht erzählt? Ich dachte, Alyse und du versteht euch gut."

Er stöhnte.

Seine Großmutter reichte ihm eine Boulevardzeitung und sagte: „Dieses Mal sitzt du ziemlich tief in der Klemme. Ich habe dich vor dieser Frau gewarnt. Es musste immer nach ihr gehen."

Seine Mutter tätschelte ihm den Rücken und sah stirnrunzelnd auf die Bierflaschen. „Offensichtlich hattest du recht, Ellen. Es tut mir leid, dass ich so nett zu ihr war."

Seine Großmutter schnaubte. „Du bist zu allen Frauen nett, die dein Sohn mit nach Hause bringt. Du musst aufhören, von Enkeln zu träumen, und anfangen, an die Scheidungsrate in diesem Land zu denken. Er braucht eine Frau, die mit ihm umgehen kann. Er sollte endlich aufhören, mit diesen Promis und Models auszugehen. Das führt zu nichts."

Dieses Argument hatte er unzählige Male gehört, also ignorierte er es und las die Zeitung.

Ist Prinz Charming in Wirklichkeit ein Frosch?

Ethan Howell O'Connor, der Mann, der vier Jahre in Folge zum charmantesten Junggesellen gekürt wurde, ist hinter verschlossenen Türen angeblich nicht so charmant. Model Alyse Ryan, mit der er neun Monate zusammen war, erzählte unserem Journalisten, dass er ein Workaholic sei und Bindungsängste habe. „Wir waren neun Monate zusammen", so Ms Ryan, „und ich kann Ihnen sagen, dass er morgens nicht so gut aussieht. Es war an der Zeit, den nächsten Schritt in unserer Beziehung zu machen, doch er hat sich stattdessen von mir getrennt. Sie können jede seiner Ex-Freundinnen fragen und sie werden Ihnen alle dasselbe sagen: Sobald eine Frau glaubt, er könne der Richtige sein, fängt er an, die Beziehung zu sabotieren. Er arbeitet bis spät in die Nacht, schiebt fadenscheinige Ausreden vor, warum eine gemeinsame Wohnung noch nicht infrage kommt, und erklärt, dass er für eine Ehe noch nicht bereit ist. Tja, wann wird er das denn je sein? Meine

> Mama hatte wohl recht. Warum die Kuh kaufen, wenn man die Milch kostenlos bekommt?“ Oder warum sich auf ein Modell festlegen, wenn ein anderes schon bereitsteht?

Er stand nicht zum ersten Mal in den Klatschspalten und es war auch nicht der schlimmste Artikel, den die Presse je über ihn geschrieben hatte. Jedoch wurde zum ersten Mal jemand zitiert, der ihm nahestand. Zum ersten Mal hatte eine seiner Ex-Freundinnen das Bedürfnis verspürt, an die Öffentlichkeit zu gehen.

Immerhin klang Alyse nicht mehr so, als wäre sie vor Kummer am Boden zerstört. Wütend, aber nicht mehr untröstlich.

Er sah seine besorgten Mutter und verstimmte Großmutter an und lächelte. „Es könnte schlimmer sein.“

Am nächsten Tag wurde es schlimmer. Ein weiteres Zitat einer ehemaligen Freundin tauchte in der Klatschpresse auf, die dieses Mal seine Fähigkeiten im Schlafzimmer anzweifelte. Das ließ sich etwas schwieriger abschütteln, aber er tröstete sich mit dem Gedanken, dass sie sich während ihrer gemeinsamen Zeit niemals beschwert hatte.

Es half nicht viel.

Seine Großmutter zuckte nur mit den Schultern. „Ich bezweifle, dass es all die Frauen, die mit dir ins Bett wollen, davon abhalten wird, von dir zu träumen. Und immerhin schütten nur die Models ihr Herz aus. Die meisten Leute halten sie sowieso für abgehoben.“

Ethan setzte weiter sein Lächeln auf, und wenn er etwas härter und etwas länger arbeitete, dachte sich niemand etwas dabei. Immerhin war er der Boss.

Der Freitagmorgen begann früh und strahlend. Er

musste vor dem Firmen-Picknick noch ein Auslandsgespräch führen und hoffte, entgegen aller Wahrscheinlichkeit, dass seine Ex-Freundinnen mit ihm fertig waren. Die Woche war hart gewesen und er wollte einfach nur eine Runde Softball spielen. Bei dem Gedanken an Mackenzie Wyatt, die in knappen Shorts von Base zu Base rannte, musste er grinsen.

Gut gelaunt traf er sich mit seiner Mutter und Großmutter zum Frühstück. „Ladys. Habt ihr noch einmal darüber nachgedacht, ob ihr wirklich zum Picknick mitkommen wollt? Ich glaube nicht, dass ich Bodyguards brauche."

Seine Mutter stocherte in ihrem Eiweiß-Rührei herum. „Es klingt unterhaltsam. Ich sehe dir immer gern beim Spielen zu, vor allem, wenn du der Catcher bist."

Er lachte. „Du hasst es, mir zuzusehen, wenn ich Catcher bin. Obwohl ich nicht glaube, dass das Spiel so gefährlich werden wird."

Er erzählte ihr lieber nicht, dass es mindestens eine Person auf ihn abgesehen hatte. Seine arme Mutter hätte ihm als Kind am liebsten jeglichen Sport verboten. Schließlich hatte sie zugestimmt, dass er Catcher im Baseball-Team wurde, allerdings nur wegen der Schutzausrüstung. Erst zu spät war ihr klar geworden, dass es einen guten Grund dafür gab, dass die Catcher Schutzausrüstung trugen.

Seine Großmutter, die nie in ihrem Essen stocherte und auch niemals ein Eiweiß-Rührei bestellen würde, sagte: „Du brauchst jemanden, der die Paparazzi ablenkt, wenn sie dich aufspüren. Und ich kann etwas Sonne gut vertragen."

Er bestellte sich ein leichtes, kalorienarmes Frühstück. Er würde heute Morgen rennen müssen und wollte vor seinen Angestellten nicht schwerfällig wirken oder sich so fühlen. Zumindest eine Angestellte würde jede Schwäche ausnutzen, sobald sie eine bemerkte, und sie würde nicht davor zurückschrecken, ihm diese Schwäche ständig unter die Nase zu reiben, so viel war sicher.

„Die Paparazzi haben bestimmt keine Lust, Fotos von einem Firmen-Picknick zu machen. Vermutlich gibt es im Moment auch noch viel spannendere Klatsch-und-Tratsch-Themen als mich."

Seine Mutter warf seiner Großmutter einen Blick zu, die ihn ignorierte und weiter ihr Frühstück verzehrte.

Er sah kurz zwischen den beiden hin und her und entschied sich dann für das schwächere Glied. „Mutter?"

„Ja, Liebling?"

„Stand heute noch etwas Schlimmeres in den Zeitungen?"

„Nein", antwortete seine Großmutter. „Du bist zwar immer noch ihr Lieblingsthema, aber ich gehe davon aus, dass das höchstens noch eine Woche anhält. Ignorier es einfach."

„Es wäre besser, wenn ich weiß, worum es geht."

Seine Mutter legte ihre Gabel ab und hörte auf, so zu tun, als würde sie tatsächlich etwas essen. „Ich glaube nicht, dass es besser wäre, Liebling. Ellen hat recht, ignorier es einfach."

Der Haken bei der Sache bestand allerdings darin, dass seine Großmutter in ihrem Leben noch nie ein Problem ignoriert hatte. Ihre Philosophie war es, sich den Dingen geradewegs zu stellen.

Seufzend wechselte er das Thema. Seine gute Laune hatte einen Dämpfer bekommen, doch er klammerte sich felsenfest daran. Er würde sich heute amüsieren, verdammt noch mal. Vielleicht wollte seine Familie ihn ja bloß vor weiteren schmutzigen Behauptungen seiner Ex-Freundinnen schützen. Eine Ex war nun mal nicht die verlässlichste Quelle, wenn es darum ging, den Charakter eines Mannes zu beurteilen.

Nicht nur ein Frosch, sondern eine Kröte!

> Sarah Milton, die in den besten New Yorker Promikreisen verkehrt, wurde kürzlich bei einem Gespräch mit einer Freundin belauscht. Darin offenbarte sie, dass Ethan Howell O'Connor ihr während ihrer Beziehung die Nase gebrochen habe. Als Grund für Sarah Miltons Nasen-OP vor sechs Jahren wurden zuvor Allergien angegeben. Wie es scheint, hat sie allergisch auf eine Faust reagiert! Versteckt sich hinter Prinz Charmings hübschem Gesicht etwa ein abgrundtief hässliches Temperament?

Mackenzie traf auf ihrem ersten Firmen-Picknick ein und entschied augenblicklich, dass sie nicht hätte kommen sollen. Sie bemühte sich angestrengt, ihr Privatleben von der Arbeit zu trennen und wollte nicht in die Unternehmenskultur hineingezogen werden, die sich alle anscheinend zu eigen gemacht hatten.

Es gab Kollegen und Kolleginnen, die sie mochte, aber sie schloss keine Freundschaften. Sie nahm nie an gemeinsamen Mittagessen teil, ging nie zu Geburtstagsfeiern, ließ sich nicht in die Büro-Machtspielchen hineinziehen und erschien niemals zu Außenveranstaltungen. In der Vertriebsabteilung wurde der Konkurrenzkampf geradezu als olympischer Sport betrieben und sie versuchte, sich rein auf ihre Arbeit zu konzentrieren. Und diese Arbeit am Ende des Tages im

Büro zu lassen.

Trotzdem war sie hier. Und das nur, weil ein hübscher Mann sie gebeten hatte, ihn beim Softball zu schlagen. Ethan O'Connor war gefährlich.

Aber nicht so gefährlich wie das Getuschel über ihn, das momentan die Runde machte. Wenn jemand ihn in den vergangenen Jahren dazu hätte bringen können, die Fassung zu verlieren, dann wäre das wohl sie gewesen. Er war nicht die Art von Mann, die Frauen schlug. Er ließ gern seinen Charme spielen, um die Leute zu beschwatzen und seinen Willen durchzusetzen. Körperliche Gewalt wäre für ihn wie eine Beleidigung seiner geistigen Fähigkeiten.

Rob aus dem Marketing schlenderte auf sie zu. Er sah mürrisch aus. „Ihr werdet uns fertigmachen. Ethan ist heute bestimmt nicht in Bestform."

Sie grinste ihn an. „So ein Pech aber auch. Dann hättest du wohl besser nicht auf ihn gesetzt."

„Pah, er war vier Jahre lang Stammspieler in der *Ivy League*. Er gehört zu den Besten. Mit ihm hätten wir gar nicht verlieren können." Er beobachtete, wie sie ihren abgetragenen Handschuh hervorzog und sich eine ramponierte UCLA-Schirmkappe aufsetzte. Er verzog das Gesicht. „Wie viel hast du gewettet?"

„Gar nichts. Mein Vergnügen besteht darin, es ihm unter die Nase zu reiben."

„Du bist kalt wie ein Eiszapfen. Vielleicht solltest du heute etwas nachsichtiger mit ihm sein."

Sie lachte. „Ja, klar. Wie vielen aus meinem Team hast du schon Schuldgefühle einzureden versucht, damit wir verlieren?"

Kurz erschien ein Grinsen in seinem Gesicht, doch er verbarg es rasch wieder. „Ich weiß nicht, wovon du redest. Er macht nur gerade eine schwere Zeit durch. Die Presse spielt verrückt, weil er angeblich ein Frauenschläger ist."

„Er hat diese Frau nicht geschlagen. Und falls er irgendwie für ihre gebrochene Nase verantwortlich sein sollte, war es bestimmt ein Unfall. *Darauf* würde ich jederzeit wetten."

„Man kann nie wissen. Vor allem bei altem Geldadel. Was im stillen Kämmerlein passiert, bleibt auch da."

„Stimmt. Aber ich habe ihn oft genug aufgebracht, beleidigt und beschimpft, um zu wissen, dass ihm der Charme förmlich aus jeder Pore quillt, wenn er wütend wird. Er wird so reizend, dass man kotzen möchte. Er wird nicht gewalttätig."

Rob nickte nachdenklich. „Ja, so hab ich ihn schon erlebt, wenn er aus deinem Büro kam. Und wenn er sich derart vergessen würde, dann hätte er das wohl bei dir längst getan."

„Du bist ein netter Kerl, Rob. Jetzt verschwinde und hör auf, mein Team vollzuquatschen."

Er lachte. „Ich muss Ethan nur daran erinnern, wie sehr er dich schlagen will." Er blinzelte und verzog das Gesicht. „Beim Softball, meine ich."

Hektische Aktivität und eine Veränderung des Luftdrucks verrieten Mackenzie, dass *er* angekommen war. Sie weigerte sich jedoch, zu ihm hinüber zu schauen und ihn zu beobachten. Sie weigerte sich ebenso, zu akzeptieren, dass sie es nur zu gern getan hätte.

Er war wirklich ein verflixt gut aussehender Mann. Einen attraktiven Mann aus der Ferne zu bewundern, war eine Sache, aber wenn dieser attraktive Mann regelmäßig in dein Büro marschierte, sich auf deinen Stuhl setzte und dir die Schokoriegel wegfutterte, war das eine völlig andere Nummer.

Allerdings entdeckte er sie schnell.

„Hallo Mackenzie, Sie sehen in dieser Yoga-Hose hinreißend aus."

Sie wappnete sich und drehte sich um. Er trug ein ausgebleichtes T-Shirt der Columbia-Universität, das sich an seinen Oberkörper schmiegte und seinen Bizeps betonte. Goldene Härchen zogen sich über seine nackten Arme und Mackenzie starrte unwillkürlich darauf. Hastig riss sie sich zusammen. Das waren bloß Arme. Aber sie zogen ihren Blick trotzdem wie magisch an. Vielleicht lag es daran, dass sie ihn noch nie so gesehen hatte. Sonst trug er immer langärmelige Hemden und Anzug.

Sie blickte wieder zu seinen funkelnden grünen Augen und den blitzenden Zähnen und hob eine Braue. „Sind Sie sicher, dass Sie spielen wollen, wenn Sie so sauer sind?"

Sein Lächeln verblasste ein wenig. „Ich bin nicht sauer."

„Sie haben diese gewisse freundliche Miene aufgesetzt. Ich habe diesen Ausdruck oft genug gesehen, um zu wissen, dass Sie die Nase gestrichen voll haben."

Das nervenaufreibende Funkeln in seinen Augen verblasste und sein Lächeln verlor noch etwas mehr an Glanz. „Sie müssen es ja wissen."

„Allerdings. Haben Sie diese Frau geschlagen?"

Nun verschwand sein Lächeln vollständig. „Nein. Ich war nicht mal im selben Bundesstaat, als sie sich die Nase gebrochen hat."

„Tja, das hab ich Rob auch erklärt, als er versucht hat, mir Schuldgefühle einzureden, damit ich Sie gewinnen lasse. Wenn Sie der Typ Mann wären, der Frauen schlägt, hätten Sie mir schon vor langer Zeit eine verpasst. Und nur, damit Sie es wissen, ich werde heute mit Ihnen den Boden aufwischen."

Er starrte sie einen Moment lang an, ehe er den Mund zu einem trägen Grinsen verzog. „Sie können es gern versuchen."

Sie stemmte die Fäuste in die Hüften. „Ich versuche es nicht nur, ich mache es. Und nachdem ich Ihr bedauernswertes Team in Grund und Boden gestampft habe, werde ich mir den Endpunktestand einrahmen lassen, damit Sie jedes Mal, wenn Sie in mein Büro kommen, sehen, dass Mr Ivy League gegen eine Frau verloren hat."

Er spiegelte ihre Haltung und beugte sich ein Stück vor. „Sie können sicher sein, dass ich den Endpunktestand nach meinem Sieg auf Ihre Bürowand pinseln lasse. Als Erinnerung daran, dass Sie Ihre Vorgesetzten respektieren sollten, vor allem, wenn sie Ihnen überlegen sind."

Sie schnaubte. „Überlegen? Das ist Ansichtssache und Sie lägen sowieso falsch."

Er musterte sie von oben bis unten und beugte sich noch näher heran. „Bisher hat sich noch niemand über mich beschwert, schon gar nicht, dass ich falsch liegen würde."

„Wirklich nicht? Denn ich könnte schwören, dass ich letztens etwas darüber gelesen habe."

„Sie muss schon eine Weile ohne mich auskommen. Wahrscheinlich sind das Entzugserscheinungen."

„Es ist ein Wunder, dass noch keine Ihrer Ex-Freundinnen versucht hat, Sie umzubringen."

„Oh, das liegt daran, dass Sie mich eigentlich nicht tot sehen wollen. Sie sind nur sauer, weil ich sie nicht heirate."

Sie lachte. „Ach ja? Das wirkte auf mich aber anders. Und mein Leben wäre sicher so viel einfacher, wenn eine von denen Sie ausschalten würde …"

Die geschockte Stimme einer Frau unterbrach sie. „Ethan?"

Mackenzie drehte sich um und stellte fest, dass gleich zwei ältere Damen sie mit finsterer Miene ins Visier genommen hatten. Ethan lachte leise und trat einen Schritt von ihr zurück.

„Mutter, Grandma, das ist Mackenzie Wyatt. Sie ist die Topverkäuferin unserer Filiale in L. A. und die größte

Nervensäge der ganzen Firma."

Seine Mutter schnappte nach Luft. „Ethan!"

Im Gegensatz zu seiner Mutter, die den erschrockenen Ausdruck offenbar nicht abschütteln konnte, wirkte seine Großmutter amüsiert. Mackenzie musste nicht zweimal raten, wem er ähnlicher war.

Mackenzie sah ihn an. „Ich bin die Topverkäuferin der gesamten Firma."

„Irgendwelche Beschwerden über die Platzierung in der anderen Kategorie? Habe ich es mir doch gedacht." Er deutete auf die beiden Frauen. „Das ist meine Mutter, Christine O'Connor, und das meine Großmutter, Ellen O'Connor."

Ellen schüttelte ihr die Hand. „Es ist schön, jemanden zu treffen, der meinem Enkel nicht zu Füßen liegt."

„Es ist nicht einfach, aber ich schaffe es ganz gut, seinem Charme zu widerstehen."

Ellen fand das urkomisch und klopfte ihr auf die Schulter. „Können Sie gut Softball spielen?"

„Ja."

„Hervorragend. Ich glaube, ich werde eine Wette abschließen. Also, wer sagtest du, nimmt die Gebote an, Ethan?"

Er zeigte seiner Großmutter John von der Finanzabteilung und sie schnappte sich Ethans Mutter. „Komm mit, Christine."

Seine Mutter warf Mackenzie noch einen letzten besorgten Blick zu, ehe sie sich Ellen anschloss.

Ethan sah den beiden breit lächelnd nach. Dieses Lächeln war echt und hatte nichts aufgesetzt Charmantes oder Falsches an sich.

„Ich glaube, meine Mutter mag Sie nicht", stellte er fest.

„Es hat den Anschein, als würde sie befürchten, ich könnte Ihnen wehtun."

Er lachte leise. „Sie hat mich schon immer beschützen wollen.“

Sie sah zu ihm hoch. Er war mindestens eins achtzig groß, muskulös und sehr gerissen. Auf ihrer Liste der schutzbedürftigen Menschen stand er ganz unten.

„Aber meine Oma findet Sie ganz offensichtlich sehr sympathisch. Ich bin ziemlich sicher, dass sie auf Sie wetten wird.“

„Sie scheint sehr klug zu sein.“

Er grinste. „Abwarten.“

*

Das Softballspiel war die Hauptattraktion des Picknicks und die Spieler aßen schnell, um sich auf das Spiel vorzubereiten. Alle anderen Teilnehmer schlenderten herum, unterhielten sich, aßen gemütlich und warteten darauf, dass die Show begann.

Mackenzie wusste nicht, was die Leute erwarteten. Oh, sie klopfte gern große Sprüche und hoffte, dass sie gewann, damit sie das einem gewissen Jemand unter die Nase reiben konnte, aber die beiden Teams waren ungefähr gleich stark. Der Ausgang des Spiels war reine Glückssache.

Meistens konnte sie sich auf ihr Glück verlassen, aber Ethan war schon seit dem Tag seiner Geburt mit Glück gesegnet, ein echter Goldjunge. Wenn es jemanden gab, der vom Glück mehr begünstigt wurde als sie, dann war er es.

Sobald sie feststellte, dass er sich hinter die Home Plate hockte, wusste sie, dass sie in Schwierigkeiten steckte. Natürlich war er der Catcher des gegnerischen Teams. Die einzige Position, in der er andauernd mit seinen Sprüchen die Konzentration ihres Teams stören konnte.

Ein Hoffnungsschimmer keimte in ihr auf, als sich seine Mutter um seine fehlende Ausrüstung sorgte.

„Es ist nur ein Freundschaftsspiel, Mutter. Keiner wirft hart. Ich brauche keine Schutzausrüstung.“ Er lächelte seine Mutter charmant an und Mackenzie fragte sich unwillkürlich, wieso sein Charme bei Christine O'Connor überhaupt noch Wirkung zeigte. Sie musste doch mittlerweile immun dagegen sein.

Mackenzie verkniff sich ein Lachen, weil Christine O'Connor sie direkt ansah und sagte: „Solange es ein Freundschaftsspiel bleibt.“

Ethans Blick schweifte zu Mackenzie und sein Grinsen war alles andere als freundlich. Sie hätte sich wohl besser auch einen Bodyguard besorgen sollen.

Mackenzie wandte sich an ihr Team. „Ignoriert, was dieser Mann zu euch sagt, wenn ihr am Schlagmal seid.“

Die Bases waren voll, als Mackenzie an die Reihe kam. Sie liebte Softball. Früher hatte sie in einer Liga gespielt und es auf der Highschool sogar in die Schulauswahl geschafft. Ihr Großvater hatte mit ihr geübt, seit sie allein stehen konnte. Jeden Sommer spielte sie in der Stadtliga und verbrachte hin und wieder einen Abend im Schlagkäfig. Sie war gut und sie liebte den Sport. Der Gedanke, Ethan O'Connor so nah zu sein, machte ihr jedoch schwitzige Hände.

Aber sie würde ihn trotzdem besiegen.

Er hockte sich hinter sie. „Liebe Güte, das Feld sieht wunderschön aus. An den Bases warten sie nur darauf, dass Sie den Ball weit genug schlagen, damit sie lossprinten und punkten können. Sind Sie gut genug, Wyatt, um sie alle nach Hause zu bringen?“

Ohne ihn eines Blickes zu würdigen, trat sie auf das Schlagmal.

Der erste Ball segelte an ihrem Gesicht vorbei und sie tippte sich mit dem Schläger gegen die Stollen. „Das werden wir wohl erst herausfinden, wenn Ihr *Pitcher* es je schafft, einen Ball richtig zu werfen."

„Er spielt nur mit Ihnen. Will herausfinden, ob Sie beißen."

„Das tue ich. Fest. Vielleicht hatte Ihre Mutter recht und Sie sollten sich ein weiches Polster suchen, um die wichtigen Teile zu schützen."

„Sie sollten hoffen, dass sie das nicht gehört hat. Es ist nicht klug, das einzige Kind einer Frau zu bedrohen."

Mackenzie schnitt den Ball, sodass er als Foul im Right Field landete.

Ethan schnalzte mit der Zunge. „Hm. Schade. Der hätte gut werden können, wenn Sie ihn tatsächlich getroffen hätten."

Sie unterdrückte ein Lachen, befürchtete aber, dass er wusste, wie lustig er war. „Sie lieben es einfach, Catcher zu sein, nicht wahr? Sie können so viel reden, wie Sie wollen, und niemand kann Ihnen den Mund verbieten."

Er hockte sich hin, streckte den Handschuh aus und sie ging wieder in Position. „Es ist eine der großen Freuden meines Lebens."

„Es wird nicht so lustig sein, wenn ich nach meinem Home-Run reinrutsche und Sie dabei ganz staubig werden."

Ein weiterer Ball flog etwas zu hoch und sie schüttelte über den *Pitcher* den Kopf. „Bin ich Amateur oder was?"

Ethan warf den Ball lachend zurück. „Eine Sache muss ich noch loswerden, bevor Sie den Home-Run landen, auf den Sie warten. Wenn Sie es wagen sollten, mit den Stollen voran in mich reinzurutschen, versohle ich Ihnen den Hintern."

„Ich bin sicher, dass die Paparazzi liebend gern ein Foto davon hätten."

„Die sind nicht eingeladen …"

Mackenzie traf den Ball und wusste, dass sie die richtige Stelle getroffen hatte. Der *Outfielder* würde tüchtig laufen müssen, um ihn zu holen. Wäre das Feld von einem Zaun umgrenzt gewesen, wäre der Ball wohl darüber geflogen. Sie sprintete los, ließ eine Base nach der anderen hinter sich und landete einen Home-Run. Als sie über die Platte setzte, hörte sie Ethan fluchen. Und sie kam nicht umhin zu bemerken, dass seine Großmutter vor Begeisterung ganz aus dem Häuschen war – im Gegensatz zu seiner Mutter.

Mackenzie grinste Ethan an. „Tut mir leid, dass ich nicht gerutscht bin. Vielleicht nächstes Mal."

„Verdammt."

Ethan schlug einen *Double*, als er an der Reihe war, mit dem er sicher die zweite Base erreichte. Als er schließlich zur dritten Base kam, sagte er: „Warum bin ich nicht überrascht, dass Sie auf der dritten sind."

„Vermutlich aus demselben Grund, aus dem ich nicht überrascht war, dass Sie Catcher sind."

„Jeder nach seinen Stärken. Ich spiele gern mit dem, was in den Köpfen der Leute vorgeht, Sie lieber körperlich mit ihren Bällen."

Blinzelnd drehte sie sich zu ihm um. Einen Augenblick grinste er sie einfach nur an, ehe ihm klar wurde, was er gerade gesagt hatte. Den Kopf in den Nacken gelegt, lachte er auf. Sie musterte ihn finster, und als er ihren Gesichtsausdruck bemerkte, krümmte er sich förmlich vor Gelächter. Die anderen Spieler drehten sich zu ihnen um, besorgt, dass er sich verletzt hatte, da er sich den Bauch hielt und nach Luft schnappte.

„Geht's ihm gut?"

„Ethan, geht's dir gut?"

Mackenzie verschränkte die Arme. „Ich glaube, er erstickt gerade an etwas. Wahrscheinlich an seiner Zunge."

Aus dem Augenwinkel sah sie, wie seine Mutter erschrocken aufstand. Mackenzie drehte sich zu ihr und schüttelte den Kopf. „Es geht ihm gut. Er hält sich nur für witzig!“, rief sie.

Ethan streckte den Daumen nach oben, konnte aber immer noch nicht aufhören zu lachen und jetzt wollten alle den Witz hören.

Auf gar keinen Fall würde Mackenzie seine Worte wiederholen, aber der *Shortstop* – der Defensivspieler zwischen der zweiten und dritten Base – kicherte leise und sie schloss genervt die Augen. Niemand würde dieses Spiel je vergessen.

„Oh Gott, Mackenzie. Es tut mir leid. Ich meinte bloß, dass Sie immer vollen Einsatz leisten und sich von niemandem die Butter vom Brot nehmen lassen.“

Seine Entschuldigung ließ etwas zu wünschen übrig, da er immer noch so heftig lachte, dass er sich nicht aufrecht halten konnte. Auch von den Bases und der Tribüne drang schallendes Gelächter zu ihr herüber.

Er musterte sie eingehend und bemühte sich, ernst zu bleiben. Unvermittelt umarmte er sie und hob sie hoch.

„Oh, Schätzchen. Es tut mir leid. Ich sollte erst nachdenken, bevor ich den Mund aufmache.“

„Lassen Sie mich runter, Sie Idiot.“

„Erst, wenn Sie meine Entschuldigung annehmen.“

„Oh, ich nehme sie an. Für meinen Anwalt wird dieser Vorfall allerdings ein gefundenes Fressen sein.“

Grinsend stellte er sie ab, legte einen Arm um ihre Schultern und führte sie zum Wurfmal.

„Ich bringe Sie um, Ethan.“

Er hielt ihre Schultern weiter eisern fest und sprach so laut, dass die meisten Spieler und Zuschauer ihn hören konnten.

Langsam ebbte das Lachen ab und alle beobachteten sie amüsiert.

„Ich möchte mich bei Mackenzie und allen anderen entschuldigen. Fast alle wissen, dass wir beide einen kleinen verbalen Wettstreit führen, seit sie bei O'Connor Capital angefangen hat, und dass wir uns gern gegenseitig aufziehen. Wir haben uns gerade darüber unterhalten, auf welchen Positionen wir am liebsten spielen und ich wollte *eigentlich* sagen, dass sie gern mitten im Geschehen ist und die dritte Base eine ideale Position dafür ist, weil viele Bälle dorthin geschlagen werden."

Die Menge lachte leise und Mackenzie sagte: „Sie machen es nicht besser."

„Ich möchte, dass alle und vor allem meine Mutter wissen, dass sie meine Entschuldigung bereits angenommen hat." Mackenzie schnaubte, doch er fuhr ungerührt fort: „Auch wenn sie aussieht, als ob sie mich am liebsten umbringen möchte. Ich befürchte, sie wird dafür sorgen, dass mein Team haushoch verliert, sodass ich mich mindestens ein Jahr lang nicht mehr hier im Büro in L. A. sehen lassen kann."

Erneut lachten alle und Mackenzie murmelte: „Zwei Jahre wären mir lieber."

„Also, Stacy, Dan, ihr könnt eure besorgten Anwaltsmienen wieder ablegen – sie wird mich nicht verklagen. Lasst uns weiter spielen."

Er lachte wieder und führte sie zurück zur dritten Base, ohne den Arm von ihren Schultern zu nehmen.

„Allmählich entwickle ich Verständnis für Ihre Ex-Freundinnen. Ein Artikel in der Klatschpresse wirkt auf mich viel zu zahm."

„Sie scheinen ihren Spaß zu haben. Ist es das nicht wert?"

„Ich werde Ihnen jedes Mal tausend Dollar in Rechnung stellen, wenn jemand im nächsten Monat das Wort *Bälle* in meiner Gegenwart fallen lässt. Und Sie bezahlen mich besser aus eigener Tasche, nicht über die Firma."

Er drehte sie zu den anderen und deutete auf die

lachende, gut gelaunte Gesellschaft. „Ich denke, das ist es mir wert.“

Als er den Blick wieder auf sie richtete, stellte er fest, dass sie immer noch die Stirn runzelte. Er nahm den Arm von ihrer Schulter und streifte wie versehentlich über ihren Hintern.

Sie stieß ihm den Ellbogen in die Seite. „Haben Sie einen Todeswunsch, O’Connor?!“

„Es ist einfach so schwer, Sie wütend zu machen, und ich möchte, dass Sie so lange wie möglich zornig bleiben.“

„Behalten Sie Ihre Hände bei sich, sonst sorge ich dafür, dass Sie gleich flach auf dem Boden liegen. Und wenn Sie je wieder das Wort *Bälle* benutzen, werde ich Ihnen eine scheuern.“

Er lachte schallend. „Grundgütiger, Mackenzie. Dieser Tag ist doch noch ganz schön geworden. Wer hätte das gedacht?!“

2

Wenn jemand Ethan am Morgen erzählt hätte, dass dieser Tag so gut werden würde, hätte er der Person geraten, ihre Kristallkugel reparieren zu lassen. Aber er hatte vergessen, dass er sich immer gut amüsieren würde, wenn Mackenzie Wyatt in der Nähe war. Sie brachte ihn zum Lachen. Sie stand mit vollkommen ausdrucksloser Miene vor ihm, aber er wusste, dass sie innerlich auch lachte. Außerdem war ihm klar, dass er tatsächlich eine Rechnung von ihr erhalten würde, falls jemand sie mit diesem Bälle-Witz aufziehen würde. Er hoffte nur, dass es für ihn nicht zu teuer werden würde.

Und er wusste, dass er ihr nicht den Hintern hätte tätscheln sollen. Was war bloß über ihn gekommen? Hoffentlich war das mit der Klage nur ein Scherz gewesen, denn jeder Anwalt könnte ihn für seine Handgreiflichkeit mit Leichtigkeit durch den Fleischwolf drehen und zum Frühstück verspeisen. Ganz zu schweigen von seiner versehentlich anzüglichen Bemerkung und den andauernden Witzen der anderen darüber. Wenn sie es darauf anlegte, könnte sich Mackenzie deswegen wahrscheinlich als wohlhabende Frau zur Ruhe setzen.

Doch wenn sie kündigte, würden ihm die Besuche in

L. A. nie wieder so viel Spaß machen.

Sie musterte ihn argwöhnisch, während sie zum Schlagmal ging, und er musste unwillkürlich lachen. „Hey, Schiri. Haben Sie auch gewettet?“, rief er über die Schulter.

Mackenzie sah Anderson an, einen Buchhalter aus der vierten Etage, und sagte: „Natürlich nicht. Das würde gegen die oberste Schiedsrichter-Regel verstoßen: Du sollst die Spieler nicht gegen dich aufbringen, indem du Geld auf ein Spiel wettest, bei dem du die Entscheidungen fällst.“

Anderson ging in die Hocke und sagte: „Ich würde nie etwas tun, das entweder Ihren oder Mackenzies Zorn hervorrufen könnte. Vor allem nicht bei einem Spiel, bei dem ständig Bälle durch die Gegend fliegen. Die Verletzungsgefahr ist mir zu hoch.“

Mackenzie ging in Position. „So leicht habe ich noch nie einen Tausender verdient. Habt ihr noch mehr Ball-Witze?“

Der *Pitcher* warf den Ball weit nach draußen direkt in Ethans Hand und Anderson brüllte so laut er konnte: „Erster Ball!“

Die Menge johlte und Ethan lächelte leicht.

Mackenzie zeigte mit ihrem Schläger auf den Ball. „Das soll wohl ein Witz sein?“

Er warf den Ball zurück zum *Pitcher*. „Die Bases sind schon wieder voll. Sie wissen doch, dass ich Sie den Ball nicht schlagen lassen kann.“

„Dann soll das also ein *Walk* werden? Soll der Werfer wirklich absichtlich daneben zielen, damit ich nicht schlagen darf und mich vom Schiri zur ersten Base schicken lassen muss? Auf der dritten Base steht einer, der punkten wird.“

„Besser einer als vier.“

Der zweite Ball flog wieder weit außerhalb der *Strike Zone* an ihr vorbei und Ethan machte sich nicht mal die Mühe, in die Hocke zu gehen.

„Zweiter Ball!“

Einige Zuschauer buhten und Mackenzie war ziemlich sicher, dass Ethans Großmutter zu ihnen gehörte.

„Ich könnte es mit einem *Strikeout* versuchen.“

„Sie wollen absichtlich daneben schlagen, um auszuscheiden? Das könnten Sie nicht mal, wenn Sie es versuchen. Dieser erste Schlag war eine Schönheit.“

Mackenzie lächelte. „Danke. Sie wissen, dass Sie diese kleine Eskapade viertausend Dollar kosten wird, richtig? Anderson gefällt es etwas zu sehr, *Ball* zu schreien.“

„Er macht nur seinen Job, das können Sie mir nicht berechnen.“

„Dritter Baaaahaaall!“, rief Anderson im Singsang und Mackenzie hob eine Braue.

„Das gerade wird Sie zweitausend Dollar kosten.“

Der vierte Ball flog über ihren Kopf und Ethan musste hochspringen, um ihn zu fangen.

Mackenzie warf ihren Schläger zur Spielerbank, sah Ethan angewidert an und lief zur ersten Base. Er hörte, wie sich seine Großmutter lautstark beschwerte, aber ein Mann musste nun mal tun, was ein Mann tun musste. Er würde Miss Home-Run auf keinen Fall wieder so einen megastarken Schlag erlauben. Ihren finsteren Blick, als der nächste Schläger ausschied und die Teams die Positionen wechselten, erwiderte er mit einem Lächeln.

Als er zur dritten Base kam, sagte er: „Ich war sicher, dass Sie mir einen *Walk* aufdrücken würden, aber Sie sind wohl nicht für solche Tricks zu haben.“

„Ich hab darüber nachgedacht, aber dann ist mir klar geworden, dass es vergebliche Mühe wäre. So eine starke Bedrohung sind Sie nun auch wieder nicht.“

Er wischte sich den Staub von der Hose. „Ich stehe auf der dritten Base. Beim nächsten Schlag bin ich drin.“

„Von wegen. Dazu müsste ich Sie weiter kommen

lassen."

Der *Shortstop* kicherte und Mackenzie wirbelte herum, um Ethan anzufunkeln.

Er lachte leise. „Mir war nie klar, wie viele sexuelle Anspielungen man bei einem Softball-Match machen kann."

„Falls mein Team verliert, suchen Sie sich besser jemanden, der meinen Job übernimmt. Und ich hoffe, dass sie Karottenschnitze in ihrer Schublade aufbewahrt und ihnen in den Hintern kriecht."

„Das wäre mal was Neues."

Der *Batter* schlug den Ball direkt zu Mackenzie, die ihn aus der Luft pflückte und Ethan aus dem Spiel warf, bevor er die sichere Home Base erreichte.

„Himmel, Mackenzie. Wie gut, dass ich dreister bin als Sie und zu allen fiesen Tricks bereit, sonst müsste ich noch befürchten, dass ich heute verliere."

„Sie werden heute auch verlieren. Ihre Großmutter zählt auf mich."

Aber er war tatsächlich dreister als sie und hatte jahrelange Übung darin, Männer und Frauen gleichermaßen zu umgarnen und nach seiner Pfeife tanzen zu lassen. Die Frauen ließen sich von ihm ablenken und die Männer lachten zu laut. Mackenzie wusste, dass sie über sie lachten, auch wenn sie nicht hörte, was Ethan ihnen erzählte. Es war zum Haareraufen, dass die einzige Person, die gegen seinen Charme immun war, nämlich sie selbst, dem Ball nie nah genug kam, um ihn zu schlagen.

Sie schaffte noch einen Lauf und rutschte zur Base. Staub wirbelte auf, und als sie aufstand, klopfte Ethan sie unter den Pfiffen und dem Gejohle der Zuschauer ab, während seine Mutter ihn finster beobachtete. Aber am Ende musste Mackenzie sich ihm und seinem Mundwerk knapp geschlagen geben; ihr Team verlor mit zwei Punkten

Abstand.

Ethan legte einen verschwitzten, staubigen Arm um sie. „Ihnen ist schon klar, dass sie selbst schuld an dieser Sache sind. Sie hätten gewinnen können, haben sich aber entschieden, die Shorts zu Hause zu lassen und stattdessen die zu tragen.“ Er zuppelte an ihrer Yoga-Hose herum.

„Wenn ich gewusst hätte, dass Sie für so etwas empfänglich sind, hätte ich einen Tanga getragen. Aber ich war mir sicher, dass Sie sich nach all den Models an knappen Dessous satt gesehen haben und immun dagegen sind.“

Er hustete, als hätte er sich verschluckt, und blieb stehen. Sein Arm rutschte von ihrer Schulter. Mackenzie ging grinsend weiter. Seine Großmutter wartete hinter der Spielerbank auf sie und sie nickten einander zu.

„Ich gebe Ihnen nicht die Schuld, Mädchen. Ich glaube, Sie waren die Einzige in diesem Team, die wirklich gewinnen wollte.“

„Ethan könnte wohl sogar einen Pinguin beschwatzen, sich einen Kühlschrank zuzulegen. Ich glaube, die Hälfte der Leute, die für ihn arbeitet, war zuvor bei einem Konkurrenzunternehmen beschäftigt.“

„Sie auch?“

„Nein. Ich wurde direkt nach dem College eingestellt.“ Sie schulterte ihre Tasche. „Und wenn ich ein Unternehmen finde, das genauso gute Gehälter zahlt, würde ich wechseln.“

Ellen sah zur anderen Spielerbank. „Das weiß er sicher.“

Mackenzie lächelte. „Deshalb finde ich ja niemanden, der mir genauso viel zahlt. Ethan bekommt, was er will, und normalerweise interessiert es ihn nicht, was es kostet, solange es sich lohnt.“

„Das hat er von seinem Vater … Leisten Sie uns doch

heute Abend beim Dinner Gesellschaft.“

Mackenzie hob die Brauen und schüttelte den Kopf. „Danke, aber es gibt Grenzen, wie lange ich ihn an einem Tag ertragen kann.“

Seine Großmutter lachte leise. „Ich glaube, Sie könnten weitaus mehr ertragen, als Sie zugeben wollen. Aber ich bitte Sie, mit Christine und mir zu essen. Und bevor Sie wieder ablehnen, denken Sie daran, dass ich Ihretwegen gerade eine Wette verloren habe.“

Belustigt schüttelte Mackenzie erneut den Kopf. „Sie vergessen, dass ich gegen O’Connor-Tricks immun bin. Sie haben die Wette wegen Ihres Enkels verloren. Ich hätte nicht gedacht, dass die O’Connors gegen eigene Familienmitglieder wetten würde.“

„Ich habe nicht gegen ihn gewettet. Es hätte dem Jungen gutgetan, wenn Sie ihn besiegt und ihm damit ein wenig den Wind aus den Segeln genommen hätten. Wir sind um sieben im *Melisse*. Ich reserviere für drei Personen.“

Mackenzie sah hinter sich und fing den Blick von Ethans Mutter auf. Sie unterhielt sich mit ihrem Sohn, sah dabei aber zu Mackenzie herüber. Christine O’Connor wirkte nicht so, als würde sie gern mit einer Frau zu Abend essen, die ihren Sohn bedroht hatte.

„Es hat mich gefreut, Sie kennenzulernen, Mrs O’Connor …“

„Ellen.“

„Ellen. Aber ich muss Ihre Einladung leider ausschlagen. Bitte danken Sie Ethan in meinem Namen für diesen angenehmen Nachmittag.“

Ellen schenkte ihr ein Lächeln, das Ethans gewinnender Ausstrahlung in nichts nachstand. „Das kann ich gerne tun. Und falls Sie Ihre Meinung ändern: Wir halten einen Platz für Sie frei.“

Mackenzie nickte und ging. Sie freute sich auf eine kalte Dusche und einen O'Connor-freien Abend. Es bestand keine Notwendigkeit, Ellen zu gestehen, dass es nur einen Menschen gab, der sie regelmäßig dazu brachte, ihre Meinung zu ändern. Allerdings würde sie nach diesem Tag bestimmt nicht so schnell erneut seiner magischen Anziehung erliegen. Das heutige Spiel würde sie nicht so schnell vergessen.

Seine Großmutter rief ihr nach. „Mackenzie? Es hat mich auch sehr gefreut, Sie kennenzulernen."

*

Als Mackenzie am Donnerstagmorgen ins Büro kam, rechnete sie fest damit, dass sie weiter das Ziel von schlechten Scherzen sein würde. Seit drei Tagen ertrug sie bereits alberne Anspielungen und Wortspiele, die bei jeder sich bietenden Gelegenheit auf sie einprasselten. Es half jedoch, sich jedes Mal das Klingeln einer Kasse vorzustellen, wenn jemand das Wort *Ball* aussprach. Dass sie Ethan dafür zahlen lassen würde, war ihr Ernst gewesen – er war schließlich dafür verantwortlich, also konnte er auch dafür zahlen. Und wahrscheinlich würde es ihn immer noch weniger kosten als eine Klage wegen sexueller Belästigung. Ganz knapp.

An diesem Morgen herrschte jedoch ein fast schon gespenstisches Schweigen, als sie zu ihrem Büro ging. Es gab keine Witze, kein übertriebenes Zwinkern. Sie lächelte einem der Praktikanten zu, der errötete und den Blick abwandte.

Mackenzie konnte sich nicht erinnern, dass sie jemals wegen etwas, das Ethan getan hatte, die Fassung verloren hatte, aber vielleicht fühlte er sich schlecht und hatte alle gebeten, sie in Ruhe zu lassen.

Was ihm überhaupt nicht ähnlich sah.

Ethan wartete in ihrem Büro auf sie und saß wieder auf ihrem Stuhl. Ihre Verwirrung verschwand.

„Oh. Jetzt weiß ich, warum alle solche Angst vor mir hatten. Sind Sie gekommen, um mir Ihren Sieg unter die Nase zu reiben?"

Er sah von der Illustrierten auf, in der er las. Sein Blick war hart und er hatte die Lippen so fest zusammengepresst, dass sie weiß wirkten.

Sie blieb wie angewurzelt stehen. „Geht's Ihnen nicht gut?"

Er warf die Illustrierte auf den Tisch. „Ich nehme an, dass Sie keine Klatschblätter lesen."

„Ich versuche, es zu vermeiden, wenn ich weiß, dass über Sie geschrieben wird."

Er lachte nicht, schmunzelte nicht einmal. Ihre Brauen wanderten nach oben, als sie nach der Zeitschrift griff, aber jegliche Bemerkung blieb ihr im Hals stecken, als ihr Blick auf die Überschrift fiel. Und als sie die Bilder sah, ließ sie sich schwer auf den Stuhl fallen.

Ihr klappte der Mund auf.

„Es tut mir leid, Mackenzie."

Sie versuchte, ihm zu sagen, dass ihn das weitaus mehr als tausend Dollar kosten würde, aber ihr versagte die Stimme. Sie räusperte sich. „Sie lassen Sie einfach nicht in Ruhe, oder?"

Er hat mich gezwungen, mein Baby abzutreiben! stand in dicker Blockschrift auf einer Seite. Daneben befand sich ein Foto von ihm und ihr. Sie standen dicht voreinander. Sein Grinsen und ihr Schmunzeln waren nicht zu übersehen und Mackenzie war sicher, dass jeder, der das sah, davon ausging, dass sie einander gleich in die Arme fallen würden. Mit Sicherheit hatten sie sich in diesem Augenblick gerade wieder eins ihrer Wortgefechte geliefert.

Sie schlug die Zeitschrift auf, las zuerst den Artikel über die angebliche Abtreibung und schaute sich anschließend die belastenden Bilder an. Wie er sie hochhob, seine Hand auf ihrem Hintern, sein Arm um ihre Schultern, wie er sie nach dem Lauf beim Baseballspiel abwischte.

„Zumindest berühre ich Sie auf den Fotos nicht. Vielleicht können wir so tun, als hätten Sie mich bloß genervt. Oh, Moment. Das haben Sie ja." Und dann blätterte sie weiter. „Oh Gott." Für den Fall, dass es jemandem entgangen war, zeigten auf den Fotos, die sich dort von ihrer Konfrontation fanden, Pfeile auf seinen ausgebeulten Schritt und ihre harten Brustwarzen.

Mackenzie schloss die Augen und flüsterte: „Bitte sagen Sie mir, dass alle denken, die Bilder seien digital nachbearbeitet worden."

„Vermutlich wird so etwas schon gemacht, aber ich bezweifle, dass es in diesem Fall nötig war. Allerdings dachte ich, ich hätte es besser verborgen."

Sie riss die Augen auf. Er schenkte ihr ein sarkastisches, schiefes Grinsen und sie richtete den Blick verlegen auf die Zeitschrift. „Na ja, lassen Sie wenigstens mich so tun, als wäre das Foto nachbearbeitet worden, okay?"

„Aber ich frage mich … Wenn es bei mir echt war, war es das bei Ihnen vielleicht auch?"

Sie bemühte sich, nicht rot zu werden. „Wenn es Ihnen hilft, mit dieser Sache besser klarzukommen, O'Connor, denken Sie von mir aus, was Sie wollen."

Sie klappte die Zeitschrift zu, legte sie wieder auf den Tisch, setzte sich auf den unbequemen Stuhl und stützte den Kopf ab. „Obwohl die Bilder peinlich sind, ist es wohl nicht das erste Mal, dass in den Zeitschriften über Ihre neue Freundin spekuliert wird."

„Sind Sie jetzt meine neue Freundin, Mackenzie?"

„Oder jemand, den die Klatschpresse als Ihre neue

Freundin ausgeben kann.“

Er lachte. „Ehrlich gesagt, ist es gewöhnlich auch wirklich meine neue Freundin.“

„Ich bin so froh, dass Sie Ihren Sinn für Humor nicht verloren haben, Ethan.“

Lächelnd durchwühlte er die Schubladen ihres Schreibtisches. „Sie bringen meine beste Seite zum Vorschein, Mackenzie. Vielleicht haben die Paparazzi das erkannt.“

„Langsam mache ich mir Sorgen um Sie. Wirklich.“ Sie beobachtete, wie er ihren Schreibtisch durchsuchte. Als er hoffnungsvoll eine Schachtel voller Umschläge hochhielt, schüttelte sie den Kopf. „Aber diese andere Sache ist nicht so leicht zu ignorieren.“

Er seufzte. „Nein. Bitte sagen Sie mir, dass Sie hier irgendwo Schokolade versteckt haben.“

Mackenzie stand auf, ging zu ihrem Aktenschrank und nahm eine Schachtel heraus. Sie sicherte sich selbst einen Schokoriegel, bevor sie ihm den Rest gab.

„Gerissen, Wyatt.“ Er wühlte in der Schachtel und nahm zufrieden einen Karamellriegel heraus.

„Verzweifelte Maßnahmen, O’Connor. Sonst verschwende ich noh all meine Boni dafür, Ihnen Schokolade zu kaufen. Weiß Ihre Mutter von dieser Sucht?“

„Ich verberge meine Obsessionen gewöhnlich vor den unschuldigen Augen meiner Mutter.“

Er nahm einen großen Bissen und lehnte sich auf dem Stuhl zurück. Ihrem Stuhl.

Mit geschlossenen Augen knabberte sie an ihrem Schokoriegel, spürte den knackigen Keks an ihrem Gaumen und genoss das samtige Karamell auf ihrer Zunge. „Nur dieses eine Mal werde ich Sie nicht damit nerven, dass Sie auf meinem Stuhl sitzen. Sie haben keinen guten Tag“, murmelte sie mit vollem Mund und ihr Blick huschte wieder zum Cover der Illustrierten. „Wissen Sie was, ich habe auch einen schlechten Tag. Ich brauche jetzt meinen Stuhl."

Er lächelte breit und zeigte seine mit Schokolade verschmierten, perfekten weißen Zähne. „Sie können ihn mit mir teilen."

„Sie lernen aber auch nichts dazu, was? Wahrscheinlich sitzt da drüben jemand in dem Gebäude und macht gerade Fotos von uns." Mackenzie sah mit verengten Augen aus dem Fenster. „Da könnte wirklich jemand sein. Würden Sie bitte die Jalousien schließen?"

Sie entfernte sich vom Fenster und setzte sich wieder, wobei sie sich kleiner machte, um sich vor den unsichtbaren Kameras zu verstecken.

Ethan sprang auf. „Ich hatte gerade eine brillante Idee."

„Das bezweifle ich. Es ist nur der Zuckerschock, das geht wieder weg."

Seine Augen funkelten und er lachte. „Mackenzie Wyatt. Sie vertrauen mir, richtig?"

Sie verzog das Gesicht und schüttelte den Kopf. „Nein."

Hastig kam er um den Tisch herum, legte die Hände auf die Armlehnen ihres Stuhls und lächelte sie strahlend an. „Ich schwöre, dass ich das wieder gutmache, Mackenzie."

Der Geruch von Erdnüssen und Schokolade drang ihr in die Nase und sie sah ihn finster an. „Dieser Satz folgt nie auf eine brillante Idee. Normalerweise kommt er nach einer sehr, sehr dummen."

„Nein, sie ist brillant. Sie werden sie hassen, aber sie ist brillant."

Sie packte ihn an den Unterarmen. „Ethan, was haben Sie vor? Du lieber Himmel, ich hätte Ihnen keine Schokolade geben dürfen."

„Ich glaube, dass du die Antwort auf all meine Probleme bist, Mackenzie Wyatt."

Und dann küsste er sie.

Ganz kurz nur, flüchtig. Es war kaum mehr als ein kurzer Schmatzer, der nach Karamell schmeckte. Dann war er auch schon weg, noch bevor sie den Mund schließen konnte.

Sie drehte sich auf dem Stuhl und entdeckte zwei Frauen vor ihrem Büro, die genauso fassungslos aussahen wie sie.

„Was ist da gerade passiert?“, fragte sie.

Die beiden Frauen sahen einander an und die eine antwortete: „Er hat dich geküsst.“

Mackenzie nickte. „Das Gefühl hatte ich auch.“

*

Die Pressekonferenz begann um dreizehn Uhr. Ethan sah attraktiver und charmanter aus als je zuvor und Mackenzie hätte am liebsten nach Schmerztabletten gegen das Magengeschwür gesucht, das sein Lächeln bei ihr verursachte. Was sollte das bedeuten, dass er es wieder gutmachen würde? Vermutlich meinte er die Fotos.

Aber wieso um alles in der Welt war das die Antwort auf all seine Probleme? Sie würde viel Geld darauf verwetten, dass sie auf seiner Liste der größten Nervensägen ganz oben stand.

Sie gesellte sich zu den anderen Mitarbeitern und sah sich die Übertragung der Pressekonferenz an. Er sprach die Anschuldigungen an, die Abtreibung und dass er eine Frau geschlagen haben sollte. Vor der ganzen Welt erklärte er, dass er nichts von dem getan hätte, was man ihm vorwarf, und klang dabei sehr aufrichtig und glaubwürdig. Vermutlich hätte er zur besten Sendezeit einen Mord gestehen können und niemand hätte ihn für schuldig gehalten, so überzeugend, wie er seine Unschuld beteuerte.

Nun blickte er direkt in die Kamera. „Ich möchte mich bei den Frauen entschuldigen, die ich in der Vergangenheit verletzt habe. Ich weiß, dass starke Gefühle jeden normalen Menschen eifersüchtig machen und ein wenig irrational handeln lassen können. Was ich meinen Ex-Freundinnen angetan habe, ist unverzeihlich. Ich habe sie benutzt, um meinen eigenen Liebeskummer zu betäuben, und ich verstehe ihr Bedürfnis, sich durch die Presse an mir zu rächen. Diese Frauen hatten die Hoffnung, dass ich sie eines Tages genug lieben würde. Dass ich mich eines Tages für sie entscheiden würde. Und nun, da ich eine andere gewählt habe, schlagen sie verständlicherweise um sich. Nach fünf langen Jahren hat Mackenzie Wyatt endlich eingewilligt, mich zu heiraten. Sie arbeitet seit mehr als sieben Jahren bei O'Connor Capital und hat sich immer wieder geweigert, die Gefühle, die wir füreinander verspüren, anzuerkennen. Sie ist sehr dickköpfig und legt großen Wert auf Privatsphäre und mein Leben ist alles andere als privat."

Lachend hielt er die Illustrierte mit den verfänglichen Fotos hoch. „Aber wenn selbst die Presse die lodernde Leidenschaft zwischen uns wahrnimmt, ist es an der Zeit, das Handtuch zu werfen."

Das Gelächter der Journalisten übertönte den Schrei, der Mackenzie in der Kehle feststeckte. Alle drehten sich zu ihr und starrten sie ungläubig an, doch sie hielt ihren Blick auf den Fernseher gerichtet.

„Meine Verlobte ist ein sehr zurückhaltender, medienscheuer Mensch, und obwohl sie sich an die Aufmerksamkeit gewöhnen muss, die mein Leben mit sich bringt, möchte ich die Presse bitten, eine Weile Rücksicht auf sie zu nehmen. Verschreckt sie mir nicht! Es hat fünf Jahre gedauert, bis sie Ja gesagt hat."

Weiteres Gelächter, dann ein paar Fragen, die er

gewandt beantwortete und es war vorbei.

Mackenzie ließ sich auf den nächsten Stuhl fallen und steckte den Kopf zwischen die Knie.

*

„Du machst es wieder gut? *Du machst es wieder gut?*"

Ethan verstand, dass sie ein wenig aufgebracht war. Bei Mackenzie wusste er immer, wann er die Grenze überschritten hatte und zu weit gegangen war.

„Wenn du mir nur zuhören würdest …"

„Wieso sollte ich dir zuhören? Das ist völlig sinnlos. Und weißt du auch warum? *Weil dann nur so etwas aus deinem Mund kommt*!"

Er runzelte die Stirn. „Du machst aus einer Mücke einen Elefanten, Mackenzie."

Sie ließ sich schwer auf den Stuhl hinter ihrem Schreibtisch fallen, schnappte sich den Tacker und tackerte die Luft. Die Klammern fielen an einer Seite heraus und er kam zu dem Schluss, dass es ihm lieber war, wenn das Ding leer war.

Sie atmete tief durch. „Du hast gerade im landesweiten Fernsehen verkündet, dass wir beide verlobt sind. Und dass deine Ex-Freundinnen in einem Anfall von Eifersucht und Wut deswegen für schlechte Presse gesorgt haben. Hab ich noch was vergessen?"

„Weißt du, die meisten Frauen wären begeistert, mit mir verlobt zu sein."

„Ernsthaft? Glaubst du wirklich, dass jede andere Frau in diesem Gebäude glücklich wäre, unwissentlich mit dir verlobt zu sein? Und dass ich hier die Einzige Unnormale bin, die anders darüber denkt?"

Er dachte darüber nach und nickte dann. „Ja."

Sie verengte die Augen, machte sich aber nicht die

Mühe, ihm zu widersprechen. „Tja, vielleicht lassen sie sich von einem hübschen Gesicht und einem charmanten Lächeln blenden. Ich hingegen weiß, dass du nicht annähernd so wundervoll bist, wie jeder denkt."

„Und wie kommt das, Mackenzie?" Er lehnte sich auf seinem Stuhl zurück und legte die Finger aneinander. Er würde diesen Stuhl austauschen lassen, da davon auszugehen war, dass er sie öfter besuchte.

„Warum ich deinen Schwachsinn durchschaue? Vermutlich ist es eine Gabe. Ich will, dass du auf der Stelle wieder runtergehst, diesen Reportern sagst, dass sie ihre Kameras wieder einschalten sollen, und der Welt beichtest, dass es nur ein Witz war. Wir sind nicht verlobt."

Er schüttelte den Kopf. „Es tut mir leid, Liebling. Das sind wir."

Er spürte, wie ihre Wut merklich anschwoll, und er hob beschwichtigend eine Hand, um die Woge aufzuhalten. „Doch nur für eine Weile. Bis ich wieder auf den Beinen bin. Es tut weh, dass sich all diese Frauen gegen mich verschworen haben."

„Oh, mir blutet das Herz, du tust mir ja so leid. Wir sind nicht verlobt."

„Du darfst mich abservieren. Du kannst sagen, dass du mit der ganzen Presse und dem öffentlichen Leben nicht klarkamst."

„Ich werde ja auch nicht damit umgehen können. All die Aufmerksamkeit wird von dir auf mich überspringen!"

„Sie werden schon bald das Interesse verlieren. Wir geben eine kleine Pressekonferenz, erzählen allen, wie glücklich wir sind, und dann ebbt die Aufmerksamkeit ab."

Mit der freien Hand rieb sie sich die Schläfe, während sie mit der anderen den vergessenen Tacker abstellte.

Ethan stand auf, schob ihn außer Reichweite und stellte sich hinter sie.

Sie drehte sich um und sah ihn finster an. „Was machst du da? Setz dich wieder hin.“

Er legte die Hände auf ihre Schultern und massierte sie. Als sie versuchte, aufzustehen, drückte er sie wieder nach unten.

„Du bist die Einzige, die ich darum bitten kann …“

„Du hast mich nicht darum gebeten.“

Er ignorierte ihren Ausbruch. Natürlich hatte er sie nicht gebeten. Sie hätte abgelehnt.

„Ich weiß, dass das für dich vielleicht schwer nachzuvollziehen ist, aber die meisten Frauen lieben mich. Sie verlieben sich so leicht in mich. Jede andere Frau würde behaupten, es reiche ihr, mit mir befreundet zu sein und dass sie mir gern den Gefallen tut, aber insgeheim würde sie auf mehr hoffen und irgendwann Andeutungen machen. Und dann breche ich ihr das Herz, sehe sie weinen und stünde wieder am Anfang.“

„Vielleicht solltest du versuchen, weniger liebenswert zu sein. Dann servieren sie dich ab und niemand wird verletzt.“

„Wenn es eines gibt, dass du mit meinen Ex-Freundinnen gemeinsam hast, dann, dass ihr nicht der Illusion erliegt, ich sei liebenswert. Selbst wenn ich Nasen gebrochen und Abtreibungen erzwungen hätte, ist mein Name immer noch ein Synonym für Prinz Charming. Jede Frau auf der Welt will ihren eigenen Traumprinzen.“

„Ich nicht.“

Er drehte ihren Stuhl herum. „Ich weiß. Deshalb kann ich dir ja vertrauen.“ Er ging auf ein Knie und sie blickte so entsetzt, dass er lachen musste. „Mackenzie Wyatt, erweist du mir die Ehre, so zu tun, als würdest du mich heiraten?“

„Du bist noch durchgeknallter, als ich dachte.“

„Ist das ein Ja?“

Sie schüttelte den Kopf. „Nein.“

Lächelnd ergriff er ihre Hände. „Ich wollte schon immer meine persönliche Nein-Sagerin." Als sie den Mund öffnete, um ihn weiter anzubrüllen, stand er auf und sagte schnell: „Aber denk doch noch mal darüber nach. Ich gebe dir ein paar Minuten."

Er musste sie darauf festnageln, bevor sie einen Weg fand, aus der Sache herauszukommen. Und seine Mutter und Großmutter warnen. Wahrscheinlich hätte er das vor der Pressekonferenz tun sollen, er hatte aber nicht daran gedacht.

Seiner Mutter würde er vielleicht einfach nur auf die Mailbox sprechen. Oder seine Großmutter bitten, es ihr beizubringen. Seine Mutter hatte eine starke Meinung über Mackenzie und er wollte sie bestimmt nicht noch mal hören.

Er holte sein Handy hervor und verließ Mackenzies Büro. Als sie sich erneut nach dem Tacker umsah, schloss er die Tür hinter sich.

Er wählte die Nummer seiner Großmutter und nickte den Leuten freundlich zu, die er passierte, so als würden sie ihm herzlich gratulieren, statt ihn ungläubig anzusehen.

Als seine Grandma ranging, wusste er nicht, was er sagen sollte.

„Äh …"

Sie lachte leise. „Wir haben es gesehen."

Wir. „Geht es Mutter gut?"

„Sie hat sich hingelegt."

Er überlegte, ob er ihr sagen sollte, dass es nur eine vorübergehende Vereinbarung war, entschied sich dann aber dagegen. Er musste seine Mutter mit ins Boot holen und er glaubte nicht, dass er das übers Telefon schaffen würde. Ihr war zuzutrauen, dass sie versuchte, seine vorgetäuschte Verlobung zu beenden, bevor sie überhaupt angefangen hatte. Er sah über die Schulter zu Mackenzies

Büro. Ihr würde er das auch zutrauen.

„Ich muss los. Ich muss noch ein paar Interviews geben. Sag Mutter, dass sie sich keine Sorgen machen muss und ich sie heute Abend besuchen werde."

„Bring Mackenzie mit."

Ethan verzog das Gesicht, als er sich Mackenzie und seine Mutter zusammen in einem Raum vorstellte. „Ich versuche es." Er hielt inne. „Du scheinst nichts gegen diese überstürzte Verlobung zu haben."

„Ich wusste es in der Sekunde, als ich deinen Großvater das erste Mal gesehen habe, dass ich ihn liebe. Manchmal passiert so etwas einfach so. Und manchmal dauert es sieben Jahre und unendlich viele falsche Entscheidungen, bevor man erkennt, was man direkt vor sich hat."

Lächelnd schüttelte er den Kopf. Hoffentlich war sie nicht allzu aufgebracht, wenn sie herausfand, dass ihre Beziehung nur vorgetäuscht war?

Wahrscheinlich nicht. Grandma konnte nichts so leicht aus der Fassung bringen und auch wütend wurde sie nur selten. Das überließ sie seiner Mutter.

„Wir sehen uns heute Abend. Versuch, sanft zu Mutter zu sein", bat er.

Ellen legte lachend auf. Ethan war froh, dass wenigstens ein Mensch die Situation amüsant fand.

Er beschlagnahmte ein Büro auf Mackenzies Etage und rief kurz seinen Pressesprecher an, um herauszufinden, wer ein Interview wollte. Er gab die Erlaubnis, die freudige Verlobung zu bestätigen und bekanntzugeben, dass sie noch kein Datum für die Hochzeit festgelegt hatten.

Nachdem er vier Journalisten zurückgerufen, kurze Interviews und das Versprechen auf weitere gegeben hatte, lehnte er sich zurück und atmete tief durch.

Als er am Morgen die Fotos in der Illustrierten gesehen hatte, war er vor Zorn fast übergekocht. Er konnte sich nicht erinnern, jemals eine solche glühende Wut verspürt zu haben. Schon in jungen Jahren hatte er gewusst, dass er Freiwild war. Es würde Gutes und Schlechtes über ihn geschrieben werden. Und das war der Punkt. Es lag an ihm, die Presse dazu zu bringen, es so darzustellen, wie er es gerne haben wollte.

Die Frauen, mit denen er bisher zusammen gewesen war, standen bereits im Rampenlicht. Sie kannten den Druck, die unausgesprochenen Regeln …

Zumindest die meisten von ihnen.

Aber Mackenzie tat dies nicht und sie auf dem Cover dieses Klatschblattes zu sehen, hatte in ihm ernsthaft den Wunsch geweckt, diejenigen in Grund und Boden zu stampfen, die sie dort hingebracht hatten.

Er war heute Morgen zu ihr gekommen, um sie zu trösten. Um ihr zu sagen, dass alles gut werden würde. Und nach zwei Minuten war ihm klar geworden, dass Mackenzie nicht von ihm beschützt werden musste und es auch nicht wollen würde.

Sie hatte verdammt gut dafür gesorgt, dass er aufhörte, den Kopf hängenzulassen und von Rache zu träumen, und stattdessen darüber nachdachte, wie er die Geschichte gerne gewebt haben wollte.

Sobald ihm die Idee gekommen war, hatte er gewusst, dass eine Verlobung genau das war, was er brauchte. Es würde die Klatschblätter zum Schweigen bringen. Es würde jede andere Ex-Freundin zum Schweigen bringen, die darüber nachdachte, der Presse Lügen zu erzählen.

Es würde die Spekulationen über Mackenzie und ihn beenden.

Ein Geheimnis war immer verlockend, doch durch die Verkündung der Verlobung war das Geheimnis gelüftet. Natürlich blieb da immer noch das Mysterium, wer diese Frau war, der Ethan Howell O'Connor ins Netz gegangen war.

Er lachte leise, als er sich vorstellte, wie ein Reporter Mackenzie zu fassen bekam und was sie ihm antworten würde. Bevor das passierte, würde er ihr ein paar Lektionen darüber geben müssen, wie man mit der Presse sprach.

Er dachte daran, die wenigen Meter zu ihrem Büro zurückzukehren, entschied dann aber, ihr noch ein paar Minuten zum Abkühlen zu geben. Zumindest genug Zeit, um diesen Tacker zu leeren.

*

Mackenzie schäumte an ihrem Tisch vor sich hin, nachdem Ethan gegangen war.

Daran war nur dieses blöde Softballspiel schuld. Sie hatte gewusst, dass man Arbeit und Vergnügen nicht vermische sollte, und tatsächlich hatte sie recht gehabt. Innerhalb von einer Woche war sie von einer nervigen Finanzmaklerin zu seiner Verlobten mutiert, und seine Familie hatte sie auch kennengelernt. Und sie hatte keinen blassen Schimmer, wie sie aus dieser verfahrenen Situation wieder herauskommen sollte. Man würde sie glatt am Telefon auslachen, wenn sie versuchen würde, eine Pressekonferenz zu geben.

Vielleicht sollte sie einen eigenen Artikel bei dieser Illustrierten einreichen: *Er hat mich gezwungen, ihn zu heiraten!*

Was für ein Albtraum.

Ihr Notfallvorrat an Schokolade nahm heute beträchtlich ab. Sie konnte sich nicht konzentrieren. Und jeder im Büro fand einen Grund, um an ihrem Büro vorbei zu schlendern und sie anzustarren. Sie wusste, dass man sie sofort mit Fragen überfallen würde, sobald sie die zweifelhafte Sicherheit ihres Büros verließ, und sie hatte noch nicht die geringste Idee, was sie sagen sollte. Und wie sie es sagen sollte, ohne zu ersticken, zu hyperventilieren oder rot zu werden.

Alle Welt glaubte, sie wäre mit Ethan Howell O'Connor verlobt.

Wie sollte sie je wieder mit erhobenem Kopf durch die Stadt gehen? Er war mit Filmstars und Models zusammen gewesen und nun war er mit ihr verlobt? Niemand hätte es geglaubt, wenn er es der Öffentlichkeit nicht persönlich gesagt hätte.

Ihre Mailbox war voll, im Grunde seit dem Ende der Pressekonferenz. Die besorgniserregendsten Nachrichten stammten von seiner Großmutter und seiner Mutter, dann folgten Anfragen von rund zehn Reportern.

Diese Sache würde ihr Leben völlig auf den Kopf stellen und er ging davon aus, dass sie ihn letztendlich einfach so abservieren und zur Normalität zurückkehren konnte? Manchmal konnte er sogar sich selbst täuschen.

Sie hatte zwei Nachrichten von Freunden.

Eine stammte von Shane. „Arbeitet mehr als eine Mackenzie Wyatt für O'Connor? Denn ich könnte schwören, ich habe gerade gehört, dass er mit dir verlobt ist."

Die andere kam von Cassandra. „Mackenzie! Kaum haben wir eine lausige Woche lang nicht miteinander gesprochen, schon stürzt der Himmel ein! Was läuft da? Ruf mich an!"

Sie hatte keine Ahnung, was sie ihnen sagen sollte. Sie hatte ja nicht mal eine Ahnung, was sie selbst davon halten sollte.

Fünfzehn Minuten später hatte sie sich zu ihrem Auto geschlichen. Es gab eine Person, die ihr möglicherweise helfen konnte. Eine Person, die sich noch weniger über diese Verlobung freute als sie. Im Büro konnte sie diesen Menschen allerdings nicht anrufen. Diese fassungslosen, neugierigen Blicke konnte sie nicht eine Sekunde länger ertragen, ohne zu schreien, dass sie Ethan O'Connor auf keinen Fall heiraten würde.

Und das würde sie nur noch lächerlicher wirken lassen, wenn er zurückkam und allen sagte, dass sie seine Frau werden würde. Sie würden ihm glauben. Sie würden ihm immer glauben.

Sie hielt an einer Tankstelle und rief über ein Münztelefon die Nummer an, die seine Mutter in ihrer Nachricht hinterlassen hatte. Mackenzie war der letzte Mensch in Kalifornien ohne Handy und normalerweise machte sie das stolz. An diesem Tag wäre sie jedoch froh gewesen, wenn sie nicht nicht aus dem Auto hätte aussteigen müssen.

Seine Mutter klang zurückhaltend, als sie sich meldete, und Mackenzie stellte sich genauso zurückhaltend vor.

Einen Herzschlag lang herrschte Schweigen.

„Ms Wyatt."

Wieder Schweigen.

„Kommen Sie doch zum Abendessen."

„Zu dem Zeitpunkt bin ich entweder betrunken oder im Gefängnis, weil ich Ihren Sohn umgebracht habe. Treffen wir uns doch lieber zum Mittagessen."

„Vielleicht sollten wir dieses Gespräch besser unter vier Augen führen."

„Ich kann jetzt zu Ihnen kommen. Je eher Sie sich darum kümmern, was mit Ethan nicht stimmt, desto eher können wir diese vorgetäuschte Verlobung beenden."

„Vorgetäuscht?" Christine O'Connor klang etwas fröhlicher. „Kommen Sie zum Hotel."

Mackenzie fuhr zurück in die Innenstadt zum Hotel. Die hohe Glasfassade des Ritz-Carlton glitzerte im Sonnenlicht, und als Mackenzie die moderne Lobby betrat, schrie förmlich alles nach Geld. Der moderne Stil passte weder zu Christine noch zu Ellen O'Connor, aber vielleicht hatte Ethan es ausgesucht. Er würde hier perfekt ins Bild passen. Im Grunde würde er überall so wirken, als sei er zu Hause. Im Moment wünschte ihm Mackenzie jedoch einen Sarg als Unterkunft.

Bevor Mackenzie anklopfen konnte, öffnete Christine O'Connor die Tür, und Mackenzie trat ein. Einen Augenblick fragte sie sich, ob es klug war, mit seiner Mutter allein zu sein, doch dann hörte sie Ellen O'Connor leise lachen.

„Ich hab selbst ein paar Mal so ein Gesicht gezogen, als ich mit Ethans Großvater verheiratet war."

„Als würden Sie ihn umbringen wollen?"

„Als wäre ein Mord noch zu gut für ihn. Nun, Christine war immer zu sanft. Sie war auf Michael nie so wütend wie ich auf Grant."

Mackenzie betrachtete Christines eisige Miene. Sanft war nicht das Wort, das sie gewählt hätte, um Ethans Mutter zu beschreiben.

„Kann denn niemand Ethan mal an die Leine nehmen? Er ist eine Plage", sagte Mackenzie.

„Dafür braucht er eine Frau." Ellen grinste sie an.

Christine räusperte sich. „Sie sagten, die Verlobung sei nur vorgetäuscht?"

Mackenzie marschierte zum Fenster und blickte in die trübe, gelbe Luft. „Ethan hat entschieden, dass der beste Weg, dieser Klatsch-und-Tratsch-Hölle zu entkommen, darin besteht, sich mit der Frau seiner Träume zu verloben. Leider hat er mich für diese Rolle ausgesucht."

„Das wirkt aber sehr weit hergeholt", bemerkte seine sanftmütige Mutter.

Ellen baute sich neben ihr auf. „Ich denke, Sie passen

perfekt zu ihm."

Mackenzie und Christine sahen sie finster an.

„Er hat es in dieser dämlichen Pressekonferenz verkündet, bevor er mich überhaupt gefragt und mir verraten hat, was er vorhat. Und Sie können mir glauben, so will man nicht erfahren, dass man mit Mr Charming verlobt ist."

„In Ihrer Gegenwart verhält er sich nicht mal annähernd so lässig und selbstsicher wie bei all den Frauen, die er sonst mit nach Hause bringt. Sie tun ihm gut. Und hör auf, so finster zu schauen, Christine. Diese tiefe Falte zwischen deinen Augen ist da, seit du Mackenzie kennengelernt hast."

Mackenzie musste beinahe darüber lachen, wie schnell seine Mutter aufhörte, das Gesicht zu verziehen.

Mackenzie fuhr sich durch die Haare. „Beim Picknick hätte ich Ihnen noch versprochen, dass ich Ihren Sohn niemals verletzen würde, aber dank ihm habe ich meine Meinung dazu seitdem geändert."

Die Falte kehrte zurück.

„Er hört mir überhaupt nicht zu. Vielleicht können Sie ihm etwas Verstand einbläuen", bat Mackenzie.

Ellen schüttelte den Kopf. „Dieser Junge ist für seinen Dickschädel berüchtigt. Ich glaube, Sie haben ihn am Hals."

„Sie könnten ihn einweisen lassen. Sagen Sie der Presse einfach, dass er offensichtlich den Verstand verloren hat."

„Im Gegenteil. Ich glaube, dass er ihn endlich gefunden hat."

Christine seufzte. „Das ist nicht hilfreich, Ellen."

„Jemand muss auf seiner Seite sein. Ihr zwei wollt euch gegen ihn verbünden. Und als seine Großmutter ist es meine Pflicht, seine Zukunft und das Fortbestehen des Familiennamens zu schützen. Diese Frau ist die Richtige für ihn, dessen bin ich mir sicher. Wir brauchen frischen Wind in der Familie. Und er braucht jemanden, der sich nicht von ihm einwickeln lässt."

Bei dem Gedanken an zukünftige O'Connors wurde Mackenzie ein wenig übel. Seine Mutter wirkte auch etwas angeschlagen.

Langsam ließ sich Mackenzie auf die Couch sinken und sah Christine hoffnungsvoll an. „Vielleicht können Sie ja beide einweisen lassen?"

Ellen setzte sich neben sie. „Es hat auch sein Gutes, eine O'Connor zu sein. Sicher können wir in Bezug auf Enkelkinder eine Einigung finden, die für beide Seiten vorteilhaft ist."

In diesem Moment wurde Mackenzie klar, dass sie nicht viel ausrichten würde, wenn sie nur seine Mutter auf ihrer Seite hatte. Vielleicht hätte Sie Erfolg haben können, wenn Ellen gegen diese Beziehung gewesen wäre, aber wenn sie ihr und Ethan die Stirn bieten musste, kämpfte sie auf verlorenem Posten. Seine Großmutter hatte ihr bereits gesagt, dass sie sich für das einsetzen würde, was auch immer ihrer Meinung nach das Beste für das Team O'Connor war. Anscheinend hatte sie beschlossen, dass Mackenzie eine Bereicherung dafür sein würde.

Mackenzie verabschiedete sich und fand sich wenig später vor einem Sportzentrum mit Schlagkäfigen wieder. Sie zog die Jogginghose an, die sie für solche Notfälle im Auto hatte, und schlug mit voller Kraft auf einen Ball ein, der in ihrer Vorstellung wenig überraschend Ethan Howell O'Connor ähnelte.

*

Ethan gab Mackenzie fast eine Stunde, um sich beruhigen, bevor er für einen weiteren Überredungsversuch zurückkehrte. Er grinste vor sich hin und genoss es sehr, dass er sie förmlich anflehen musste, damit sie auch nur vorgab, ihn zu heiraten. Nachdem er jahrelang Frauen abgewehrt hatte, war diese Herausforderung sehr willkommen.

Allerdings genoss er es etwas weniger, als er feststellte, dass ihr Büro verlassen war. Niemand wusste, wohin sie gegangen war, niemand hatte ihre Handynummer und sie ging nicht an ihren Festnetzanschluss.

Er runzelte die Stirn. Er hatte nicht erwartet, dass sie weglaufen würde.

Er ging die Nachrichten auf seiner Mailbox durch, in der Hoffnung, dass sie angerufen hatte, aber selbst ihm war klar, dass die Chancen gering standen. Er stellte jedoch fest, dass er eine Mitteilung von seiner Großmutter hatte, die ihm mitteilte, dass Mackenzie sie im Hotel besucht hatte und vor Wut schäumte. Sie klang sehr amüsiert.

Also rief er sie schnell zurück.

„Ist Mackenzie noch da?"

„Nein. Sie wollte uns bitten, dich zu überreden, diese vorgetäuschte Verlobung rückgängig zu machen, ist dann aber empört abgerauscht, als ich angefangen habe, von Babys zu sprechen und davon, wie man die O'Connor-Männer bei der Stange hält. Sie will dich und mich einweisen lassen."

Ethan rieb sich die Stirn. „Ich hätte euch sagen sollen, dass das alles nur eine Farce ist, aber ich wollte Mutter persönlich von meinem Plan überzeugen. Mackenzie tut mir nur einen Gefallen."

Darüber lachte Ellen laut. „Wenn es nach ihr geht, tut sie dir überhaupt keinen Gefallen. Aber ich hoffe, dass diese Verlobung bestehen bleibt. Sie ist seit Jahren die beste Frau, mit der du dich je eingelassen hast, und ich hoffe, dass du möglichst bald dein Hirn einschaltest und das auch begreifst."

Seine Großmutter konnte genauso schlimm sein wie seine Mutter, wenn es darum ging, ihn zu verheiraten. Sie war nur etwas scharfsinniger.

„Hat sie eine Handynummer hinterlassen oder dir gesagt, wo sie hinwill?"

„Nein, aber wenn ich du wäre, würde ich einfach abwarten. Sie wird zurückkommen, um das mit dir zu klären."

Ethan entspannte sich. Sie hatte recht. Mackenzie würde zurückkommen, um ihm die Hölle heißzumachen. Er musste nur warten, bis sie den Schock verdaut hatte.

„Und Ethan. Besorg dem Mädchen einen Ring! Eine Verlobung ist erst echt, wenn die Braut einen Ring am Finger hat."

Er legte auf. Das war eigentlich keine schlechte Idee. Er hatte immer wieder festgestellt, dass Schmuck eine beruhigende Wirkung auf Frauen hatte.

Auf dem Weg zum Juwelier kam er an Mackenzies Haus vorbei. Er war nicht überrascht, dass bereits ein Fernsehteam davor wartete. Mackenzie wäre überrascht, aber das konnte er nicht ändern, weil sie ihre Handynummer nun mal nicht in der Firma hinterlegt hatte.

Schließlich hielt er vor dem Laden des Juweliers, den er schon unzählige Male aufgesucht hatte, wenn eine Beziehung zu Ende ging. Bisher hatte er noch nie am Anfang Schmuck gebraucht und er fragte sich, ob Mackenzie das auch so witzig finden würde wie er.

Wohl eher nicht. Wahrscheinlich würde sie behaupten, das liege an der Art Frau, mit der er normalerweise ausging, und er konnte dem nicht widersprechen. Mackenzie spielte in einer vollkommen anderen Liga.

Er wählte einen Diamantring, der seinen Zweck erfüllte, bis er ihr eine Maßanfertigung besorgen konnte. Es war sicher ohnehin besser, mit dem wirklich hübschen Ring zu warten, bis Mackenzies Wut verraucht war.

3

Mackenzie parkte am Ende der Straße und betrachtete die Szene mit wachsender Fassungslosigkeit. Mehrere Fahrzeuge von Fernseh-Crews und Journalisten blockierten ihre Einfahrt und die Nachbarn standen glotzend auf dem Bürgersteig. Einige wurden sogar interviewt. Wie konnte ein einzelner Mann so viel Chaos anrichten?

Langsam wendete sie den Wagen und fuhr zur nächsten Tankstelle zurück. Entweder würde sie diesen Schlamassel schnell in Ordnung bringen müssen oder einknicken und sich ein Handy besorgen.

Sie rief erneut seine Mutter an. „Vor meinem Haus sind Reporter. Wie erreiche ich Ihren Sohn?"

Christine schwieg und Mackenzie unterdrückte ihre Frustration. Diese Frau würde sie nicht in Ethans Nähe lassen, solange sie fürchtete, dass auf Mackenzies Tagesordnung stand, ihm körperliche Schäden zuzufügen.

Und diese Möglichkeit bestand durchaus. Mackenzie musste ihren Wunsch danach nur besser verbergen.

„Niemand außer ihm kann das rückgängig machen", erklärte Mackenzie ein klein wenig ruhiger. „Ich muss mit ihm reden. Könnten Sie mir seine Handynummer geben? Dafür muss ich ihn nicht sehen und das will ich auch gar nicht."

Sie hörte Ellen im Hintergrund, dann raschelte es, als das Telefon weitergereicht wurde. „Ihr zwei werdet die ganze Zeit dagegen ankämpfen, nicht wahr? Rufen Sie Ethan an, er sucht Sie."

Ellen nannte ihr seine Handynummer und die Nummer der Suite, in der er untergekommen war, und Mackenzie dachte beim Auflegen noch einmal darüber nach, ob sie wirklich mit ihm reden wollte.

Oh ja, sie würde bis zum Letzten dagegen ankämpfen. Aber sie wusste besser als alle anderen, dass Ethan immer bekam, was er wollte, solange es den Preis wert war. Er würde sich diese falsche Verlobung nicht so leicht ausreden lassen, immerhin glaubte er, dass sie all seine Probleme löste. Er würde viel dafür geben und wenn man bedachte, dass sie diejenige war, die dafür bezahlte und nicht er, hatte sie kaum Hoffnung, ihn überzeugen zu können, den Plan aufzugeben.

Und sie würde diesen Kampf ganz sicher nicht gewinnen, indem sie an seine Gutmütigkeit appellierte. Als er diesen Ball ins Rollen brachte, hatte er bereits gewusst, dass er damit ihr Leben durcheinanderbringen und ihr einen Herzinfarkt bescheren würde.

Sie musste ihn entweder zu der Erkenntnis bringen, dass die Sache ihm nicht so sehr helfen würde, wie er glaubte, oder so teure Bedingungen aufstellen, dass es ihm nicht mehr lohnend erschien, sein Vorhaben durchzuziehen.

Bedächtig wählte sie seine Nummer und fragte sich, ob er einen unbekannten Anrufer überhaupt annehmen würde, aber das Freizeichen war kaum ertönt, als sie auch schon seine Stimme hörte. „Mackenzie?"

Sie stieß den angehaltenen Atem aus. „Mein Haus wird von Reportern belagert."

„Ich weiß. Ich bin vorbeigefahren, um dich zu suchen, nachdem du weggelaufen bist.“

Sie ignorierte die Spitze. „Was wirst du dagegen tun?“

„Ich denke, wir sollten sie ein paar Fotos machen lassen. Das ist alles, was sie wollen.“

„Sie wollen Fotos von deiner Verlobten. Ich bin nicht und werde auch nie deine Verlobte sein.“

Er seufzte tief. „Ich weiß, dass du keinen Grund hast, mir zu helfen, Mackenzie, aber ich brauche dich. Wirklich.“

Schweigen breitete sich aus, während sie beide seine Worte verarbeiteten. Die Bitte auszusprechen, schien ihm genauso unangenehm zu sein wie ihr.

Er klang verzweifelt. Wie um alles in der Welt sollte sie einem verzweifelten Ethan O'Connor widerstehen?

Er räusperte sich. „Komm in mein Hotel. Oder sag mir, wo du bist, und ich treffe dich da. Wir können sicher eine Einigung finden, die für beide Seiten vorteilhaft ist, okay?“

Sie erschauerte unwillkürlich, als er unbeabsichtigt seine Großmutter zitierte. Doch gleich darauf, hatte sie sich wieder gefasst. Er wollte schließlich keine Kinder, sondern eine Schein-Verlobte. Es gab keinen Grund, es noch schlimmer zu machen, als es bereits war.

Schwer seufzend lehnte sie die Stirn gegen das Münztelefon.

Sie suchte immer noch nach einem Ausweg, als er fragte: „Von welcher Nummer rufst du an? Ist das dein Handy?“

„Es ist ein Münztelefon. Ich habe kein Handy.“

Es folgte eine lange, verblüffte Pause. „Du hast kein Handy? Selbst Kindergartenkinder haben heutzutage Handys.“

Sie legte auf.

Sie stieg gerade in ihr Auto, als das Münztelefon klingelte. Sie starrte es kurz an, dann marschierte sie darauf zu und nahm ab. „Was?“

„Wir könnten uns bei dir treffen, aber du hast die Reporter gesehen. Im Hotel werden zumindest die Paparazzi ferngehalten.“

Sie schloss die Augen und besiegelte ihr Schicksal. „Schön. Ich komme zu dir.“

„Ich besorge uns was zum Abendessen. Was möchtest du?“

Frustriert sah sie das Telefon an. „Das ist kein Date, Ethan.“

„Nein. Es ist eine geschäftliche Besprechung in meinem Hotelzimmer zu einer Zeit, in der die meisten Leute zu Abend essen. Wir besprechen beim Essen unsere Bedingungen.“

Bei dem Gedanken, mit ihm allein in seinem Hotelzimmer zu sein, zog sich ihr Magen zusammen. „Gibt es in so einem schicken Hotel kein Restaurant? Reservier einen Tisch.“

Sie konnte praktisch hören, wie er den Kopf schüttelte. „Du weißt, dass das nicht funktionieren wird. Wir dürfen nicht riskieren, dass jemand diese spezielle Verhandlung belauscht, oder? Außerdem hab ich das Gefühl, dass du mich noch etwas anschreien musst.“

Sie lächelte beinahe. „Damit liegst du richtig.“

„Ich bestelle etwas mit Schokolade. Das wird helfen.“

Erneut legte sie auf. Er besorgte besser *viel* Schokolade.

*

Mackenzie fuhr zurück in die Innenstadt. Natürlich befand sich seine Suite im obersten Stockwerk des Hotels. Für Mr O’Connor nur das Beste.

Sie stand vor dem Panoramafenster und blickte über die Stadt. Lichter glitzerten in der Abenddämmerung und über den Freeway unter ihnen zog sich ein rot-weiß leuchtender Strom aus Autos.

Ethan trat neben sie. „Mit den Klatschblättern wäre es bestimmt immer schlimmer geworden. Ich habe viele Ex-Freundinnen."

Die Untertreibung brachte sie unwillkürlich zum Lachen und er grinste sie selbstironisch an, bevor er wieder auf die Stadt blickte.

„Hast du mal daran gedacht, eine Pause zu machen? Brauchst du immer eine Frau am Arm?"

„Ich weiß, dass das eingebildet klingt, aber eine Freundin ist manchmal meine einzige Verteidigung. Frauen …"

„Werfen sich dir an den Hals?" Er nickte und sie verdrehte die Augen. „Hast du jemals darüber nachgedacht, einfach Nein zu sagen?"

Er musterte sie. „Ich glaube nicht, dass du wirklich verstehst, was es bedeutet, wenn sich dir jemand an den Hals wirft. Jedes Mal, wenn ich einen Fahrstuhl betrete, wartet darin eine Frau auf mich. Jedes Mal, wenn ich mich in ein Restaurant setze, nimmt unvermittelt eine Frau neben mir Platz. Mir werden Telefonnummern zugesteckt und Einladungen zugeflüstert. Wenn ich aber sage, dass ich vergeben und meiner Partnerin treu bin, erledigt sich die Sache sehr schnell und alle können das Gesicht wahren."

„Zusammen mit einem Lächeln und einem *Schätzchen.*"

Er lächelte schwach. „Ich nenne nur dich Schätzchen."

Sie wusste nicht, was sie darauf sagen sollte, und er lachte.

„Schätzchen ist eine Verniedlichung und die hasst niemand mehr als du." Er zuckte noch immer lächelnd mit den Schultern. „Es bringt mich zum Lachen, und dass du es hasst, macht es noch besser."

„Oh ja, alle werden garantiert glauben, wir wären

wahnsinnig ineinander verliebt.“

Er ergriff ihre Hand. „Zwischen uns ist etwas. Eine Art Feuer. Es ist vielleicht feindseliges Feuer, aber es ist da. Jeder Idiot kann das sehen. Es gibt sogar Beweisfotos davon in den Boulevardblättern.“

Sie zog ihre Hand zurück und schob sie in die Tasche. „Meine fünf Minuten im Rampenlicht.“

Er sah wieder hinaus auf die Stadt, und sie beobachtete ihn einen Moment schweigend. „Du wirst diesen Plan nicht aufgeben, oder?“

Kopfschüttelnd sah er ihr in die Augen. „Ich kenne deine Schwäche, Mackenzie. Wenn es sein muss, zahle ich den Preis.“

Sie hob eine Braue. „Und was genau ist meine Schwäche?“

„Du gewinnst gern.“ Er grinste.

„Ich dachte, du würdest Geld sagen.“

Er schüttelte den Kopf. „Geld ist die Trophäe. Aber du willst gewinnen.“

„Wie um alles in der Welt soll ich denn gewinnen, wenn ich mit dir verlobt bin? Weißt du, wie viele Abschlüsse ich seit deiner kleinen katastrophalen Verkündung auf dieser Pressekonferenz gemacht habe? Keinen einzigen. Weißt du, wie oft ich jemanden hab flüstern hören, dass ich mit dem Boss schlafe? Zweimal.“

„Das tut mir leid. Wirklich.“

„Ich weiß nicht, ob ich überhaupt weiter für OC arbeiten kann, Ethan. Ob ich bei dieser Scharade mitmache oder nicht, jede Anerkennung, die ich je bekommen habe, wird nun infrage gestellt und jeder Bonus kritisch beäugt werden.“

„Niemand würde je daran zweifeln, dass du dir alles selbst verdient hast.“

„Oh doch, jeder würde das tun. Und wird es auch tun.

Die anderen werden sich fragen, ob ich eine Sonderbehandlung bekomme und mir die einfachen Aufträge zugeschustert werden.“

Der Zimmerservice klopfte und Ethan ging zur Tür. Der Servierwagen war voll beladen: zwei Teller Suppe, zwei Salate, Steak, Pasta, eine Flasche Wein, zwei Flaschen Bier und Schokoladenkuchen.

Mackenzie schüttelte leicht schmunzelnd den Kopf und Ethan grinste sie an. „Ich wusste nicht, was du willst. Nur beim Kuchen war ich mir ziemlich sicher.“

Sie nahm sich Steak, Salat und ein Bier und er folgte ihrem Beispiel.

„Siehst du, wie gut wir zusammenpassen?“, sagte er und zeigte auf ihre Teller.

„Mhm. Ich sehe es vor mir, Partnerbörsen, die auf Essgewohnheiten basieren.“

„Oder vielleicht darauf, was man nicht so gern isst. Wenn du keinen Fisch magst, willst du nicht mit einem Fischesser zusammen sein.“

Mackenzie schüttelte schnaubend den Kopf. „Und da geht die Romantik dahin. Was, wenn es Liebe ist, stinkenden Fisch zu ertragen?“

Ethan musterte sie. „Das ist Liebe? Ich hatte ja keine Ahnung.“

„Ich will damit sagen, dass wahre Liebe nicht nur aus guten Seiten und Gemeinsamkeiten besteht. Manchmal wird der andere vielleicht Sachen mögen, die man selbst nicht ausstehen kann, was dann aber völlig unwichtig ist.“

Er betrachtete sie lächelnd. „Du bist eine Romantikerin. Darauf wäre ich nie gekommen.“

„Bin ich nicht. Ich denke nur, dass solche dummen Kleinigkeiten nicht wichtig sein sollten, wenn Liebe im Spiel ist.“

„Oh doch, du bist eine Romantikerin. Das kannst du mir

nicht ausreden."

Seufzend nahm sie sich ein Stück Kuchen. Er war saftig, süß und sehr schokoladig und nachdem sie den Kuchen aufgegessen hatte, war ihr die Vorstellung, mit Ethan O'Connor verlobt zu sein, nicht mehr ganz so zuwider. „Also, was passiert, wenn ich bei deiner verrückten Idee mitmache und deine Verlobte spiele? Muss ich vorgeben, dass mir all die kleinen Macken an dir, die mich in den Wahnsinn treiben, egal sind? Wie soll ich nach all dem am Ende als Gewinnerin hervorgehen?"

„Zunächst einmal habe ich gar nicht so viele Macken. Weißt du nicht, dass ich Mr Charming bin?"

„Mhm", machte sie erneut und er grinste.

„Und zweitens überschreibe ich dir einen Anteil von O'Connor Capital."

Sie sog scharf die Luft ein und musterte ihn abschätzig, um zu prüfen, ob er aufrichtig zu ihr war. Er sah sie an, ohne zu lächeln, und ohne dieses Funkeln in den Augen. Sie öffnete den Mund, um etwas zu sagen, irgendetwas, und nichts kam heraus.

„So viel bedeutet es mir", fuhr er fort.

Mackenzie räusperte sich. „Das kann nicht dein Ernst sein."

„Doch. Ich gebe dir einen Anteil von drei Prozent an der Firma. Das wären etwa hunderttausend Dollar Ertrag pro Jahr, also ungefähr die Höhe deines Grundgehalts, aber du wirst die einzige familienexterne Teilhaberin sein. So wirst du am Ende gewinnen."

Mackenzie lehnte sich zurück. „Kannst du überhaupt Anteile abgeben?"

Er lächelte schwach. „Ich brauche einen Mehrheitsbeschluss. Mutter, Grandma und ich sind zu gleichen Teilen am Unternehmen beteiligt. Eine von beiden muss also zustimmen, dass ich dir Anteile übertrage. Zum

Glück mag meine Grandma dich.“

„Aber mag sie mich auch so sehr, dass sie zustimmen wird? Und was passiert, wenn wir diese Sache beendet haben? Wird sie dann immer noch wollen, dass ich einen Anteil am Unternehmen besitze?“

„Du arbeitest seit sieben Jahre für O’Connor Capital. Du weißt, wie der Vertrieb und das Geschäft laufen. Ich habe keine Bedenken, dich als Minderheitseigentümerin mit ins Boot zu holen. Sie weiß, dass diese Verlobung irgendwann wieder aufgelöst werden wird, und findet die Idee trotzdem gut.“

Mackenzie musste unwillkürlich lachen. „Will ich überhaupt wissen, wie deine Mutter den Vorschlag aufgenommen hat, mich am Unternehmen zu beteiligen?“

Er nahm einen Bissen. „Ich hab es ihr nicht gesagt. Ich brauche nur die Zustimmung von einer der beiden.“

Sie erschauderte. „Ich will nicht dabei sein, wenn sie es herausfindet. Allein der Gedanke, dass du mich an der Firma beteiligen willst, ist völlig verrückt.“

„Ich brauche eine Pause, Mackenzie. Eine Pause von Frauen, vom Drama, von den Gerüchten in den Klatschblättern. Ich brauche eine Pause von Mr Charming. Ich hab das Gefühl, als würde ich am Rand einer Klippe stehen und wenn auch nur noch eine Erschütterung kommt, falle ich.“ Er lehnte sich zurück und sah sie an. „Ich weiß, dass ich dir vertrauen kann. Ich muss mich nicht sorgen, dass ich dir wehtun könnte, weil du mir noch nie blind etwas geglaubt hast, was ich gesagt habe. Bei dir kann ich so sein, wie ich wirklich bin.“

„Das ist keine Beteiligung an deiner Firma wert.“

Er schloss die Augen und sagte leise: „Ich kann keine weitere Frau ertragen, die mich ansieht, als wäre ich die Antwort auf all ihre Gebete, obwohl ich weiß, dass ich es nicht bin. Obwohl ich weiß, dass ich ihr nach ein paar kurzen Monaten nur Kummer bereiten werde. Ich möchte niemandem wehtun, vor allem niemandem, der mir etwas bedeutet. Aber scheinbar kann ich nicht damit aufhören.“ Er öffnete die Augen. „Ich brauche einen Puffer. Du musst mein Puffer sein.“

Sie starrte ihn an und versuchte, kein Mitleid mit ihm zu haben.

„Und ich weiß, dass du nur für mein Team spielen wirst, wenn ich dich bezahle. Wenn wir die Verlobung auflösen, werden wir durchsickern lassen, dass ich dir einen Anteil an meiner Firma übertragen habe. Und jeder wird sagen, wie klug es von dir war, mir am Anfang etwas abzuknöpfen, anstatt am Ende mit leeren Händen dazustehen.“

Kopfschüttelnd schloss sie die Augen. Ihr war nicht ganz klar gewesen, wie verzweifelt er war. Er war bereit, ihr eine Beteiligung an seiner Firma zu geben? Sie würde nicht die geringste Chance haben, sich gegen ihn zu behaupten, wenn das ein Hinweis darauf war, wie viel er zu zahlen bereit war. Aber lustig, dass er sie mit einem Anteil an der Firma ködern wollte, denn darauf hatte sie es bestimmt nicht abgesehen.

„Ich will nicht mit drei Prozent beteiligt werden.“

Er schüttelte den Kopf. „Mehr zahle ich nicht. Das ist mein bestes Angebot.“

„Mir geht es nicht darum, mehr heraus zu verhandeln. Ich will überhaupt nicht an deiner Firma beteiligt sein.“

Er blinzelte. „Warum nicht?“

„Du kannst doch nicht für einen Gefallen einen Teil deiner Firma herschenken. Das darfst du nicht. Das ist es nicht wert. Ich kann nicht glauben, dass deine Großmutter bereit ist, dabei mitzumachen.“

„Sie wünscht sich, dass wir doch noch in echt zusammenkommen.“

Ungläubig sah sie ihn an. „Weil ich dich beinahe beim Softball geschlagen habe?“

„Ich glaube, weil du mich bedroht hast. Sie kann Frauen nicht ausstehen, die sich mir an den Hals werfen und dem O’Connor-Charme verfallen.“

„Ich kann nicht die einzige Frau sein, die in deiner Nähe nicht den Verstand verliert.“

„Die Liste ist kurz.“

Sie deutete auf den wachsenden Stapel an Klatschmagazinen, die nachlässig am Ende der Couch aufgetürmt waren. „Sie wird jeden Tag länger.“

Er lachte. „Das kann ich nur hoffen. Ich werde ein paar mehr Frauen als dich zur Auswahl brauchen, wenn ich je eine finden will, die mehr in mir sieht als nur einen reichen, gut aussehenden Kerl.“

„Eine, die dich durchschaut, wenn du wieder mal Bockmist erzählst.“

Er prostete ihr mit seiner Bierflasche zu und nickte. „Wenn O’Connors heiraten, dann für immer. Wenn ich meiner Frau bei einer Hochzeit die Hälfte meiner Anteile übertrage, sollte ich mir besser verdammt sicher sein, wen ich da heirate. Und sie sollte besser in der Lage sein, mich so zu sehen, wie ich wirklich bin.“

Mackenzie verschluckte sich. „Die Hälfte deiner Anteile?“

„Das ist Tradition. Als mein Großvater meine Großmutter geheiratet hat, hat er ihr die Hälfte seiner Anteile gegeben. Als mein Vater meine Mutter geheiratet hat, bekam sie die Hälfte seiner Anteile. Wenn ich heirate, gebe ich meiner Frau die Hälfte von meinen.“

Sie schüttelte den Kopf. „Ihr O’Connors seid verrückt. Kein Wunder, dass du deine Freundinnen abservierst, sobald sie ans Heiraten denken.“

„Vielleicht geht es bei wahrer Liebe nicht darum,

stinkenden Fisch zu ertragen. Vielleicht ist es, die Hälfte von allem abzugeben, wofür du je gearbeitet hast und arbeiten wirst."

„Das hat nichts mit Liebe zu tun, das ist schlicht dumm."

Seufzend betrachtete er seine Bierflasche. „Es bedeutet, sich sicher zu sein, wen man heiratet."

„Und wenn du die Frau, die die Hälfte deines Vermögens wert ist, nie findest?"

„Das werde ich. Sie ist irgendwo da draußen."

Sie konnte sich nicht entscheiden, ob sie ihn unglaublich süß fand oder einfach nur naiv. „Wer ist jetzt ein hoffnungsloser Romantiker?"

Er lächelte. „Vielleicht. Oder eher ein hoffnungs*voller* Romantiker."

Sie atmete tief durch. „Na ja, ich werde deiner zukünftigen Frau jedenfalls keine anderthalb Prozent wegnehmen. Ich werde keine Anteile von dir annehmen. Du musst dir schon etwas anderes einfallen lassen, damit ich für dich in diese Rolle schlüpfe."

Er starrte ihr in die Augen und lächelte dann. „Oh, Mackenzie. Ich kann dir sogar vertrauen, dass du meine Verzweiflung nicht ausnutzt? Jetzt wirst du mich bestimmt nicht mehr dazu überreden können, meine Meinung zu ändern."

Das war offensichtlich. Sie hätte die Hälfte seiner Firma, die Hälfte seines Blutes verlangen sollen. Jetzt würde sie ihn wohl nie mehr abschütteln.

Er lehnte sich auf seinem Stuhl zurück. „Wie wäre es damit? Nimm dir eine kleine Auszeit von der Arbeit und werde meine Verlobte. Ich zahle dir währenddessen dein Durchschnittsgehalt aus dem vergangenen Jahr, inklusive der Boni, und zwar alles aus meiner Tasche. Und nach ein paar Monaten, wenn sich die Wogen geglättet haben und alles vorbei ist, kannst du deine Stelle wieder einnehmen."

„Und du denkst, ich könnte ein paar Monate deine Verlobte spielen, mich von dir trennen und dann wieder für deine Firma arbeiten, als wäre nie etwas passiert? Glaubst du ernsthaft, dass meine Kunden überhaupt so lange auf mich warten würden?"

Er schwieg und schien zu wissen, dass sie recht hatte, aber er weigerte sich, ihr zuzustimmen.

„Ich kann weder jetzt noch später weiter für dich arbeiten. Und ich kann auch für keinen Konkurrenten arbeiten, solange wir angeblich verlobt sind, denn niemand würde mich einstellen, aus Sorge, ich könnte dir all ihre Betriebsgeheimnisse verraten."

„Im Leben gibt es mehr als nur Arbeit. Mach Urlaub."

Sie lachte über ihn. „Im Leben gibt es mehr als Arbeit? Ist das gerade wirklich aus deinem Mund gekommen?"

Er zuckte mit den Schultern. „Ich hatte genug Freundinnen, um zu beweisen, dass ich kein Workaholic bin. Was ist mit dir? Wie viele Ex-Freunde hast du, um zu beweisen, dass es in deinem Leben mehr als nur Arbeit gibt?" Er erstarrte. „Hast du einen Freund?"

Mackenzie verpasste sich gedanklich einen Tritt. Das wäre doch ein hervorragender Grund gewesen, warum sie bei diesem haarsträubenden Vorschlag nicht mitmachen konnte.

„Ja, ich habe einen Freund. Er war verständlicherweise aufgebracht, als er von meiner Verlobung gehört hat."

„Lügnerin. Wenn dem so wäre, hättest du ihn schon früher erwähnt." Er beugte sich vor und nahm ihre Hand. „Komm mit mir nach New York. Was auch immer du willst, ich werde es tun. Wir finden eine Lösung, aber komm mit mir."

Sie wusste, dass sie es tun würde. Sie würde ihn nach New York begleiten, ihr gesamtes Leben auf den Kopf stellen und wenn alles vorbei war, nach L.A. zurückkehren und dort vor dem Nichts stehen. Aber es musste sich für sie lohnen.

„Also gut, ich mache es, aber unter einer Bedingung. Ich nehme meine angesammelten Urlaubstage, während wir deine kleine Fantasie ausleben. Und am Ende bekomme ich eine hübsche Abfindung. So hübsch, dass ich mir keinen anderen Job suchen muss, bis alle vergessen haben, dass ich mal mit dir verlobt war."

„Du wirst die Firma nicht verlassen müssen. Ich halte mich einfach eine Weile aus dem Büro in L. A. fern."

„Doch, ich werde gehen müssen. Ich werde dann nämlich deine Ex sein, Ethan. Du hast es selbst gesagt, deine Trennungen sind immer hässlich. Auf keinen Fall kann ich weiter für dich arbeiten. Bist du bereit, deine beste Mitarbeiterin für diesen Plan aufzugeben?"

Er sah ihr in die Augen und antwortete: „Ja." Aber sie war sich bewusst, dass er nicht daran glaubte, den Preis dafür wirklich zahlen zu müssen.

Sie schüttelte den Kopf. „Lass uns einen Ehevertrag aufsetzen."

„Was?"

„Einen Ehevertrag. Du hast das Wort sicher schon mal gehört."

„Dir ist schon klar, dass ich dich nicht wirklich heiraten will, richtig?"

Sie ging zum Schreibtisch und suchte nach Papier. „Okay, nennen wir es Verlobungsvertrag. Ich habe ungefähr sechs Wochen Urlaub. Am Ende dieser sechs Wochen trennen wir uns und ich kündige. Und damit ist Schluss. Ich werde zu einem Mitbewerber gehen, wahrscheinlich HGC, und du wirst dir eine neue Freundin suchen, womit der ganze Kreislauf wieder von vorn beginnt und du nichts erreicht hast, außer mein Verkaufstalent und meine profitablen Abschlüsse zu verlieren."

Er sackte in seinem Stuhl zusammen und verschränkte die Arme. „Nicht HGC. Alle, nur die nicht."

Sie lächelte. „Oh, es wird schon HGC sein müssen. Ich bin sicher, für Bob Givens wird es ein Freudenfest sein, Ethan O'Connors Ex-Verlobte einzustellen."

„Er ist ein Idiot. Du wirst es hassen, für ihn zu arbeiten."

„Wahrscheinlich. Aber ich bezweifle, dass ich ihn so oft zu Gesicht bekommen werde, wie ich dich gesehen habe. Außerdem wird meine Abfindung so großzügig sein, dass ich es mir leisten kann, eine Weile nichts zu tun." Sie entdeckte seinen Laptop und deutete darauf. „Darf ich?"

Er nickte, folgte ihr und beugte sich über ihre Schulter, um zu sehen, was sie tat.

„Du bist bereit, mir eine Beteiligung von drei Prozent zu geben, damit ich deine Verlobte spiele." Sie sah ihn an. „Was dumm ist, und du bist nicht dumm."

„Wenn man verzweifelt ist, begeht man schon mal die ein oder andere Dummheit."

Sie drehte sich wieder zum Laptop. „Lass uns mal zurückhaltend schätzen, dass OC pro Jahr um ein Prozent wächst und ich noch fünfzig Jahre lebe."

„Du weißt, dass ich es wirklich hasse, wenn du die Firma OC nennst."

„Ich weiß."

„Und ein Prozent pro Jahr? Das ist nicht zurückhaltend, das ist beleidigend. Sagen wir zehn Prozent."

„Für fünfzig Jahre?" Sie wirbelte auf dem Stuhl herum, sodass er zurücktreten musste. „Und wovon träumst du sonst so?"

Er beugte sich wieder vor und stützte die Hände auf den Armlehnen ab. „Och, von so einigem."

Abrupt drehte sie sich wieder zum Tisch, wodurch er

zurückspringen musste, damit er nicht platt auf der Nase landete. „Das war fies, Wyatt."

„Hör auf, mir ins Ohr zu atmen, O'Connor."

Sie musste ihn nicht mal ansehen, um zu wissen, dass er lächelte. Es würde ihm gefallen, wenn er wüsste, dass er ihr unter die Haut ging.

„Und allein deswegen würde ich das Wachstum auf drei Prozent schätzen. Zehn Prozent gibt es nur in deinen Träumen."

„Und welchen Abzinsungssatz wendest du an?"

„Fünfzehn."

Er lachte laut auf. „Fünfzehn Prozent Zinsen für fünfzig Jahre? Wer von uns beiden träumt denn jetzt?"

„Ich hab es in den letzten zehn getan."

Er legte seinen Mund an ihr Ohr und murmelte: „Hast du? Vielleicht habe ich dich doch für die falsche Position eingestellt. Aber lass uns etwas realistischer sein und zehn Prozent sagen."

„Worin liegt der Sinn, wenn du den Markt nicht überbietest?"

„Lass uns einfach sehen, was herauskommt."

Sie arbeitete ein paar Minuten und lehnte sich dann zurück, damit sie sich gemeinsam die Zahlen ansehen konnten. Ihr Herz schlug sehr schnell.

„Nun", sagte er. „Du hättest Buchhalterin werden sollen."

„Für mich sieht es so aus, als könnte ich von jetzt an alles sein, was ich will." Sie schluckte. „Ist dir das so viel wert?"

Sie konnte sich nicht entscheiden, ob sie ein Ja oder ein Nein von ihm hören wollte. So viel zu einer Vereinbarung, die für beide Seiten vorteilhaft war. Dafür sollte sie ihm vielleicht ein oder zwei Kinder schenken.

Und trotzdem wusste sie, dass die Summe noch nicht

mal annähernd die Hälfte seines Vermögens darstellte.

„Wenn du wirklich zehn Prozent pro Jahr bekommst, kann ich dir auch eine glatte Million geben. So musst du zumindest nicht für HGC arbeiten."

Sie würde nie wieder für jemanden arbeiten müssen. Sie könnte ihr Haus verkaufen, sich einen günstigeren Ort als L. A. suchen und sehr gut leben.

Er hauchte ihr ins Ohr. „Du könntest auch einfach den Anteil an der Firma nehmen. Das kommt praktisch auf dasselbe heraus."

Außer, dass sie ihn dann nie loswerden würde. „Ich weiß nicht, warum du mir unbedingt weiter einen Teil deiner Firma aufschwatzen willst. Hör auf damit."

„Ich glaube, meine Mutter würde dich mögen, wenn sie hören konnte, wie du meine Interessen schützt."

„Jemand muss es ja tun. Du versuchst, dein Vermächtnis zu verschenken."

„Aber so weißt du, dass ich es ernst meine."

Sie deutete auf den Laptop. „Mit dieser Lösung weiß ich auch, dass du es ernst meinst. Willst du mir wirklich eineinhalb Millionen Dollar zahlen, damit ich sechs Wochen lang deine Verlobte spiele?"

„Nein. Nur eine Million."

„Mir gefallen eineinhalb Millionen besser."

„Wem nicht?"

Sie drehte sich auf dem Stuhl. „Ich könnte auch zwei Millionen verlangen."

Er hob die Brauen. „Es gibt wahrscheinlich eine Menge Frauen, die das für zwei Millionen tun würden."

„Gut. Ruf sie an."

„Lass uns über die fünfhunderttausend mit Stein-Schere-Papier entscheiden."

Mitleidig schüttelte sie den Kopf. „Wie gut, dass du dein Vermögen geerbt hast. Ich glaube nicht, dass du in der

Lage gewesen wärst, es allein anzuhäufen.“

„Du solltest wissen, dass ich mit meinen herausragenden Stein-Schere-Papier-Fähigkeiten schon so einige Verhandlungen gewonnen habe.“

„Auch nach der sechsten Klasse noch?“

„Wenn du unbedingt pingelig sein willst …“

Unwillkürlich musste sie lächeln. „Eine Hälfte jetzt, die andere später?“

„Du vertraust mir nicht? Das tut weh, Wyatt.“

Sie konnte sehen, dass er wirklich aufgebracht war. „Es geht nicht um Vertrauen. Ich glaube nur nicht, dass du es wirklich tun wirst.“

„Um zu zeigen, dass ich *dir* vertraue, werde ich dir morgen früh die vereinbarte volle Summe von einer Million überweisen.“

„Eineinhalb Millionen.“

Er schüttelte den Kopf. „Das wird nie passieren.“

„Du hättest mich nicht anbetteln sollen. Ich weiß, dass du zahlen wirst.“

Er streckte die Hand aus und sie reichte ihm den Vertrag, den er schnell überflog. „Ich erwähne das nur ungern, aber du hast etwas vergessen.“

„Was denn?“

Er wackelte vielsagend mit den Augenbrauen und sie schüttelte den Kopf. „Das habe ich nicht vergessen. Aber nichts davon wird je stattfinden.“

„Nichts davon oder nichts *davon*? Und was ist mit dies und das?“

„Es wird überhaupt nichts in dieser Hinsicht stattfinden, also muss ich es auch nicht in den Vertrag aufnehmen.“

Er sah auf ihre Lippen. „Ich sage ja nur, dass es mehrdeutig ist. Wie echt wird diese vorgetäuschte Verlobung denn sein?“

„Sie ist überhaupt nicht echt. Dieser Vertrag regelt

unsere öffentliche Darbietung."

Er beugte sich zu ihr, um ihr ins Ohr zu flüstern. „Oh, öffentliche Darbietung. Wird es die denn geben?"

Sie rammte ihm die Faust in den Bauch, sodass er keuchend ausatmete. „Ich werde mir merken müssen, dass du ein hitziges Gemüt hast", sagte er übertrieben schnaufend.

„Bitte tu das."

Er rieb sich über den Bauch und grinste dann. „Okay, du kannst die halbe Million extra haben. Aber dafür erwarte ich etwas *Gutes*."

„Hm. Wenn wir doch nur in Nevada wären. Prostitution ist in Kalifornien illegal."

Er seufzte tief, nahm ihr den Stift weg und schrieb *nur eine Million*, wo sie eineinhalb Millionen eingesetzt hatte, und unterschrieb schwungvoll. Anschließend hielt er ihr den Stift hin. „Na schön. So weiß ich wenigstens, dass du nicht mit mir schläfst, weil ich dich bezahle, wenn ich dich ins Bett bekomme."

Sie nahm den Stift vorsichtig entgegen. „Du bekommst mich nicht mal in die Nähe eines Bettes."

„Haarspalterei. Es könnte auch die Couch, ein Tisch oder der Fußboden sein."

Sie schüttelte den Kopf.

„Aber ein Bett ist am bequemsten. Man wird ja wohl noch hoffen dürfen."

Sie hielt inne und starrte den Vertrag an, dann schloss sie die Augen und kritzelte hastig ihren Namen darauf. „Mist", flüsterte sie.

Leise lachend faltete er das Blatt und steckte es in seine Tasche. „Ich behalte den, bis wir eine Kopie für dich machen können."

„Du bist der Teufel."

„Du bist die Einzige, die mich dafür hält."

„Das heißt noch lange nicht, dass ich mich irre."

Er umfasste ihre Handgelenke und zog sie sanft nach oben aus dem Stuhl und zu sich.

„Was soll das werden?", fragte sie.

„Ich will unsere Vereinbarung mit einem Kuss besiegeln."

Sie machte sich los. „Nein, nein, nein!"

Er zog sie wieder an sich. „Wir sind verlobt. Ich glaube, es ist Tradition, dass sich ein Mann nach einer langen Schlacht einen Kuss von seiner Auserkorenen stehlen darf."

Kurz legten sich seine Lippen auf ihre, ihr Atem vermischte sich und sie spürte seine Hitze auf ihrer Haut.

Er sah sie unter gesenkten Lidern an und flüsterte: „Danke, Mackenzie."

Als er den Kopf hob, nickte sie.

„Wirklich, Mackenzie. Danke", wiederholte er.

In seinen Augen war weder dieses gewisse Funkeln noch ein charmantes Lächeln zu sehen. Sie atmete tief durch und sagte: „Gern geschehen."

Lächelnd löste er sich von ihr. „Bevor wir L. A. verlassen, müssen wir der Presse ein paar Fotos liefern. Das ist unsere beste Chance, in New York unsere Ruhe zu haben. In New York haben die Paparazzi es schwerer, aber sie werden sich an unsere Fersen heften, wenn sie müssen." Er musterte sie von Kopf bis Fuß. „Ich schicke meine Mutter und Großmutter mit dir einkaufen und zum Friseur. Morgen Abend gehen wir essen und geben den Paparazzi alles, was sie wollen."

Mackenzie griff nach ihrer Bierflasche. „Oh, Gott. Ich brauche eine Gefahrenzulage."

Er nahm ein blaues Kästchen aus der Schreibtischschublade und stellte es neben sie. „Was ist das?", fragte sie, während sie zwischen ihm und der Schachtel hin und her sah.

„Dein vorläufiger Verlobungsring. Wir besorgen in New York einen schöneren, aber wie meine Großmutter schon festgestellt hat, ist eine Verlobung erst echt, wenn du einen Ring am Finger hast."

Sie fasste das Kästchen nicht an, sondern trank noch einen Schluck Bier. Er musterte sie einen Augenblick lang und wartete darauf, dass sie es öffnete, ehe er sagte: „Das ist das erste Mal, dass eine Frau mir nicht sofort in die Arme springt, wenn ich ihr Schmuck schenke."

Sie schnaubte.

Er öffnete das Kästchen. Der Diamant darin war so groß wie ein Zuckerwürfel.

„Grundgütiger!" Sie sah zu ihm auf. „Das ist der vorläufige Ring? Wie groß muss ein Diamant denn deiner Meinung nach sein?"

„Für meine Verlobte? Groß."

„Und wenn das alles vorbei ist?"

„Behalte ihn." Er lächelte. „Das ist deine Gefahrenzulage."

Sie schüttelte den Kopf, doch er fuhr fort. „Du hast dich nie über die Bonus-Schecks beschwert, die ich unterschrieben habe. Sieh es einfach als solchen an."

„Ja, die hatte ich mir verdient."

Er nahm den Ring heraus und griff nach ihrer Hand. „Den wirst du dir auch verdienen." Er steckte ihr den Ring an den Finger. „Wir lassen morgen die Größe anpassen."

Sie presste ein sarkastisches Lachen hervor. „Gut, dass ich mir eine Auszeit nehme. Als deine Verlobte habe ich ja so viel zu tun." Als sie aufblickte, war sein Gesicht so nah, dass sie einen Schritt zurück machte. „Ich gehe heute besser früh ins Bett, wenn ich den Tag morgen mit deiner Familie verbringen soll."

Wenn sie viel Zeit mit seiner Mutter verbringen musste, würde sie sich wahrscheinlich ein paar Flaschen Alkohol mehr einlagern müssen. Schokolade allein würde da nicht reichen.

Er nippte an seinem Bier und beobachtete sie. „Klingt nach einem guten Plan. Wessen Bett?“

Unwillkürlich musste sie lachen. „Du versuchst es jetzt schon? Ich bleibe nicht hier bei dir.“

„Ich besorge dir eine andere Suite. Die Paparazzi werden vor deinem Haus auf dich warten.“

„Ich bleibe bei einer Freundin.“

Er nahm Stift und Papier vom Tisch und reichte es ihr. „Die Nummer, unter der du erreichbar bist.“

Kurz überlegte sie, ihm eine falsche Nummer zu geben, aber der Zug war abgefahren. Sie würde mit seiner Mutter – sehr zur Begeisterung aller Beteiligten – shoppen gehen und morgen Abend mit ihm essen. Sie akzeptierte, dass er ihre Telefonnummer brauchte, falls er sie möglicherweise erreichen musste. Nachdem sie Cassandras Nummer aufgeschrieben hatte, ging sie zur Tür.

Er folgte ihr. „Warum bist du noch mal der einzige Mensch auf der Welt, der kein Handy hat?“

„Weil es mir nicht gefällt, jederzeit für alle und jeden erreichbar zu sein.“

„Dafür gibt es den Ausschalt-Knopf.“ Er schüttelte den Kopf. „Du bist noch seltsamer, als ich dachte.“

Sie lächelte matt und schloss die Tür hinter sich, bevor er ihr nach draußen folgen konnte. Mit geballter Faust, damit der Ring nicht von ihrem Finger rutschte, ging sie zum Fahrstuhl. Ihre Lippen prickelten immer noch von diesem hauchzarten Kuss.

Eine Sache war klar: Sie war dümmer, als sie gedacht hatte.

*

Ethan sah durch den Spion, bis sich die Fahrstuhltüren hinter Mackenzie schlossen. Dann nahm er seinen hart erarbeiteten Vertrag heraus.

Er ließ sich auf die Couch fallen, legte die Füße hoch und überflog ihn schnell. Er schüttelte den Kopf. Eine Million Dollar für eine Verlobte. *Schlechtes Geschäft, Ethan.* Aber er konnte nicht aufhören zu grinsen.

Er wusste wirklich nicht, wer die Verhandlung gewonnen hatte. Und das war bei Mackenzie immer so. Er hatte geglaubt, dass er sie – wie alle anderen – dazu bringen könnte, das zu tun, was er wollte, aber letztendlich war er wieder mal gut gelaunt und mit sehr viel weniger Geld in der Tasche aus diesem Verhandlungs-Match herausgekommen.

Eine Million Dollar!

Und wenn sie weiter auf der zusätzlichen halben Million bestand, würde er sicher irgendwann nachgeben. Er verspürte leichte Schuldgefühle, weil er ihr Leben auf den Kopf stellte. Und das würde sie irgendwann herausfinden und für sich nutzen.

Er runzelte die Stirn, als er erneut las, dass sie O'Connor Capital am Ende ihrer *Verlobung auf Zeit* verlassen würde. Sie *war* seine beste Mitarbeiterin. Keine Ahnung, wie sie das machte. Sie war nicht besonders charmant, freundlich, gesprächig, sexy …

Okay, sexy war sie schon auf gewisse Art. Auf eine Am-längeren-Hebel-Sitzen, Keine-Gefangenen-Machen Art und Weise. Aber sie erkannte, ob und wie sehr andere das wollten, was sie zu bieten hatte. Er konnte sich nicht erinnern, wie oft er ihre Kunden hatte sagen hören, dass sie keinen Dollar mehr gezahlt hätten.

Letztendlich würde er ihr die Kündigung ausreden. Er wusste, dass sie eigentlich gar nicht gehen wollte. Selbst wenn sie plötzlich mit einem kleinen Vermögen dastand.

Das Spiel reizte sie und wenn sie ging, konnte sie sich mit niemandem mehr vergleichen. Mit niemandem messen.

Ethan wusste, dass sie den Wettbewerb viel zu sehr liebte, um ohne einen solchen Job auf ihre Kosten zu kommen. Ohne diesen Antrieb würde sie grau und langweilig werden. Ethan hatte sechs Wochen, um ihr das klarzumachen.

Er griff nach seinem Handy und rief seine Großmutter an.

„Du solltest Mutter etwas zu trinken besorgen. Ich habe Mackenzie dazu überredet, meine Verlobte zu spielen."

„Gut. Nicht mehr als drei Prozent, hoffe ich?"

Ethan verzog das Gesicht. „Sie wollte keine Anteile an der Firma. Sie wollte im Voraus bezahlt werden."

„Wie viel?"

„Eine Million. Und am Ende möglicherweise noch mal die Hälfte."

„Die Hälfte deiner Anteile?"

Er lachte. „Nein. Eine weitere halbe Million."

„Das ist doch ein Anfang."

Er schüttelte den Kopf. „Wir gehen morgen Abend essen und werden den Paparazzi ein paar Bilder vom glücklichen Pärchen liefern. Könnt ihr morgen früh mit ihr shoppen gehen? Sie ist die Kameras nicht gewohnt und ich möchte nicht, dass sie unsicher wird."

„Ich nehme deine Mutter mit. Die beiden werden miteinander streiten und sich so ablenken."

Das würde er von seiner Mutter zu hören bekommen und kurz fragte er sich, ob auch Mackenzie ihm davon erzählen würde.

„Hast du einen Ring besorgt?", fragte seine Großmutter.

„Sie trägt ihn. Die Größe muss angepasst werden."

„Das übernehmen wir." Sie lachte. „Das wird morgen lustig. Und keine Sorge, deine Mutter wird schon mit ihr warm werden.“

Ethan grinste. „Das bezweifle ich. Aber es sollte trotzdem ziemlich lustig werden.“

Sie beendeten das Gespräch und Ethan sah auf Mackenzies hastig gekritzelte Unterschrift hinab.

Dieser Plan würde funktionieren.

Die Klatschblätter würden aufhören, seine Ex-Freundinnen zu zitieren und ihn daran zu erinnern, wie sehr er sie verletzt hatte. Mackenzie würde ihn eine Weile davor bewahren, noch jemandem wehzutun, und er hatte keine Angst, dass sie sich in ihn verliebte. Wenn es jemanden auf dieser Welt gab, der O’Connor-immun war, dann sie.

Und am Ende würde er eine frauenfreie Trauerphase beginnen. Er würde dafür sorgen, dass Mackenzie gut dastand und die Welt wusste, dass sein Herz gebrochen war. Wenn er es geschickt anstellte, konnte er sich durch diese sechswöchige Verlobung ein Jahr der Freiheit verschaffen. Er würde zukünftig vorsichtiger sein und sich selbst besser beobachten. Sich nicht so schnell in die nächste Beziehung stürzen.

Schon jetzt wusste er, dass er noch nie eine Million Dollar so gut angelegt hatte.

Er musste sich nur darüber Gedanken machen, wie er diese zusätzliche halbe Million für die gesamten sechs Wochen in seiner Tasche behielt.

4

Früh am nächsten Morgen erhielt Mackenzie einen Anruf von Ethans Großmutter. „Wie ich höre, haben wir heute einiges vor. Wir verwandeln dich in eine bildhübsche Frau, mit der wir meinen Enkel schmücken können.“

„Das ist das Ziel für heute? Versuchen wir doch lieber, bei niemandem Zweifel aufkommen zu lassen, dass diese Verlobung echt ist. Dafür muss ich nicht wie eine Barbie aussehen.“

Ellen lachte. „Gut. Wenn das so ist, amüsieren wir uns, geben etwas Geld aus und gehen essen. Er braucht sowieso keine Barbie, die ihn schmückt, sondern eine erwachsene Frau, die ihm zur Seite steht. Wir sorgen dafür, dass er bekommt, was er braucht.“

Der Tag verlief schlimmer, als Mackenzie es sich je hätte ausmalen können, denn plötzlich hatte sie blonde Locken, die eines Pin-up-Models würdig waren. Christine O'Connor hatte mit nur einem Blick deutlich zum Ausdruck gebracht, dass niemand bei Verstand glauben würde, Ethan hätte sich in sie verliebt und schon hatte Mackenzie dem Stylisten erlaubt zu tun, was immer er wollte.

Mackenzies einziger Trost war, dass Christine die Verwandlung genauso verabscheute wie sie selbst. Und wahrscheinlich aus demselben Grund. Mackenzie hatte nicht gewusst, dass Haare Sex-Appeal ausstrahlen konnten, aber diese Frisur tat es.

Nachdem sie dem Stylisten entkommen war, ging sie zur Arbeit. Die aufgebauschten Haare bändigte sie so gut sie konnte in einem Dutt. Vielleicht würde sie sich ja noch mit der Farbe anfreunden. Vielleicht könnte sie auch eine Mütze tragen.

Sie kramte die Baseballkappe aus ihrer Tasche im Auto, setzte sie auf und fühlte sich sofort besser. Sie wollte nicht austesten, ob Blondinen wirklich mehr Spaß im Leben hatten. Sie war sich viel zu sicher, dass es der Fall war.

Mackenzie betrat mit dem Gedanken das Büro, dass sie das letzte Mal hier sein würde. Sie war dabei, sieben Jahre harter Arbeit einzupacken, und nicht überrascht, als Rob hereinkam und sich auf ihren unbequemen Stuhl setzte, als wäre er ein gemütliches Sofa.

„Du heiratest den Boss? Damit hab ich nicht gerechnet."

Wir beide nicht, dachte sie.

Sie zwang sich zu einem Lächeln. „Er hat mich mürbe gemacht."

„Wir hatten eine Wette laufen, wie lange es dauert, bis ihr beiden miteinander schlaft, aber niemand hätte vermutet, dass ihr euch mal verloben würdet."

Sie schloss die Augen. Sie hatte völlig richtig damit gelegen, dass sie kündigen musste. Sie würde sich hier nie wieder blicken lassen können.

„Ich hab einen Haufen Geld verloren. Ich dachte nicht, dass du so gerissen bist."

Sie sah auf und versuchte zu entscheiden, ob das ein Kompliment oder eine Beleidigung war. Sein Grinsen ließ sie eher zu einer Beleidigung tendieren. „Du solltest besser gehen, bevor du dich noch um Kopf und Kragen redest."

Langsam erhob er sich. „Wahrscheinlich." Er deutete

auf den Stuhl. „Nimm das Ding mit, bevor sich noch jemand verletzt."

Sie schloss die Tür hinter ihm und lehnte sich dagegen. Es machte sie nicht wirklich traurig, das Unternehmen zu verlassen. Sie hatte nicht mal jemanden, von dem sie sich verabschieden wollte. Rob kam so nah an einen Freund heran, wie sie es bei einem Kollegen zuließ, und sie würde ihn sicher nicht sehr vermissen. Aber es fühlte sich wie ein Abschluss an. Dieses Kapitel ihres Lebens endete. Es war eine Situation, auf die sie schon eine ganze Weile hinarbeitete, aber die Abruptheit überrumpelte sie nun doch. Theoretisch hatte sie noch sechs Wochen. Die anderen nahmen an, sie mache bloß Urlaub. Aber sie wusste, dass sie nie zurückkommen würde.

Eine Wette über ihr Sexleben? Igitt. Ethan würde dafür bezahlen.

Sie packte den Rest ihrer Sachen und lächelte ein wenig, als sie ihren Schokoladenvorrat aus dem Versteck holte. Das würde sie vermissen. Sie würde es vermissen, dass Ethan hereinmarschierte und ihr Leben durcheinanderbrachte. Sie schüttelte den Kopf. Dieses Mal hatte er es wirklich geschafft.

Nachdem sie die Kartons in ihrem Auto verstaut hatte, blickte sie sehnsüchtig auf ihre Sporttasche. Sie könnte entweder eine Stunde im Schlagkäfig verbringen, oder nach Hause gehen und sich das klebrige Zeug aus den Haaren waschen, um sich auf einen Abend mit Ethan O'Connor und mit Kameras bewaffneten Paparazzi vorzubereiten.

Seufzend schlug sie den Kofferraum zu. Sie wurde nicht einmal annähernd gut genug bezahlt.

*

Cassandra begrüßte Mackenzie an der Tür mit offenem

Mund. „Okay, das ist mal was anderes."

„Hier eine allgemeine Regel: Lass dir bloß nicht die Haare in der Gegenwart der Mutter des Mannes machen, den du zu heiraten vorgibst, wenn sie dich hasst. Selbst wenn sie weiß, dass es nur gespielt ist."

„Es sieht nicht schlecht aus. Nur anders."

„So anders wie sie mich ohne Operation hinbekommen konnte."

Mackenzie schaltete das Licht im Badezimmer ein und musterte ihre nun blonden Haare. „*Das* hatte sie bestimmt nicht im Sinn. Sie hätte mich zu einem Stylisten bringen sollen, der nicht so geschickt im Blondieren ist."

Cassandra holte ihr Make-up aus der Schublade und legte die Ansammlung von Lippenstiften, Lidschatten und Mascara neben das Waschbecken. „Bei dieser Haarfarbe muss dein Make-up dramatischer sein. Dein normaler, langweiliger Look lässt dich blass erscheinen."

„Bitte. Ich habe den Nachmittag mit einer Frau verbracht, die mich gern mit ihrem Auto überfahren würde. Kann sich wenigstens meine beste Freundin mit den Spitzen etwas zurückhalten?"

„Also gut, ich überlege mir ein weniger beleidigendes Wort für deinen Look. Natürlich? Bei dieser Haarfarbe lässt dich dein normales, natürliches Make-up blass erscheinen."

„Verwandle mich bloß nicht in einen Clown."

„Das werde ich beurteilen. Du hältst doch jeden Lippenstift, der kräftiger ist als hautfarben, für zu bunt." Cassandra klopfte auf den geschlossenen Toilettendeckel. „Setz dich. Lass mich meinen Zauber wirken."

„Ich muss erst meine Haare waschen. Das wilde Biest zähmen."

„Wasch es nicht aus!"

„Ich sehe aus wie ein Flittchen."

Cassandra schüttelte den Kopf. „Du siehst umwerfend

aus. Das kann ich ehrlich sagen, nachdem ich den ersten Schock überwunden habe. Ein bisschen wie Anna Nicole Smith."

„Oh, damit gewinnst du diese Unterhaltung."

Cassandra drückte Mackenzie nach unten. „Ich meinte in ihren frühen Jahren, aber ich verstehe, dass dir dieser Vergleich nicht gefällt. Obwohl du dir einen sehr reichen, älteren Gentleman geangelt hast."

„Ethan ist höchstens fünf Jahre älter als ich, aber er führt sich auf, als wäre er mindestens zehn Jahre jünger. Und ich habe ihn mir nicht geangelt. Wenn jemand am Ende des Hakens baumelt, dann ich." Sie stand auf. „Ich dusche schnell. Das Blond werde ich zwar heute nicht mehr los, diese Fülle aber schon."

Cassandra legte ihr die Hände auf die Schultern, um sie aufzuhalten. „Komm schon. Gib Ethan Howell O'Connor eine Kostprobe der Pracht, die du hinter der Vernunft versteckst. Und liefere den Klatschblättern ein paar gute Fotos. Bisher haben sie dich bloß verschwitzt und staubig erlebt." Cassandra ließ ihre Schultern nicht los. „Außerdem wird seine Mutter es hassen."

Mackenzie verdrehte die Augen. „Du bist nicht gerade subtil."

„Aber zu deinem Pech habe ich auch recht."

Mackenzie schloss die Augen und gab nach. „Weißt du, sie wird allmählich zu meiner Achillesferse. Genau deshalb habe ich mir die Haare ja überhaupt erst blond färben lassen."

Cassandra schminkte Mackenzie und auch wenn Mackenzie es hasste, so aufgedonnert zu sein, musste sie zugeben, dass sie gut aussah. Und überhaupt nicht wie sie selbst.

„Ich habe noch etwas, das jede Frau braucht, die überraschend mit einem prominenten Playboy ausgeht. Bin gleich wieder da", sagte Cassandra.

„Wenn du mit einer Packung Kondome zurückkommst, erwürge ich dich!", rief Mackenzie ihr hinterher.

Cassandra kam wieder zurück. „Ich wünschte, ich hätte daran gedacht. Aber nein. Es ist etwas noch Praktischeres." Sie hielt einen elastischen Bodysuit hoch. „Jede Frau in L.A. besitzt so etwas. Die werden ausgeteilt, wenn man hierherzieht." Cassandra drückte Mackenzie das Kleidungsstück in die Hand. „Keine Ahnung, wie sie dich vergessen konnten, aber vertrau mir. Mit Formwäsche lässt sich alles besser tragen. Und diese Bilder werden dich für immer verfolgen. Ich hole dein Outfit."

Mackenzie quetschte sich in das figurformende Dessous und ignorierte mit aller Kraft den Gedanken, dass sie bald auf dem Cover jedes Klatschblattes sein würde. Ein einziges war schon schlimm genug gewesen.

Cassandra reichte ihr ein enges, graues Kleid.

Mackenzie nahm es widerwillig entgegen. „Was ist das?"

„Es war in der Tüte, die du mitgebracht hast."

„Nein, ich hab eine Hose gekauft. Eine klassisch geschnittene Hose und eine hübsche Bluse."

„Das war das Einzige in der Tüte."

Mackenzie sah das beleidigende Stück Stoff finster an. „Ellen."

„Ellen hat einen guten Geschmack. Zieh es an." Cassandra schloss die Tür.

„Ich kann das nicht anziehen. Er geht mit Models aus", rief sie durch die Tür und sah an sich hinab. „Bei dem Vergleich werde ich total mies abschneiden."

„La-la. Kann dich nicht hören. Zieh es an und wir werden sehen."

Mackenzie betrachtete wütend ihr Spiegelbild. Lohnte sich das alles für eine Million Dollar?

Nein.

Aber sie schlüpfte trotzdem in das Kleid und riss die Tür auf, ohne vorher in den Spiegel zu sehen.

Ein träges Lächeln breitete sich auf Cassandras Gesicht aus, als sie Mackenzie musterte. „Okay, das kann Geld also bewirken. Und du schneidest im Vergleich sehr gut ab."

„Ich bin viel zu muskulös für so ein Kleid."

Das jahrelange Softballspielen hatte ihr straffe Arme und zu breite Schultern beschert. Sie hatte viel Mühe investiert, um ihren Oberkörper schmaler wirken zu lassen, und dieses Kleid schmiegte sich hauteng an ihren Körper, wodurch sie sich entblößt und unsicher fühlte.

Cassandra schüttelte den Kopf. „Nein. Du siehst fantastisch aus. Der Bodysuit formt und drückt alles nach oben. Das machen alle Promis so."

„Ich sehe aus wie ein Football-Spieler."

„Vertrau mir, das tust du nicht. Und du siehst auch nicht wie ein zartes, zerbrechliches Model ohne Vorbau aus. Was ist das Gegenteil von zerbrechlich?"

„Robust?" Mackenzie ging zurück ins Badezimmer, um sich zu betrachten. „Stämmig? Ich sehe stämmig aus."

Cassandra verzog das Gesicht. „Nein. Du siehst fähig aus. Fähig, Ethan O'Connor die Stirn zu bieten."

„Oh, super. Ich sehe wie eine Schulleiterin aus."

„Die heißeste Schulleiterin, die ich je gesehen habe. Niemand wird auch nur einen Moment daran zweifeln, dass du dir Ethan Howell O'Connor geschnappt hast."

„Gib mir eine Hose. Ich will nicht wie eine heiße Lehrerin aussehen. Ich will wie eine ernstzunehmende, berufstätige Frau aussehen."

„Die sich zufällig Ethan O'Connor geangelt hat?"

Mackenzie verzog das Gesicht. „Das scheint wirklich weit hergeholt. Aber statt meinen guten Namen durch den Dreck ziehen zu lassen, kann ich ihm so vielleicht einen seriöseren Ruf verleihen, denn den hätte er dringend nötig."

„Sieh dich in dem Ganzkörperspiegel in meinem Schlafzimmer an und sag mir dann, dass du eine Hose willst."

Mackenzie ging schnurstracks ins Schlafzimmer. Oh, sie würde auf jeden Fall eine Hose wollen. Und einen Blazer. Mit einem hübschen Blazer würde sie sich so viel wohler fühlen. Oder mit einem Schal. Irgendwas.

Mackenzie stellte sich vor den Spiegel und drehte ihn so, dass sie sich von Kopf bis Fuß sehen konnte. Sie betrachtete die Frau darin und wollte sich übergeben. Cassandra hatte recht, niemand würde auf ihre Schultern achten. *Das* also passierte, wenn man einem Playboy in die Hände fiel. Man wurde in ein Sexobjekt verwandelt.

Ihre nun blonden Haare fielen ihr in weichen Wellen über die Schultern. Ihr eingezwängter Körper wurde kurvig geformt und an zwei sehr auffälligen Stellen nach oben gedrückt. Sie drehte sich zur Seite, um ihren nun sehr betonten Hintern zu betrachten, und träumte von einer Nadelstreifenhose und flachen Absätzen.

Das einzig Gute an diesem Kleid war, dass es zumindest ihre Haut bedeckte. Und dunkelgrau war.

Ihre hohen Riemchenschuhe waren silbern. Die hatte sie selbst ausgesucht und sie ließen ihre Beine länger wirken. Sie drehte sich, wodurch der Stoff des Kleides leicht mitschwang. Wenn sie so tat, als wäre es jemand anderes, der ihr aus dem Spiegel entgegensah, konnte sie den Anblick bewundern. Ihre Beine sahen ziemlich gut aus.

Und mit den blonden Haaren war sie kaum wiederzuerkennen. Man musste sehr genau hinsehen, um zu wissen, dass sie es war. Einen Augenblick glaubte sie, es durchziehen zu können, ohne ihren Ruf und ihr Selbstwertgefühl zu ruinieren.

Dann klingelte es an der Tür und der Gedanke verflog. *Wem mache ich etwas vor?* Sie war mit Ethan Howell O'Connor verlobt. Sie würde ihren Namen ändern und das Land verlassen müssen, wenn diese Farce vorbei war.

Sie wollte zur Tür gehen, aber Cassandra kam ihr zuvor. Ethan umfasste ihre Hand und lächelte sie an. Cassandra sah mit einem albern verzückten Gesichtsausdruck zu ihm auf und Mackenzie wusste, dass er das Herz einer weiteren, unglücklichen Frau erobert hatte.

Sie konnte Cassandra keinen Vorwurf machen. Er trug einen dunkelgrauen Anzug, ein lavendelblaues Hemd und dazu eine silbergraue Krawatte und sah wohlhabend und sexy aus. Mackenzie dachte unwillkürlich, dass er ihr in einem kurzärmligen Shirt und Jogginghose besser gefiel.

Er hob den Blick, als sie den Raum betrat und ihm klappte der Mund auf. Seine Augen weiteten sich beim Anblick ihrer Haare, dann wanderte sein Blick über ihre Beine. „Ich habe dich noch nie in einem Kleid gesehen." Blinzelnd schüttelte er den Kopf. „Ich meine, du siehst wunderschön aus. Ellen hat mir gesagt, welche Farbe ich tragen soll, hat aber vergessen, zu erwähnen, dass du dir die Haare gefärbt hast."

Er kam zu ihr, ergriff ihre Hände und hielt ihre Arme auseinander, sodass er ihr Kleid betrachten konnte. Cassandra stellte sich hinter ihn, riss die Augen auf und wedelte sich Luft zu. „Er ist heiß!", sagte sie lautlos.

Mackenzie ignorierte sie und funkelte Ethan an.

Er lächelte. „Wirklich. Du siehst hinreißend aus."

Sie verzog den Mund. „Ich werde mir eine Hose anziehen. Ich weiß nicht, was sich deine Großmutter dabei gedacht hat. Sie hat versprochen, dass sie mich *nicht* in eine Barbie verwandeln will."

Leise lachend legte er ihre Hand auf seinen Arm. „Jetzt schon unleidlich? Wie gut, dass ich dir einen Schokoriegel mitgebracht habe. Er ist in der Limo."

„Limo?"

„Wir feiern unsere Verlobung. Durch den Chauffeur habe ich die Hände frei."

Sie warf ihm erneut einen finsteren Blick zu, während er sie zur Tür hinauszog und sich dann noch einmal umdrehte, um Cassandra zuzuzwinkern. „Warte nicht auf sie."

*

Ethan begleitete Mackenzie zur wartenden Limousine und versuchte, weder auf ihre Beine noch auf ihre Haare zu starren. Oder irgendetwas dazwischen. Um Himmels willen, er hatte schließlich schon zuvor schöne Beine gesehen.

Aber ihre noch nie.

Und ihre plötzlich blonden Haare brachten ihn aus dem Konzept. Mackenzies ungehaltener Blick verriet ihm, dass sie mit der Verwandlung nicht glücklich war.

Er würde seine Großmutter fragen müssen, wie das passiert war. Allerdings hatte er das untrügliche Gefühl, dass er den heutigen Shoppingausflug besser nicht ansprechen sollte.

Ethan half ihr in den Wagen und richtete seine Hose, ehe er einstieg. Es würde kein Problem darstellen, den Paparazzi hitzige Gefühle vorzuspiegeln. Vielleicht hatte seine Großmutter genau das im Sinn gehabt. Doch so warm ihm auch in ihrer Nähe geworden war, Mackenzie sah feindselig aus. Sie hatte die Arme vor der Brust verschränkt und starrte aus dem Fenster, als würde sie die Autos mit ihren Blicken in die Luft jagen wollen.

Er reichte ihr einen Schokoriegel. „Was Süßes für meine Süße?" Als sie danach griff, zog er die Hand zurück.

„Zuerst musst du lächeln. Wir sind verlobt. Wir sollten glücklich wirken und nicht mordlüstern."

„Weißt du, was ich heute gemacht habe? Ich habe meine Sachen aus dem Büro geräumt, gehört, wie drei Leute über unser Sexleben spekulierten, drei Stunden auf einem Stuhl gesessen, um mir die Haare färben zu lassen, und ein unangenehmes Mittagessen mit deiner Mutter verbracht. Ich bin erschöpft und du willst ein Lächeln? Du kannst froh sein, dass ich dir nicht mit meinem Schlüssel die Augen aussteche."

Er reichte ihr den Schokoriegel. „Hier. Wir können anhalten und mehr kaufen, wenn es nicht ausreicht." Anschließend zog er ein Handy aus der Tasche. „Und hier. Willkommen im 21. Jahrhundert."

Mackenzie sah es mürrisch an. „Super. Genau das, was ich immer wollte."

Er schüttelte den Kopf. „Es ist mir ein Rätsel, wie du all deine Verkäufe ohne Handy abgeschlossen hast."

„Ich sitze an meinem Schreibtisch und konzentriere mich bis zum Feierabend auf meine Arbeit. Ein Handy würde mich nur allzu leicht davon ablenken."

„Die Erfolge geben dir recht. Aber was ist mit deinem Privatleben?"

„Das Private kommt nach der Arbeit. Ich trenne die Dinge gern."

„Ist mir aufgefallen."

Sie streckte die Hand aus und machte eine ausholende Armbewegung. „Sieh dir an, was passiert, wenn ich es nicht tue. Ich spiele nur eine Runde Softball und schon werden Fotos von mir in einem Boulevardblatt abgedruckt und ich verlobe mich zum Schein mit meinem Boss. Das kommt dabei heraus, wenn man das Berufliche mit dem Privaten vermischt."

„Ich dachte, du würdest sagen, wenn man das

Berufliche mit dem Angenehmen vermischt."

Sie hob eine Braue. „Ist es das, was du getan hast?"

Ethan lachte. „Es war ein gutes Spiel. Und das macht den Aufwand für alles, was danach kam, beinahe wieder wett."

Sie schnaubte genervt. „Ich hab nicht mal gewonnen. Das war es überhaupt nicht wert."

„Vielleicht nächstes Mal. Jetzt weißt du ja, dass du knappe Shorts tragen musst."

„Oder dir vielleicht den Mund zukleben."

„Wie wäre es mit einem Kompromiss? Wir machen beides."

„Ich würde eine knappe Shorts tragen, wenn dir das den Mund zuklebt."

Er warf einen Blick auf ihre Beine und die Zehen, die aus ihren Schuhen hervorlugten. Ihm fiel etwas Besseres als Klebstoff ein, um seinen Mund zu beschäftigen. Und er fragte sich, wie er sie dazu überreden konnte, als er wieder aufsah und ihr in die Augen blickte.

Sie rutschte auf ihrem Sitz herum und sah wieder zum Fenster hinaus. Er beobachtete, wie sie ihn ignorierte, und lächelte. Er hatte mit einer Niederlage gerechnet. Ein nervöses Zappeln war mehr, als er je von Mackenzie bekommen hatte. Vielleicht war es für ihn von Vorteil, dass sie nicht mehr in ihrem Element war, und er reizte sein Glück gern aus. Vor allem, wenn es um die unerschütterliche Mackenzie ging.

Die Limousine hielt vor dem Restaurant und Befriedigung machte sich in Ethan breit, als er bemerkte, dass der Gehweg voller Kameras war. Morgen würde seine Verlobte in allen Illustrierten zu sehen sein.

Mackenzie zuckte zusammen, als ein Filmstar und seine Frau vorbeigingen. „Wenn du in L. A. fotografiert werden willst, gehst du hier essen. Oscar-Feiern, Gerüchte über eine Trennung, die widerlegt werden müssen, Gerüchte einer Verlobung, die bestätigt werden müssen ...", erklärte er und schenkte ihr ein strahlendes Lächeln. „Man kommt her, gibt ihnen die Bilder und dann hat man vor ihnen Ruhe. Normalerweise."

„Du lebst in einer seltsamen Welt."

„Ich habe gelernt, damit umzugehen. Jetzt zeig mir dein Glücklich-verlobt-Gesicht."

Sie sah ihn an.

„Komm schon, man erwartet, dass du glücklich bist. Nach fünf langen Jahren sind wir endlich zusammen."

„Du hast mich mürbe gemacht, schon vergessen? Du solltest glücklich sein. Ich sollte von all der Aufmerksamkeit überwältigt und entsetzt sein."

„Den Blick hast du auf jeden Fall drauf. Aber du kannst nicht mit einer so finsteren Miene aussteigen. Alle wollen uns glücklich sehen."

Mackenzie wirkte skeptisch. „Wer genau ist alle? Und warum interessiert es uns, was sie wollen?"

„Alle sind *alle*. Und es interessiert mich, weil ich mich bei meiner Mutter und Großmutter verstecken müsste, wenn ich morgen früh noch ein Zitat von einer Ex lese, die meine Fähigkeiten im Schlafzimmer seziert. Dabei würde ich mich lieber mit dir verstecken." Er betrachtete ihr bemühtes Lächeln. „Guter Versuch. Und jetzt lächle."

„Mache ich doch."

„Das ist kein Lächeln. Mit diesem Ausdruck schlägst du meine Mutter in die Flucht."

Mackenzie schnaubte und versuchte es erneut. „So. Gefällt dir das besser?"

Ethan sah sie zweifelnd an. „Ich weiß, dass ich dich schon mal habe lächeln sehen. Jetzt bleckst du nur die Zähne." Er holte ein gefaltetes Stück Papier aus seiner Brieftasche und reichte es ihr. Zögernd öffnete sie es.

„Siehst du, hier hast du gelächelt.“

„Warum hast du eine Seite aus einer Illustrierten in deiner Brieftasche?“

„Sieh uns an, Mackenzie. Sieh einfach hin.“

„Lieber nicht.“

Er rutschte zu ihr. „Das wollen die Leute sehen. Was auch immer da passiert ist, da sprühen Funken zwischen uns. Mir wird vor Erregung ganz heiß, wenn ich die Bilder nur ansehe.“

„Hör auf.“ Sie gab ihm die Seite zurück.

Ethan hielt ihre Hand fest. „Weißt du, was ich noch nie zuvor getan habe? Meine Verlobte geküsst.“

Mackenzie zuckte alarmiert zurück. „Doch, hast du. Kurz bevor du der Welt verkündet hast, dass ich mit dir verlobt bin. Und dann, nachdem wir den Vertrag unterschrieben haben.“

Er streichelte ihre Hand und flüsterte: „Oh, ja. Wie konnte ich das vergessen? Vielleicht weil nichts davon ein richtiger Kuss war.“

„Es wird keine richtigen Küsse geben. Das ist alles gespielt, schon vergessen?“

„Nicht alles ist gespielt.“ Er sah ihr in die Augen. „Du hast zwei Möglichkeiten. Entweder steigst du lächelnd mit mir aus dem Auto. Oder du küsst mich.“

„Ich lächle!“

Er schüttelte den Kopf. „Leider ist das kein Lächeln.“

Ethan schlang den Arm um ihre Taille und sie drückte die Hände flach gegen seine Brust. „Das ist nicht Teil unserer Vereinbarung“, sagte sie.

„Ich weiß nicht, warum wir das nicht geregelt haben. Ich habe es zumindest versucht, wenn du dich erinnerst.“

„Es gibt nichts zu regeln, weder damals noch jetzt.“

Sanft berührte er ihren Mund und sie kam ihm unwillkürlich entgegen. Er schob eine Hand in ihre Haare und vertiefte den Kuss. Mit der Zunge strich er über ihre Lippen und sah sie unter halb gesenkten Lidern an. Dabei stellte er fest, dass sie ihn nachdenklich musterte. Er zog eine Spur aus Küssen von ihrer Wange zu ihrem Ohr und flüsterte: „Du siehst wunderschön aus. Aber mir gefallen deine Haare braun besser."

„Deine Mutter ist schuld", erwiderte sie ebenso leise.

„Hör nicht auf meine Mutter, ja?"

„Das könnte ich vermutlich schaffen."

„Gut. Können wir jetzt aufhören, über sie zu reden?"

Mackenzie lehnte sich ein Stück zurück. „Du hast doch damit angefangen."

„Hab ich? Mein Fehler."

Sie lachte und er machte sich ihren offenen Mund zunutze. Sie schmeckte nach Schokolade und roch verführerisch. Das war Kryptonit für seine Selbstbeherrschung und als sie seine Zunge in ihren Mund einließ und den Kuss erwiderte, vergaß er alles um sich herum.

„Das ist keine gute Idee", murmelte sie an seinen Lippen.

„Die schlechteste, die ich je hatte."

Leise seufzend lehnte sie sich an ihn. „Solange dir das klar ist."

„Oh, das ist es. Das ist es wirklich."

Mackenzie lachte atemlos und Ethan packte ihr Bein, um es über seine Hüfte zu ziehen, sodass sie beinahe rittlings auf ihm saß und ihr Kleid gefährlich nach oben rutschte.

Er strich kreisend über die Rückseite ihrer Oberschenkel und glitt mit den Fingern über den Scheitelpunkt ihrer Beine.

Ruckartig wich die Luft aus ihrer Lunge und er beugte sich vor, um eine Hand an ihren Hintern zu legen und sie noch näher zu ziehen, während er mit den anderen Fingern leicht auf und ab strich.

„Ich bin ziemlich sicher, dass man das als Erregung öffentlichen Ärgernisses auslegen könnte“, murmelte sie.

„Absolut. Denk dran, dem Richter zu sagen, dass du gern oben bist.“

Mackenzie lehnte sich schwer an ihn und kämpfte mit ihm um die Vorherrschaft über den Kuss. Genüsslich knabberte er an ihrer Unterlippe und fuhr dann sanft mit der Zunge darüber.

Sie krallte die Finger in seine Haare, zog leicht daran und er grinste. Mit einem Ruck zog er sie ganz auf seinen Schoß und rieb sich an ihr. Sie schnappte hörbar nach Luft. Zielstrebig ließ er die Finger unter ihrem Kleid nach oben wandern, weiter und weiter, bis er ihr Höschen ertastete. Er packte ihre Hüften und zog sie auf seinen Schoß, um seine Erektion an ihr zu reiben, und ihr stockte der Atem. Ethan krallte die Finger in ihre Haut und ließ sie dann nach oben wandern, immer weiter und weiter, um den Saum ihres Slips zu ertasten. Verwirrt löste er seinen Mund von ihr und sah auf das hinab, was seine Finger versucht hatten, seinem Hirn mitzuteilen. Diesen Schlüpfer würde er nicht so schnell stürmen.

„Verdammte Formwäsche“, brummte er.

Kurz überflog ihn der Wunsch, das verflixte Kleidungsstück einfach zu zerreißen, aber selbst von Lust benebelt war ihm klar, dass es zwecklos war. Hastig sah er sich um. Seine Schlüssel? Konnte er das Teil mit seinen Schlüsseln aufschlitzen?

Mackenzie legte den Kopf auf seine Schulter und sagte leise: „Ethan.“

In diesem Moment wurde er von einer Woge der Lust beinahe überwältigt.

Er legte den Kopf zurück und atmete tief durch. Und

dann gleich noch einmal.

Sie wollte sich neben ihn setzen, doch er legte einen Arm um ihre Mitte und hielt sie fest, während er atmete. Ein und aus.

Ein Paparazzo trat an den Wagen heran und versuchte, durchs Fenster zu spähen, und Ethan erinnerte sich daran, wo sie waren und was sie tun sollten.

Er strich über Mackenzies Arm und verschränkte ihre Finger miteinander. Nachdem er sich endlich wieder unter Kontrolle hatte, musterte er sie. Behutsam richtete er ihr Kleid und wischte mit dem Daumen den verschmierten Lippenstift unter ihrem Mund weg, dann nickte er zufrieden. „Okay, vergiss das Lächeln. So benommen und verführerisch zerzaust, wie du gerade aussiehst, kaufen sie uns das glückliche Paar bestimmt ab."

Dann öffnete er die Autotür und zog sie ins Blitzlichtgewitter.

*

Mackenzie saß mit Cassandra im Auto und betrachtete den Zirkus, in den sich die Straße, in der sie wohnte, verwandelt hatte. Cassandra pfiff durch die Zähne. „Also, wie lautet der Plan?"

„Wir fahren einfach über alle drüber?"

„Könnte funktionieren, aber dann landen wir im Gefängnis. Wahrscheinlich müsstest du Mr O'Connor seine Millionen wegen Nichterfüllung des Vertrags zurückgeben. Du brauchst Bodyguards."

„Das Essen gestern Abend sollte dafür sorgen, dass sie alle verschwinden und mich in Ruhe lassen."

„Tja, das hat wohl nicht ganz funktioniert."

Mackenzie atmete hörbar aus. „Was hältst du davon, wenn wir durch den Garten meiner Nachbarn gehen und uns durch die Hintertür reinschleichen?“

„Könnte klappen.“

„Oder wir fahren mit quietschenden Reifen und laut hupend vor und sehen mal, wie viele rechtzeitig aus dem Weg springen.“

„Ich bin fürs Reinschleichen.“

„Ja.“ Mackenzie legte den Rückwärtsgang ein. „Es könnte schiefgehen, aber ich glaube nicht, dass sie uns aufs Grundstück folgen werden, oder? Das wäre unerlaubtes Betreten und Hausfriedensbruch, nicht wahr?“

„Möglicherweise findest du aber auch morgen ein Foto von dir in der Zeitung, wie du über den Zaun der Nachbarn kletterst.“

„Lieber Himmel! Weißt du, wie sehr ich Ethan Howell O’Connor in diesem Moment hasse?“

Cassandra musterte sie aus den Augenwinkeln. „Mhm.“

Sie parkten vor dem Haus der Nachbarn, schlichen sich durch das Tor und gingen zum hinteren Zaun.

Cassandra sah sich um. „Sie haben keinen Hund, richtig?“

„Ziemlich sicher.“

„Oh, du bist echt witzig.“

Sie blieben am Zaun stehen und sahen hinauf. „Wenn das nicht funktioniert, rufen wir Ethan an und sagen ihm, dass er Bodyguards schicken soll. Abgemacht?“, meinte Cassandra.

Mackenzie knirschte mit den Zähnen. „Ich rufe ihn nicht an. Du schwingst dich also besser über diesen Zaun.“ Dann machte sie einen Sprung, packte das obere Ende und zog sich mit aller Kraft hoch, während sie mit den Füßen versuchte, Halt zu finden.

„Hör auf, rumzuzappeln und ich schiebe dich rüber!“, rief Cassandra. Sie gab ihr einen kräftigen Stoß und Mackenzie flog über den Zaun und landete mit einem leisen Plumpsen in ihrem Garten. Von der Vorderseite erklang ein Schrei und Cassandra rief: „Lauf, lauf, lauf! Bleib nicht stehen! Zickzack!“

Mackenzie sprintete mit dem Schlüssel in der Hand zur Hintertür, schloss sie hastig auf und riss sie auf. Als sie sich umdrehte, war Cassandra nicht zu sehen, also schloss sie die Tür rasch wieder hinter sich. Lachend lehnte sie sich dagegen. Dann stöhnte sie. Sie war eine dreißigjährige Frau, verdammt noch mal. Und das war ihr Haus!

Ein lautes Klingeln ließ sie zusammenzucken. Es dauerte einen Moment, bis ihr klar wurde, dass es ihr neues Handy war.

„Ich komme nicht über den Zaun“, erklärte Cassandra, als sie ranging. „Ich versuche es von vorn. Halt nach mir Ausschau, ja?“

„Die werden dich bei lebendigem Leib verschlingen.“

„Wir werden ja sehen. Halt dich einfach bereit.“

„Okay.“

„Du solltest Ethan für das Handy danken. Es ist praktisch, dich einfach anrufen zu können“, stellte Cassandra fest.

„Oh, ja. Wenn man sich ins eigene Haus schleichen muss, ist es notwendig, ein Handy dabei zu haben. Das macht das Leben so viel leichter.“

„Tut es wirklich.“

„Du hättest auch einfach auf dem Festnetz anrufen können.“

„Hm.“ Cassandra legte auf und Mackenzie ging nervös ins Wohnzimmer. Zwischen den Jalousien konnte sie die Kameras sehen, die auf ihr Haus gerichtet waren. Sie wusste, dass man sie nicht sehen konnte, trat aber trotzdem zurück.

Ein paar Minuten später klopfte es und sie ließ Cassandra herein, vergewisserte sich aber, dass sie dabei nicht fotografiert werden konnte. Dann schloss sie ab. „Du bist einfach zur Haustür marschiert?“

„Ich hab gewunken. Sie haben nicht viele Bilder von mir gemacht. Vermutlich bekommen sie für Fotos von der besten Freundin von Ethan O’Connors Verlobter nicht viel Geld.“

„Ich hasse dich.“

„So sehr, wie du Ethan hasst, hm?“

„Ungefähr.“

„Also überhaupt nicht.“

Mackenzie sah sie überrascht an. „Was meinst du mit überhaupt nicht?“

„Ich hab die Fotos gesehen. Zwischen euch beiden war nicht viel Hass zu erkennen.“

„Okay, ich habe gegen einen würdigen Gegner Softball gespielt. Natürlich hab ich mich amüsiert.“

Cassandra lachte sie aus. „Guter Witz. Aber ich habe die Fotos von gestern Abend gemeint.“

Mackenzie überprüfte noch einmal, ob die Tür verriegelt war, ehe sie ins Schlafzimmer ging. „Oh Mann. Die sind schon veröffentlicht?“

„Jap. Und sie sind wirklich gut geworden.“

„Das will ich gar nicht wissen. Hast du bewusst danach gesucht?“

„Natürlich. Ich wollte sehen, wie es gelaufen ist. Außerdem schaue ich ihn mir gern an. Ich hab die ganze letzte Nacht über ihn recherchiert. Ich kann mich nicht entscheiden, ob er in echt oder auf den Bildern besser aussieht.“ Cassandra tat so, als würde sie erschauern und fuhr dann fort: „Er riecht auf jeden Fall besser. Du musst herausfinden, welchen Duft er gestern Abend getragen hat, damit ich ein paar Tropfen auf mein Kissen sprühen kann. Dieser Geruch hat mich ganz wuschig gemacht und ich habe ziemlich schlüpfrig geträumt.“

Mackenzie versuchte, nicht daran zu denken, dass auch sie innerlich ganz wuschig geworden war. Nur hatte sie nicht erst auf den Schlaf warten müssen, damit es schlüpfrig wurde. Aber sie schob es nur zu gern auf sein Aftershave, dass sie den Verstand verloren hatte. Das erschien ihr besser als jede andere Alternative.

Sie zog den Koffer unter ihrem Bett hervor, während Cassandra ihren Schrank öffnete und das Gesicht verzog. „Lass mal sehen. Zur Auswahl stehen Arbeitsklamotten, langweilige Arbeitsklamotten und hässliche Arbeitsklamotten. Gibt er dir ein Taschengeld für Kleidung oder so was? Denn ich kann mir nicht vorstellen, dass Ethan O'Connors Verlobte irgendetwas hiervon tragen würde."

Mackenzie sah über Cassandras Schulter. „So schlimm ist es auch wieder nicht. Die Sachen sind für den Beruf geeignet."

„Und du bist nicht länger berufstätig. Jetzt bist du ein Promi."

„Sechs Wochen lang."

„Okay. Was wirst du in diesen sechs Wochen tragen?" Cassandra sah sie anzüglich an. „Es sei denn, du willst nichts anziehen. Damit könnte ich mich anfreunden."

„Nein, das wird nicht passieren." Warum musste sie das immer wieder sagen?

„Mhm. Und was wird der treue Mann sechs Wochen lang tun?"

„Vermutlich das, was jeder Mann tut, wenn er eine Scheinverlobte hat. In ein paar *Playboys* investieren."

Cassandra lachte. „Ob man wohl noch die Ausgaben mit Anna Nicole bekommen kann?"

Mackenzie sah sie finster an. „Ich werde heute Nachmittag noch mal zu diesem Stylisten gehen und mich wieder brünett machen lassen."

„Wenn er gut ist, und das ist er, wird er es nicht tun. Ist nicht gut für deine Haare."

„Oh, er wird es tun. Und wenn ich ihm mit Christine O'Connor drohen muss. Ich kann nicht so nach New York gehen. Das ist eine Kalifornien-Frisur."

Cassandra lachte auf, doch sie fing sich rasch wieder. „Du hast absolut recht. Das ist eine Kalifornien-Frisur." Sie musterte Mackenzie anerkennend. „Ich sollte mir auch eine Kalifornien-Frisur machen lassen. Meinst du, dass man damit einen schwulen Mann hetero machen kann?"

Mackenzie drückte ihre Hand. „Sicher nicht, aber womöglich gefällt sie ihm ja trotzdem."

Cassandra hielt sich eine von Mackenzies Locken vor die Stirn. „Also bei mir sorgt diese Frisur dafür, dass es mir fast nichts mehr ausmacht, dass er mich nicht heiraten und mich nicht mit seinem heißen, glänzenden Körper schwängern will. Gib mir den Namen des Friseurs."

„Soll ich dir auch die tausend Dollar geben, die dich das kosten wird?"

Cassandra verschluckte sich. Dann ließ sie Mackenzies Haare los. „Ups. Mir bleiben wohl nur meine Träume." Sie wackelte mit den Augenbrauen. „Und jetzt habe ich zwei Hauptdarsteller. Ich werde wohl in Zukunft zwischen ihnen abwechseln müssen, denn selbst in meinen Träumen will ich nicht, dass Shane einen Blick auf Mr Charming erhascht."

Cassandra wühlte sich durch den Schrank, während Mackenzie sie beobachtete. „Du machst dich nur selbst unglücklich, wenn du immerzu an Shane denkst. Du musst endlich über ihn hinwegkommen."

Cassandra lachte auf. „Verrat mir, wie ich das machen soll."

Mackenzie schüttelte den Kopf. Sie war noch nie verliebt gewesen. Hatte es noch nie sein wollen. „Keine

Ahnung. Aber du solltest ihn vergessen. Du wirst für niemand anders offen sein, solange du weiter für Shane schwärmst."

„Ich will ihn nicht aufgeben. Ich mag und liebe ihn. Und wenn das bedeutet, dass ich unverheiratet und kinderlos sterbe, soll es so sein."

„Du weißt, dass ich die letzte Person bin, die dir sagen würde, dass Ehe und Familie das Wichtigste sind."

Cassandra zeigte mit dem Finger auf sie. „Du willst nicht heiraten. Du willst nicht mal mit jemandem ausgehen."

„Stimmt. Aber ich glaube, dass du es willst."

Cassandra atmete tief durch. „Vielleicht will ich ihn mehr als irgendein mythisches Versprechen über unsterbliche Liebe. Und vielleicht will ich Kinder, aber dann betrachte ich es realistisch und ändere meine Meinung. Was ich jetzt habe, ist besser als dieses riesige Vielleicht." Sie zog einige Kleidungsstücke von den Kleiderbügeln. „Er kann mir nicht alles geben, was ich brauche? Tja, das kann kein Mann. Es gibt immer etwas, was man gern ändern würde, aber das ist kein K.-o.-Kriterium."

„Du willst mir weiß machen, dass *das* kein K.-o.-Kriterium ist? Er ist schwul."

Cassandra zuckte die Schultern und warf Klamotten in den Koffer. „Anscheinend ist es für mich keins."

Mackenzie nahm die Klamotten wieder heraus und faltete sie zusammen, ehe sie sie fein säuberlich wieder hineinlegte. „Und wenn er jemanden findet?"

„Das würde mich wahrscheinlich umbringen. Aber ich muss darauf hoffen, dass ich die Person, in die er sich verliebt, wahrscheinlich auch mögen werde. Er kann sich einen Liebhaber suchen, er kann heiraten. Aber trotzdem kann ich ein Teil seines Lebens bleiben."

Mackenzie betrachtete den entschlossenen Ausdruck auf dem Gesicht ihrer Freundin. Sie wusste, dass Shane Cassandra liebte und ihr nie absichtlich wehtun würde. Aber das war mal ein hoffnungsloses Liebesdreieck. Mackenzie konnte nur hoffen, dass Cassandra, falls Shane einen Mann fand, den er genug liebte, um ihn zu heiraten, nicht von der nächsten Klippe sprang. Oder den Zukünftigen hinunter schubste.

Cassandra hielt ein kurzes, buntes Kleid hoch und sah Mackenzie drohend in die Augen, um das Gespräch über Shane zu beenden. „Was ist das für eine schreckliche Monstrosität?"

„Das ist ein authentisches hawaiianisches *Muumuu*. Es ist sehr bequem. Am Wochenende ziehe ich einfach eine Leggings darunter." Mackenzie streckte die Hand danach aus. „Ich werde es mitnehmen."

„Auf gar keinen Fall. Ich werde es verbrennen." Cassandra betrachtet erst das weite Kleid und dann Mackenzie. „Bist du Jungfrau? Willst du als eine sterben?"

„Ich finde es hübsch."

„Scheinbar ist jede deiner modischen Entscheidungen dazu gedacht, Männer abzuschrecken." Cassandra zog sie an der Hand ins Wohnzimmer, setzte sich an den Computer und rief eine Promi-Seite auf. Dann zeigte sie auf das Kleid, das Mackenzie gestern Abend getragen hatte. „Das ist hübsch und sexy." Sie zeigte auf das *Muumuu*. „Das nicht. Erkennst du den Unterschied?"

Mackenzie warf einen einzigen Blick auf das am Vorabend aufgenommene Bild von sich, ehe sie zur Couch ging, um sich hinzulegen. „Oh Gott."

Cassandra sah sich die Fotos an. „Du siehst so … aufgewühlt aus. Was habt ihr in dieser Limousine gemacht?"

„Das werden alle denken. Dass wir etwas gemacht

haben.“

Mit verengten Augen lehnte sich Cassandra näher an den Bildschirm heran. „Was ist mit deinem Lippenstift passiert?“

„Er hat mich geküsst, okay? Er hat mich geküsst.“

„Mmh. Ich wette, er ist ein guter Küsser.“

Mackenzie versuchte, sich nicht daran zu erinnern. „Er hat genug Übung.“

„Du weißt, wie es heißt. Übung macht den Meister.“

Wie wahr. Oh, wie wahr.

„Ich kann nur sagen, dass ich dankbar für die Bauchweghose war. Dieser Mann hat Hände wie ein Oktopus.“

Cassandra drehte sich zu ihr um. „Ach ja? Guter Oktopus oder böser Oktopus?“

Mackenzie starrte an die Decke.

„Also guter Oktopus. Und warum bist du für ein gemeines, aber geniales Kleidungsstück dankbar?“

„Es ist ein moderner Keuschheitsgürtel“, murmelte Mackenzie.

Cassandra grinste. „So weit seid ihr gegangen, hm? Ich werde den Hersteller anrufen und ihnen sagen, dass sie einen neuen Vermarktungsansatz haben. *Formwäsche. Damit die Hände bleiben, wo sie sind*.“

Mackenzie wollte nicht lachen, konnte aber nicht anders. „Darf ich sie mit nach New York nehmen?“

Cassandra schüttelte den Kopf. „Nein. Ich brauche sie, wenn auch nicht als Keuschheitsgürtel. Und ich will keine Wiederholung von letzter Nacht. Eine von uns beiden muss von ihm flachgelegt werden und ich bin realistisch genug, um zu wissen, dass du es sein wirst.“

„Dann kaufe ich mir eben selbst so einen Bodysuit.“

„Spielverderberin. Aber ich glaube nicht, dass die in New York verkauft werden. Die verstoßen dort gegen das

Gesetz."

Mackenzie lächelte sie an. „Warum bist du nicht auf meiner Seite? Ich will keine Dummheiten mit ihm anstellen."

„Warum nicht? Einmal in deinem Leben kannst du doch mal auf deinen Bauch hören. Den Verstand kannst du später immer noch einschalten."

Mackenzie setzte sich auf. „Ich weiß nicht, warum ich überhaupt mit dir darüber rede."

„Wenn du verschwitzt unter ihm liegst und bereit bist, seinen Namen zu schreien, denk einfach daran, dass ich voll dafür bin."

Mackenzie verdrehte die Augen. „Lass uns fertig packen."

Cassandra verzog das Gesicht. „Lieber nicht. Man kann in New York einkaufen. *Gut* einkaufen. Vielleicht kauft er dir ja was Anständiges. Sag ihm, dass du sexuelle Gefallen gegen Klamotten eintauschst."

„Das hier ist nicht *Pretty Woman.*"

„Aber es könnte es sein, wenn du deine Karten richtig ausspielst."

Sie kamen schnell voran, wobei Cassandra die ganze Zeit abfällige Kommentare über ihren Mode- und Schuhgeschmack machte und Mackenzie ihr *Muumuu* in den Koffer stopfte, als Cassandra nicht hinsah.

Als sie fertig waren, hob Cassandra kopfschüttelnd den Koffer hoch. „Den werden wir nicht über den Zaun bekommen. Du musst Ethan anrufen, damit er Verstärkung schickt."

Mackenzie zog den Koffer ins Wohnzimmer. Sie würde ihn auf keinen Fall anrufen. Wenn sie es in den nächsten sechs Wochen schaffte, ihn weder anzusehen noch mit ihm zu sprechen oder mit ihm im selben Zimmer zu sein, würde sie ihm seine Million zurückgeben.

Cassandra warf einen Blick aus dem Fenster. „Du wirst ihn anrufen müssen."

„Das wird nicht passieren."

Cassandra streckte die Hand aus. „Ich rufe ihn für dich an."

Mackenzie schob sie mit dem Ellbogen weg und sah selbst aus dem Fenster. Dann fluchte sie. „Jetzt sind es ja sogar noch mehr geworden."

Cassandra bat mit einer Handbewegung um das Handy. „Ich nehme an, dass er seine Nummer eingespeichert hat, richtig? Lass ihn uns einfach anrufen. Er kann alles richten."

Mackenzie sah lange nach draußen und versuchte, einen Fluchtweg zu planen, gab dann aber auf und drückte Cassandra das Handy in die Hand.

Cassandra drückte auf die Schnellwahltaste, grinste, als Ethans Nummer erschien, und wartete dann.

„Vielleicht geht er nicht ran", sagte Mackenzie.

Ihre Freundin sah sie mitleidig an. „Ja, genau. Der Mann hat dir ein Handy gekauft und seine Nummer auf die Kurzwahltaste gelegt. Er wird rangehen." Sie deutete auf das Handy und sagte lautlos: „Siehst du." Einen Augenblick lang hörte Cassandra verträumt zu, ehe sie antwortete: „*Liebend* gern, aber hier ist Cassandra. Mackenzie würde dir wahrscheinlich sagen, dass du dir das dahin stecken kannst, wo die Sonne nicht scheint, weil sie gerade etwas unleidlich ist. Die Paparazzi haben uns in ihrem Haus festgesetzt."

Sie schwieg einen Moment, dann entspannte sich ihr Gesicht und nahm einen albernen Ausdruck an, ehe sie lachte und zu Mackenzie sah. „Das ist eine gute Idee. Wir warten." Cassandra lauschte noch einmal kurz, dann lachte sie erneut. „Bis dann, Ethan."

Glücklich seufzend legte sie auf und Mackenzie sagte:

„Du bist erbärmlich."

„Seine Stimme. Lässt sie dich nicht auch an Seidenlaken denken und wie du dich darauf räkelst?"

„Nein." Mackenzie streckte die Hand nach dem Handy aus. „Was hat er gesagt?"

Nachdem sie ihr das Handy zurückgegeben hatte, sackte Cassandra kraftlos auf die Couch. „Lass mich das einfach einen Moment genießen, okay?"

„Was hat er gesagt?"

Cassandra sah sie mit verengten Augen an. „Du bist unnatürlich. Ich brauche einen Moment, um mich abzukühlen."

Mackenzie gab auf und überließ sie ihren lüsternen Gedanken. Stattdessen setzte sie sich vor den Computer und klickte sich durch die verfänglichen Fotos von sich und Mr Charmanter Schlüpferstürmer. Vielleicht knickte sie nicht gleich beim Klang seiner Stimme ein, aber in dieser Limousine war sie definitiv eingeknickt und seinem Charme erlegen, und das sah man leider auch auf den Fotos.

Sein Anblick war sogar noch schlimmer. Er wirkte zerzaust und das nur wegen ihr. Am vergangenen Abend hatte er dafür gesorgt, dass sie den Verstand verlor, dieser verfluchte Mistkerl. Das hatte er mit Absicht getan.

Gedanklich machte sie eine Notiz an sich selbst. Sie würde nie wieder zulassen, dass ihr seine Lippen zu nahe kamen.

Cassandra stand auf und sah über Mackenzies Schulter. „Okay, mir geht's besser. Zumindest kann ich wieder laufen. Und er sagte, dass er einen Fahrer schickt, der uns abholt und Schokolade mitbringt. Ich mag ihn. Ich würde ihn sogar mögen, wenn er mir keine Gänsehaut bescheren und nicht den Wunsch in mir wecken würde, ihm mein Höschen in die Tasche zu stecken."

„Ernsthaft. Er ist nur ein Mann." Ein wunderschöner, charmanter Mann. Die gefährlichste Naturgewalt auf dieser Welt, wenn man Mackenzie fragte.

Cassandra schüttelte den Kopf. „Nicht nur ein Mann. Er ist die perfekte Mischung aus Sex und Verlässlichkeit. Selbst ich würde ihn heiraten und ihm Babys schenken."

„Du würdest Shane einfach so für Ethan aufgeben?"

„Oh ja." Sie zeigte mit dem Finger auf Mackenzie. „Sag ihm das, okay? Wenn es mit euch nicht funktioniert, bin ich auf jeden Fall verfügbar."

„Ich richte es aus."

Seufzend betrachtete Cassandra erneut die Fotos. „Ich weiß nicht, wie du unbefleckt aus dieser Limo gekommen bist. Aber ich hoffe, dass sich das ändert, bevor ihr die Verlobung auflöst. Und anschließend musst du mir davon erzählen."

„Erwarte lieber nichts."

„Doch ich will alle Einzelheiten über ihn wissen. Zum Beispiel, welcher Religion er angehört."

Mackenzie drehte sich auf dem Stuhl zu ihrer Freundin um. „Ich werde nicht mit Ethan schlafen. Auf keinen Fall."

Cassandra klopfte ihr auf die Schulter und ging dann zum Fenster, um nach dem Fahrer Ausschau zu halten. „Du weißt ja, was passiert, wenn man sich in falscher Sicherheit wiegt. So wird man am schnellsten unerwartet schwanger."

Bei dem Gedanken, die Mutter von Ethan O'Connors Baby zu werden, kam ihr ein Teil des Frühstücks wieder hoch, und sie klappte den Laptop zu. Sie brauchte keine weitere Erinnerung daran, wie schnell sie auf Ethans Schoß geklettert war. Eher brauchte sie eine Gedankenstütze, dass sie sich Ethan mindestens drei Meter vom Hals halten musste. Und zwar jederzeit.

Damit sie nicht doch noch die Beine für ihn spreizte.

5

Als Mackenzie sein Büro betrat, musste Ethan zweimal hinsehen. Dann lachte er über sich selbst. Das Blond war trotz des Dinners am vergangenen Abend immer noch ungewohnt.

„Ich hab mich noch nicht an deine Haare gewöhnt."

„Mir gefällt es allmählich. Ich erkenne mich kaum wieder."

„Ich wünschte, das würde bei den Paparazzi auch so sein."

„Allerdings. Sollte sie das Abendessen gestern nicht beschwichtigen?", fragte Mackenzie.

„Anscheinend haben sie das nicht verstanden. Ich schicke noch mal ein Memo raus." Er betrachtete sie besorgt. „Hattet ihr Probleme, das Haus zu verlassen?"

„Nicht mehr, nachdem dein Fahrer aufgetaucht ist." Sie rümpfte die Nase. „Möglicherweise gibt es Fotos von mir, wie ich über meinen Zaun klettere."

Er hob eine Braue und sie setzte sich. „Das war keine Glanzleistung von mir. Aber dein sehr freundlicher Fahrer hat mir den Rat gegeben, dass es normalerweise besser ist, sie einfach die Fotos machen zu lassen, solange sie mir nicht zu nahe kommen."

Ethan holte eine Flasche Wasser aus dem Mini-Kühlschrank und gab sie ihr. Ihm hätte früher auffallen müssen, dass die Blässe nicht ihrer neuen Haarfarbe geschuldet war. Selbst der erfahrenste Star konnte von Horden schreiender Journalisten mit ihren Kameras überwältigt werden.

„Muss ich jemanden verklagen? Bitte sag ja."

„Weil das immer so gut funktioniert?"

„Weil ich mich so machtlos und unfähig fühle, und das macht mich wütend."

Sie schüttelte den Kopf. „Dir kleben sie doch ständig an den Fersen."

Er setzte sich. „Ich bin es gewöhnt. Ich weiß, wie es sich anfühlt. Und es tut mir leid."

Sie nahm einen großen Schluck, ehe sie ihn nachdenklich ansah. „Ist dein Bedauern eine halbe Million wert?"

Er lächelte leicht. „Wahrscheinlich nicht."

„Na ja, ich meinte auch eher die Unfähigkeit."

Er öffnete den Mund, um sie an gestern Abend zu erinnern, aber sie fügte schnell hinzu: „Sag mir, dass es in New York besser wird."

„In New York wird es besser. Wirklich. Wahrscheinlich."

„Ich glaube, du hast die Paparazzi nicht so fest im Griff hast, wie du denkst."

„Deshalb will ich sie nur noch mehr verklagen."

Sie lachte und die Farbe kehrte in ihre Wangen zurück. Er lächelte sie an.

„Wird es Fotos geben, auf denen du ihnen den Mittelfinger zeigst?", fragte er.

„Nur mit den Augen."

„Dafür habe ich dich eingestellt."

Mackenzie lehnte sich erleichtert zurück. „Dann habe

ich mein Ziel erreicht. Ich kann wohl wieder nach Hause gehen."

„Ich habe sechs Wochen im Voraus bezahlt. Ich habe noch fünf Wochen und fünf Tage tödliche Blicke gut."

Sie seufzte laut. „Meine Arbeit endet nie. Aber wo genau werde ich in den nächsten sechs Wochen wohnen? Ich nehme an, dass du mich in irgendeinem pompösen Hotel untergebracht hast, wo ich die Rechnung für den Zimmerservice in die Höhe treiben kann, wenn ich wütend auf dich bin." Es sah aus, als würde sie sich darauf freuen.

„Du wohnst bei mir."

Auf ihrer Stirn bildete sich eine Falte. „Ich kann nicht bei dir wohnen."

„Du bist meine Verlobte. Wo sollst du sonst wohnen?"

„Ich bin sicher, dass man in New York eine Wohnung mieten kann, wenn ein Hotel nicht infrage kommt. Wenn ich bei dir wohne, werden alle denken, dass wir miteinander schlafen."

Er hob eine Braue. „Ich glaube, die meisten Leute denken das jetzt schon."

Ihr Gesicht wurde hinreißend rot. „Wir könnten aber doch auch bis zur Hochzeit zu warten?"

Er sah sie mit ernster Miene an. „Das kauft dir kein Mensch ab."

„Lieber Himmel. Kannst du mir nicht wenigstens einen Hauch meiner Würde lassen?"

Er ging um den Tisch herum und massierte ihre Schultern. „Weißt du, ich bin gar nicht so schlimm. Ich glaube, du überschätzt, wie viel Schaden ich deinem Ruf zufügen werde."

Als sie versuchte aufzustehen, drückt er sie wieder hinunter. Sie warf ihm über die Schulter einen finsteren Blick zu. „Früher galt ich als eine hart arbeitende, vernünftige Frau. Seit du auf der Bildfläche erschienen bist, geht es mit meinem Ruf ständig bergab.“

„Alles wird gut. Du kannst das Gästezimmer ganz für dich allein haben. Und wir werden so tun, als würden wir nicht miteinander schlafen.“

Abrupt stand sie auf und schüttelte dabei seine Hände von ihren Schultern ab. Sie drehte sich um, wohl, damit sie ihn anschreien konnte, klappte aber den Mund zu, als sie sah, dass er unterdrückt lachte und seine Schultern bebten.

„Prüde“, keuchte er.

Sie verschränkte die Arme. „Du küsst mich ständig.“

Er hob einen Finger. „Einmal.“

„Dreimal!“

„Die ersten beiden Male zählen nicht. Es war nur ein richtiger Kuss.“

„Die zählen alle. Wenn deine Lippen meine berühren, zählt es! Wenn ich die Schokolade schmecken kann, die du gegessen hast, zählt es!“

Er lachte erneut. Es gab wirklich niemanden, den er lieber aufzog als Mackenzie. „Du willst also sagen, dass du empfindlich bist und ich meinen Mund von dir fernhalten soll.“

„Die Hälfte davon stimmt. Die letzte Hälfte. Ich will deine Keime nicht.“

„Ach ja? Hast du etwa eine Phobie?“

Sie hob die Brauen. „Du hattest viele Freundinnen.“

„Möchtest du ein Gesundheitszeugnis sehen?“

„Nein. Denn es wird keine weiteren Küsse geben!“

Noch immer lächelnd lehnte er sich mit der Hüfte an den Tisch und nickte ihr zu. „Okay, okay. Es wird keine weiteren Küsse geben.“

Ethan fühlte sich kein bisschen schlecht dabei, sie anzuschwindeln. Noch immer konnte er von gestern Abend ihre Lippen spüren. Das war eine angenehme Erinnerung. Er nahm es nicht persönlich, dass sie für sich etwas anderes behauptete. Er hatte Beweise für das Gegenteil, und wenn er etwas über Mackenzie wusste, dann, dass sie ihm bis zum letzten Atemzug widersprechen würde. Einfach aus Prinzip.

Er freute sich darauf, sie außer Atem zu bringen. Und darüber hinaus.

Sie starrte ihn an, dann setzte sie sich langsam.

„Bis auf gelegentliche Fotos", fügte er hinzu, um sich einen Ausweg zu lassen.

Mackenzie sah ihn mit verengten Augen an und er kniff die Finger zusammen. „Sehr gelegentlich. Versuch's besser mit keinem."

„Das kann ich nicht versprechen."

„Wie wäre es dann mit tausend Mäusen pro Foto."

Ethan tippte sich ans Kinn. „Hm. Mal überlegen, ob du mir das wert bist."

„Bin ich nicht. Ich würde dir stark davon abraten, deine Lippen in meine Nähe zu bringen."

„Okay, abgemacht. Ich zahle dir jedes Mal tausend Dollar, wenn ich das Bedürfnis habe, dich in der Öffentlichkeit zu küssen."

Kopfschüttelnd stand sie auf. „Ich gehe nach Hause."

„Du willst wieder nach Hause, obwohl ich mir solche Mühe gemacht habe, dich dort rauszuholen?"

„Welche Mühe? Du hast einen Fahrer geschickt. Und ich gehe zu Cassandra."

„Warum? Ich bin hier fertig. Du hast gepackt. Lass uns einfach nach New York fliegen."

Mackenzies Kopf zuckte zurück: „Jetzt?"

„Ja. Warum nicht?"

„Ich hab einfach nicht erwartet …"

„Dass du überhaupt verreisen musst?"

Sie wirkte verlegen. „Ich hatte gehofft, bald aufzuwachen."

Er kniff ihr in den Arm.

„Aua!“ Sie schlug seine Hand weg.

„Jap, du bist wach. Lass uns heute Abend fliegen.“

Mackenzie atmete tief durch. „Na schön. Bringen wir es hinter uns.“

Ethan ließ den Kopf hängen. „Wenn du es so siehst.“

„Tue ich. Und ich möchte nicht bei dir wohnen. Du könntest mich im Schlaf in Stücke hacken und meine Zunge in deinem Kühlschrank aufbewahren.“

Er blinzelte. „Tja. Jetzt habe ich Angst, dass du *mich* im Schlaf zerhackst.“

„Siehst du? Wir wissen nichts übereinander. Es ist nicht sicher.“

„Du kannst auch bei meiner Mutter wohnen, wenn dir das solche Sorgen macht.“

Mackenzie verschluckte sich. „Lass mich darüber nachdenken. Was ist mit Ellen?“

„Sie wohnt mit meiner Mutter zusammen.“

Sie sah ihn mit verengten Augen an, als würde sie ihm nicht glauben. „Warum?“

„Weil keine von beiden allein sein möchte. Als mein Großvater starb, ist Ellen bei meinen Eltern eingezogen. Und als mein Vater gestorben ist, haben sie einfach weiter zusammengewohnt. Sie teilen sich ein dreihundertsiebzig Quadratmeter großes Penthouse. Sie treten sich nicht gerade auf die Füße.“

„Es ist trotzdem seltsam.“

„Warum? Sie leben beide gern in der Stadt, wollen aber nicht allein in der Stadt leben.“

Sie wirkte nicht überzeugt.

„Auf diese Weise haben sie jemanden, mit dem sie ins Kino oder essen gehen oder streiten können.“ Er verzog das Gesicht. „Mit dem sie mir durchs Land folgen können. Ohne einander wären sie einsam. Sie führen dennoch jede ihr eigenes Leben und haben eigene Interessen. Sie sind nur einfach nicht allein."

„Das ist … süß?"

Er grinste. „Du lebst gern allein." Das war keine Frage gewesen, aber sie nickte trotzdem. „Gefällt es dir, niemanden zu haben, mit dem du den Abend verbringst, mit dem du über deinen Tag reden und dem du einfach nah sein kannst, wenn du dich einsam fühlst?"

„Ich habe Freunde. Aber ich muss ja nicht gleich mit ihnen zusammenwohnen."

„Vielleicht ist Familie etwas anderes."

Sie blinzelte ein paar Mal. „Ich würde nicht bei meiner Familie wohnen wollen. Außerdem sind Ellen und Christine nicht wirklich verwandt. Sie sind verschwägert."

Er schüttelte den Kopf. „Familie. So dick wie Blut, wenn man einen O'Connor heiratet."

Sie erschauderte. „Erinnere mich daran, dich nicht zu heiraten."

Er tippte sich an die Schläfe. „Ist gespeichert. Falls du es vergisst, werde ich dich daran erinnern."

„Falls ich es vergesse, kannst du mich erschießen."

„In Ordnung." Er lächelte. „Also, wirst du nun bei mir oder meiner Mutter wohnen?"

Sie sah aus, als hätte er sie gebeten, zwischen Pest oder Cholera zu wählen.

„Wirst du bei mir wohnen, wenn ich verspreche, dich nicht in Stücke zu hacken, in sonst irgendeiner Weise zu verstümmeln oder auch nur den Toilettendeckel oben zu lassen? Du wirst absolut sicher vor mir sein."

Er dachte an Alyse, die bei ihm hatte einziehen wollen, und daran, dass fast jede seiner Freundinnen mit ihm hatte zusammenleben wollen. Aber Mackenzie Wyatt versuchte, sich herauszuwinden. Diese Herausforderung hatte definitiv etwas für sich. Zumindest ihm machte sie Spaß.

Auf keinen Fall würde sie irgendwo anders wohnen als bei ihm.

Sie atmete tief durch und nickte langsam. „Getrennte Zimmer?“

„Natürlich.“

Vielleicht.

„Schlösser an meiner Tür?“

Er sah theatralisch zur Decke.

Sie versuchte, nicht zu lachen. „Na schön.“

Er hielt inne. „Ich hätte gern dieselben Zusicherungen von dir.“

„Ich verspreche, dich nicht in Stücke zu hacken, zu verstümmeln oder den Toilettendeckel oben zu lassen.“

Er lächelte sie an. „Ich habe die Haushälterin schon darauf hingewiesen, vorsichtshalber alle Tacker zu entfernen. Möchtest du gern sonst noch etwas loswerden, bevor wir ankommen?“

Sie öffnete den Mund und er hob die Hand, um ihr zuvorzukommen. „Wenn du jetzt sagst, dass du mich rauswerfen willst, werde ich das Personal anweisen, die ganze Schokolade zu entsorgen.“

Unwillkürlich musste sie lachen und er grinste sie an. „Siehst du, wir wissen doch ein wenig übereinander.“

Sie verschränkte die Arme. „Wenn ich bei dir wohnen muss, werde ich eine Entschädigung brauchen. Alle werden denken, dass ich mit dir schlafe.“

„Wer ist alle und warum interessiert dich das?“ Seine Augen funkelten, als er sie zitierte.

„Alle sind alle. Und es interessiert mich, denn wenn noch eine einzige Person mit mir über unser Sexleben sprechen will, werde ich den Kopf in die nächste Toilettenschüssel stecken und mich ertränken.“

„Klingt extrem.“

„Sie reden ja nicht mit dir darüber.“

„Stimmt. Aber vielleicht ist dieses Trauma auch etwas wert.“ Er stand auf und beugte sich vor, um ihr leise ins Ohr zu flüstern: „Vielleicht die halbe Million, von der du ständig redest?“

„Mehr ist dir mein guter Ruf nicht wert?“

„Scheint genau richtig zu sein.“

Sie schnaubte und er trat grinsend einen Schritt zurück. „Aber das wird nicht passieren. Ich werde dich nicht dafür bezahlen, dass die Leute *denken*, du würdest mit mir schlafen. Dafür müsstest du es schon wirklich tun.“

Sie verzog das Gesicht. „Ich verstehe wirklich nicht, was alle in dir sehen.“

Er seufzte zufrieden. „Ich kann mir erlauben, so etwas zu sagen, weil ich weiß, dass du mich nicht beim Wort nimmst.“

„Wenn du so etwas sagst, wird dich niemand wollen.“

Er schüttelte den Kopf. „Oh doch, du wärst überrascht.“

Mackenzie schnippte mit den Fingern. „Das erinnert mich an etwas. Cassandra lässt ausrichten, dass sie als Ehefrau und Mutter verfügbar ist, sollte sich das hier nicht so entwickeln, wie du hoffst.“

„Sie ist eine entzückende Frau.“

„Entzückend. Ja, das Wort hätte ich auch gewählt. Das mit euch beiden könnte gut funktionieren. Soll ich sie anrufen?“

„Ich halte sie mir in Reserve. Erst muss ich dir die Chance geben, diese Million zu verdienen.“

„Okay, aber sie hat auch einen ziemlich guten Todesblick drauf.“

„Wirklich? Dabei wirkte sie so süß.“

Mackenzie schüttelte ungläubig den Kopf. „Das liegt nur daran, dass sie alle Hirnzellen verliert, sobald du den Mund aufmachst.“

„Das ist leider ein weit verbreitetes Leiden. Ich habe bis

jetzt wirklich nur eine Frau getroffen, bei der zumindest die Hälfte der Synapsen verkoppelt bleibt, wenn sie in meiner Nähe ist."

Sie blinzelte und zog die Brauen bis zum Haaransatz hinauf. Langsam, als hätte sie ihn nicht richtig verstanden, sagte sie: „Die Hälfte?"

„Ich würde gern ein Viertel sagen, habe aber etwas Angst vor dem, was du tust, wenn ich das ausspreche."

„Gut. Es gefällt mir, wenn du ein wenig Angst vor mir hast."

„Angst ist vielleicht zu übertrieben. Besorgnis? Vorsicht?"

„Besorgt ist mir auch recht."

Ob sie vielleicht doch lieber im Hotel wohnen sollte? Sie hatte eine gesunde Portion Wut in sich und er schien sie ein wenig zu sehr provoziert zu haben.

Sie lächelte träge und er schüttelte über sie den Kopf. „Ich mache mir keine Sorgen um meine Sicherheit ... Überhaupt nicht."

„Gut. Ich würde nicht wollen, dass du *besorgt* bist."

Er räusperte sich. „Ja. Nun. Sollen wir? Wir könnten zur Schlafenszeit in New York sein."

Sie seufzte. „Du weißt zumindest eine Sache über mich, Ethan."

Er hakte sich bei ihr unter und geleitete sie aus dem Büro hinaus zu dem wartenden Wagen. „Und was wäre das, Mackenzie?"

„Wie du mich auf die Palme bringen kannst."

„Das ist meine liebste Freizeitbeschäftigung."

„Solange du dich nicht in Frauenhäute hüllst."

Er lächelte sie an. „Im Moment bist du in Sicherheit. Mein Schrank ist gerade voll."

*

Sechs Stunden später atmete Ethan die New Yorker Luft ein und war froh, wieder zuhause zu sein. Er genoss das Reisen und die Kultur an der Westküste, aber New York war sein Zuhause. Er liebte die Stadt mit ihren Sehenswürdigkeiten, die Geräusche, die Gerüche. Beide Städte lagen an der Küste, aber selbst die Luft war hier anders.

Und er vermisste immer diesen wundervollen New Yorker Gestank, der verkündete, dass hier Menschen lebten. In Los Angeles war er sich nie sicher. Manchmal glaubte er, dass die Stadt von fahrerlosen Autos bewohnt wurde.

Mackenzie streckte sich neben ihm, um die Spitzen der Gebäude durch das Fenster zu sehen, und er tätschelte ihr Knie. „Wir machen eine Stadtrundfahrt, sobald du dich eingerichtet hast."

Der Fahrer hielt vor dem Gebäude und Ethan half Mackenzie beim Aussteigen. Sie sah direkt nach oben und atmete dann tief ein. Ob sie nun die Luft kostete, wie er es getan hatte, oder für die unzähligen Mühsalen, die vor ihr lagen, Mut sammelte, wusste er nicht. Vielleicht war es beides.

Sie fuhren mit dem Fahrstuhl bis ganz nach oben und Mackenzie warf ihm einen Blick zu. „Warum musst du nur immer in jedem Gebäude ganz oben wohnen?"

„Es ist das Beste. Sobald du die Aussicht siehst, wirst du es verstehen."

„Das bezweifle ich."

Er verschränkte die Arme und drehte sich zu ihr. „Hast du Höhenangst?"

„Ich glaube nicht. Aber du stellst mich ständig auf die Probe." Sie musterte ihn, als sie aus dem Fahrstuhl stiegen. „Deine Familie lebt nicht auf derselben Etage wie du, oder?“

Er grinste. „Anderes Gebäude. Auf der anderen Seite der Stadt.“

Er lachte, als sie versuchte, ihre Erleichterung zu verbergen. Dann schloss er die Tür auf und öffnete sie übertrieben. „Willkommen.“

„Es wäre mir wirklich lieber, wenn ich meine eigene Wohnung hätte.“

„Das glaube ich nicht. Außerdem wird alles gut laufen. Wir werden uns wunderbar verstehen.“

Sie sah ihn an, als wüsste er nicht, was das Wort wunderbar bedeutete, und murmelte etwas über zusätzliche Kilos auf der Waage.

Dann trat sie ein. „Du bist ein Workaholic, richtig? Bist von morgens bis abends unterwegs?“

„Normalerweise bin ich sehr beschäftigt.“

Sie sah ihn hoffnungsvoll an. Doch als er antwortete: „Aber ich habe mir in den nächsten Wochen etwas Zeit freigeschaufelt“, machte sie ein langes Gesicht.

Während sie sich umsah, fragte er sich, ob sie beeindruckt sein würde. Nicht viel schien dieses Gefühl bei ihr hervorzurufen, was er als erfrischend empfand. Und zugleich nervig.

Ihr Blick schweifte durch den ganz in Blau und Beige eingerichteten Raum, doch nichts schien ihre Aufmerksamkeit einzufangen. Dann jedoch fiel ihr Blick auf das Fenster. Langsam ging sie darauf zu und betrachtete die Wolkenkratzer und die Lichter der Stadt vor der Kulisse der untergehenden Sonne.

Er folgte ihr. „Dafür lohnt es sich, nicht wahr?“

„Fühlst du dich dadurch nicht klein? Als einer von so vielen?“

Er nickte. „Und ich bin beeindruckt, dass es so gut funktioniert.“

Sie sah ihn an. „Sagt der Mann, der ganz oben steht."

Dagegen konnte er nichts einwenden. „Genau, sagt der Mann, der ganz oben steht."

Sie drehte sich wieder zum Fenster und er ging in die Küche.

„Hast du Hunger?" Er öffnete den Kühlschrank und lachte. „Wie es aussieht, hat die Haushälterin ordentlich aufgestockt."

Er nahm eine Flasche gekühlten Champagner heraus und wackelte mit den Brauen. „Sie hat sogar ein paar schokolierte Erdbeeren für uns besorgt."

Mackenzie wandte sich vom Fenster ab und verschränkte die Arme vor der Brust. „Ich werde auspacken."

Er zuckte mit den Schultern. „Dann vielleicht später."

„Nicht in einer Million Jahren, O'Connor."

Er stellte den Champagner zurück. Vielleicht konnte er sie dazu überreden, nachdem sie sich eingewöhnt hatte. Eine Million Jahre waren eine schrecklich lange Zeit.

Er führte sie zu ihrem Zimmer und sagte leise: „Fühl dich wie zu Hause, Mackenzie."

Er lächelte sie charmant an, worauf sie ihm die Tür vor der Nase zuknallte.

*

Mackenzie sah sich im Zimmer um und bemerkte das riesige Himmelbett. Die Tür zum begehbaren Kleiderschrank stand offen und sie hob die Brauen, als sie einen Blick hineinwarf. Vielleicht würde sie doch in der Stadt shoppen gehen.

Das Badezimmer war größer als ihr eigenes und sie war dankbar, dass sie es nicht mit Ethan teilen musste. Sie setzte sich auf den Rand der Wanne mit eingebautem

Whirlpool. Sie sehnte sich nach einem guten Schaumbad, wollte aber auf keinen Fall nackt und nass rumliegen, wenn Ethan gleich nebenan war.

Aber sobald er die Wohnung verließ, würde sie sich ein Bad gönnen.

Sie packte schnell aus. Ihre wenigen Kleidungsstücke wirkten in der kleinen Ecke des gigantischen Schrankes ziemlich verloren.

Für gewöhnlich kaufte sie nicht gern ein, weil sie mit ihrem Geld andere Pläne hatte, aber hier würde sie sich ein Budget für Kleidung erlauben. Sie konnte genauso gut alles nutzen, was New York zu bieten hatte.

Sie stellte sich vor, wie Cassandra sie anzüglich angrinste und sagte laut: „Und das schließt Ethan O'Connor nicht mit ein."

Schuldbewusst sah sie zur Tür, dann lachte sie. Es würde etwas dauern, sich daran zu gewöhnen, mit jemandem zusammenzuleben.

Bevor sie schnell duschte, vergewisserte sie sich, dass alle Türen zwischen Ethan und ihr verschlossen waren, und zog sich dann zum Schlafen ein langärmliges Shirt und eine Jogginghose an. Anschließend schaltete sie das Licht aus und öffnete die Jalousien. Die Lichter der Stadt funkelten in der Nacht und sie betrachtete sie stundenlang, um sich an den Gedanken zu gewöhnen, dass all diese Menschen auf so kleinem Raum lebten.

Los Angeles hatte vielleicht eine annehmbare Größe, war aber nichts im Vergleich zu New York.

Ein leises Klopfen ertönte und sie zuckte zusammen.

Unschlüssig sah sie zur Tür und überlegte, ob sie aufmachen sollte oder nicht. Schließlich stand sie auf und lief barfuß über den Teppich. Sie öffnete die Tür nur einen kleinen Spalt und schaute in Ethans Gesicht.

Er trug ein T-Shirt und eine Baumwollhose mit grünem

Karomuster. Sie betrachtete seine nackten Füße.

„Ich wollte nur sichergehen, dass du alles hast, was du brauchst“, sagte er.

Tief einatmend hob sie den Blick wieder. „Danke, ich brauche nichts.“

„Ich bin im anderen Zimmer, falls sich das ändert.“

Oh, sie wusste ganz genau, wo er sich aufhielt. Er musste es ihr nicht beschreiben.

Er lächelte. „Gute Nacht, Schätzchen.“

Sie knallte ihm erneut die Tür vor der Nase zu und vergewisserte sich, dass das Schloss eingerastet war. Sein Lachen war laut und deutlich durch das dünne Holz der Tür zu hören.

Sie stieg ins Bett und ließ die Jalousien offen, um hinaus in die Nacht zu blicken. Sie fragte sich, wie sie jemals einschlafen sollte, wenn Ethan nur ein Zimmer weiter war. Mit nackten Füßen.

Weniger als zehn Minuten später schlummerte sie tief und fest und wachte bis zum Morgen nicht auf.

*

Sie fanden schnell eine Routine. Ethan ging morgens zur Arbeit und Mackenzie übte das Ausschlafen. Sie war nicht sehr gut darin, aber bis zum Mittag im Schlafanzug herumzusitzen, fühlte sich fast genauso dekadent an.

Und dann kam Ethan zum Mittagessen nach Hause, zog sich seine Touristen-Sachen an und schleppte sie durch ganz New York. Nach dem zweiten Tag hörte sie auf, so zu tun, als würde sie es hassen. Sie liebte es. Einfach alles. Die Geräusche, die Gerüche, die vielen Menschen. Die U-Bahn! Ethan war an ihrem zweiten Tag mit ihr U-Bahn gefahren und seitdem weigerte sie sich, in sein Auto zu steigen. Ihrer Meinung nach war sie das Beste an ganz New York.

An diesem Tag kam Ethan mit einer Klatschzeitung nach Hause, hielt sie ihr vor die Nase und sah sie finster an.

„Wie ich sehe, bist du trotz der Verlobung immer noch in den Klatschblättern."

Er musterte sie, als sei das allein ihre Schuld.

„Sieh mich nicht so an. Ich hab den *Star* nicht angerufen und denen gesagt, dass du mir eine Million Dollar zahlst, um deine Verlobte zu spielen."

„Und deine Freundin?"

Hoffentlich nicht. „Das würde sie niemals tun."

Sie betrachtete das Foto von ihm, auf dem er sehr ernst blickte und las die Überschrift. *Eine Million Dollar für eine Frau!*

„Du weißt, dass das niemand glauben wird", erinnerte sie ihn.

„Ich will wissen, wer es ihnen gesagt hat. Wer weiß davon?"

„Cassandra. Niemand sonst. Denkst du, ich würde wollen, dass rauskommt, dass ich ein Trottel bin? Dass ich zustimmen würde, dich für eine lausige Million zu heiraten?"

„Lausig! Ich könnte jede Frau dazu bringen, mich umsonst zu heiraten!"

Sie lachte. „Ich weiß. Jeder weiß, dass du keine Frau dafür bezahlen musst, etwas für dich zu tun." Sie blätterte die Zeitung durch. „Das hier stimmt auch nicht ganz. Ich werde dich nicht heiraten, wir sind nur sechs Wochen lang verlobt. Wenn die Überschrift dagegen *Eine Million Dollar für eine Schein-Verlobung* lauten würde, dann hättest du einen Grund zur Sorge."

Er tippte heftig auf den Artikel. „Es ist unheimlich nah an der Wahrheit."

„Aber eben nur fast."

Er verengte die Augen. „Warum haben die kein riesiges Bild von dir auf dem Cover? Bezahle ich dich nicht dafür?“

Sie öffnete die Zeitschrift und zeigte ihm ein winziges Foto von sich und ein weiteres großes von ihm. „Denkst du wirklich, dass sie das aufs Cover drucken? Im Vergleich zu dir?“ Sie schüttelte den Kopf. „Du hättest dir jemanden suchen sollen, der fotogener ist als du. Ich bin überrascht, dass ich überhaupt abgedruckt bin.“

Er sah genauer hin. „Vor allem mit diesem Gesichtsausdruck.“

„Zumindest ist es kein Foto, wie ich über den Zaun klettere.“

„Das ist alles, wofür ich in diesen Tagen dankbar sein kann.“

Sie beobachtete, wie er mürrisch die Fotos durchblätterte, und hatte Mitleid mit ihm. „Ich hab einen Schokoriegel in meiner Handtasche.“

Er schüttelte den Kopf. „Das ist nicht dasselbe, wie Schokolade aus deinem Geheimvorrat zu klauen.“

„Ich bin einfach dankbar, dass du den noch nicht gefunden hast.“

Er hob den Kopf. „Willst du damit sagen, dass irgendwo in dieser Wohnung ein riesiger Haufen Schokolade versteckt ist?“

„Wieso wusstest du das nicht? Du warst immer der Hauptgrund, warum ich an den Vorrat musste. Und jetzt, da ich mit dir zusammenlebe?“ Sie lachte. „Ja, ich habe einen Vorrat. Viel Glück dabei, ihn zu finden.“

Er würde überhaupt nichts finden, vor allem, da sie nirgendwo einen Geheimvorrat hatte. Überraschenderweise hatte sie ihn nicht gebraucht. Als sie gekündigt hatte, war ein Großteil ihres Stresses verschwunden. Und erstaunlicherweise war das Leben mit Ethan tatsächlich weniger stressig, als für ihn zu arbeiten.

Er stand auf und drehte sich langsam im Kreis. „Du bist weniger als eine Woche hier."

„Verzweifelte Zeiten."

Sie sah ihm dabei zu, wie er mit glitzernden Augen in ihr Zimmer marschierte, die Klatschzeitungen waren vergessen. „Da ist er nicht!", rief sie ihm nach.

Er öffnete die Tür zu ihrem Zimmer. „Vielleicht nicht, aber jetzt habe ich eine Ausrede, deine Schubladen zu durchwühlen."

Sie folgte ihm, lehnte sich an den Türrahmen und beobachtete, wie er eine Schublade nach der anderen öffnete und wieder schloss. Ihre Unterwäscheschublade zu durchsuchen, dauerte unverschämt lange.

„Da drin ist er nicht", wiederholte sie.

„Ich will einfach jeden Stein umdrehen."

„Du meinst jedes Höschen."

Er hielt einen schwarzen Spitzen-Tanga nach oben, der ganz sicher nicht Mackenzie gehörte. „Jap. Das meinte ich", sagte er.

Er steckte sich das Höschen in die hintere Hosentasche und sie kämpfte gegen ein Grinsen. Sie würde Cassandra erzählen müssen, dass ihr Slip doch noch einen Weg in seine Tasche gefunden hatte.

Auf seiner Suche tastete er Taschen ab und drehte ihre Stiefel um.

„Das ist widerlich. Ich würde keine Schokolade in meinen Schuhen aufbewahren", sagte sie.

„Ich bin nur gründlich. Nimm es nicht persönlich."

„Hier ist nichts."

Schulterzuckend ging er ins Badezimmer. Sie sprintete an ihm vorbei, um die Tür zu blockieren, und klammerte sich an den Rahmen, falls er versuchen sollte, sich an ihr vorbeizudrängen. „Das ist noch widerlicher als die Schuhe zu durchsuchen."

„Ich gehe davon aus, dass die Schokolade eingepackt ist. Es ist ja nicht so, als würde sie im Badezimmer kontaminiert werden."

„Doch, könnte sie. Überall auf der Verpackung wären Badezimmerkeime und wenn du sie dann öffnest, gelangen die Keime auf die Schokolade und kontaminieren sie."

„Indem ich einfach nur die Verpackung öffne?"

Sie nickte und er verschränkte die Arme.

„Ist das schon wieder diese Keim-Geschichte? Vielleicht solltest du dich behandeln lassen. Ich kann dir einen guten Therapeuten empfehlen."

„Ja, du scheinst auch ein paar Probleme aufarbeiten zu müssen."

Er machte noch einen Schritt nach vorn und versuchte, über ihre Schulter zu blicken.

Sie schüttelte den Kopf. „Es ist ein Badezimmer. Was denkst du denn, verstecke ich da drin?"

„Schokolade, zum einen."

„Ich schwöre beim Leben deiner Mutter, dass ich nichts in meinem Badezimmer verstecke."

Lachend ging er noch einen großen Schritt auf sie zu. „Jetzt muss ich wissen, was du darin versteckst."

„Nur das übliche, *monatliche* Badezimmerzeug."

Er legte den Kopf schräg. „Darum geht es? Und ich hatte mich schon gefreut, dass du etwas Gutes versteckst."

„Tue ich nicht."

„Schwör beim Leben *deiner* Mutter und ich glaube dir", verlangte er.

„Sie ist tot."

„Tut mir leid."

Sie ignorierte sein Mitleid. „Ich schwöre auf ihr Grab."

Er berührte ihre Hand. „Okay, ich glaube dir."

Sein Blick glitt über ihren Körper und blieb an ihrem Hosenbein hängen. „Aber irgendwo ist Schokolade. Diese

Jeans ist ziemlich weit für dich. Vielleicht versteckst du die Schokolade in deiner Hose.“

Sie lachte. „Halte deine Freunde nahe bei dir, aber deine Schokolade noch näher?“

Er trat noch einen Schritt näher und bedrängte sie. Sie schob ihn zurück. „Nein, nein. Du bleibst weg.“

„Du hattest noch nicht genug Zeit, um ein wirklich gutes Versteck zu finden. Es muss in der Nähe sein.“

„Ich laufe nicht mit Schokolade an den Beinen durch die Gegend.“

„Was war das? Ich kann dich bei dem ganzen Rascheln nicht hören.“ Er kam noch näher, sodass sich ihre Körper von den Knien bis zum Oberkörper berührten, und schlang einen Arm um ihre Mitte. „Vorsichtig. Du willst dich doch nicht von den Badezimmerkeimen schnappen lassen“, flüsterte er.

Er zog sie mit sich und war mit zwei riesigen Schritten am Bett, auf das er sie warf. Kreischend landete sie auf der Matratze, ihr Herz hämmerte wie wild.

Kurz darauf sprang er ebenfalls aufs Bett, setzte sich rittlings auf sie und drückte ihr die Arme über den Kopf. „Sag mir eins, Mackenzie und dann lasse ich dich in Ruhe.“ Er beugte sich hinab und flüsterte ihr ins Ohr: „Wo ist dein Geheimvorrat?“

Sie drehte den Kopf weg. „Das werde ich dir nie verraten. Eher sterbe ich.“

„Hmmm.“ Er rieb mit der Nase über ihren Hals. „Ich weiß nicht, ob ich froh bin, dass du so stur bist. Ich mag Schokolade. Aber du riechst genauso köstlich.“

„Geh von mir runter.“

„Okay.“ Er bewegte sich nicht.

„Das ist eine schlechte Idee.“

„So schlecht, wie wenn ich deine Haut tragen würde?“

Sie blinzelte. „Steht das zur Debatte?“

„Nein. Ich frage mich nur, an welcher Stelle der Sex mit mir auf deiner Stelle steht. Irgendwo über Serienmörder?“

Schweigend dachte sie darüber nach. „Knapp“, erwiderte sie schließlich.

Sie spürte, wie sich seine Lippen an ihrem Hals zu einem Lächeln verzogen. Er atmete tief ein, um ihren Duft zu inhalieren, und seine Brust bewegte sich an ihrer.

„Heute geht es wahrscheinlich nicht, wenn du monatliches Zeug in deinem Badezimmer hast.“

Sie nickte. Das monatliche Zeug war vorbei, aber heute ging es trotzdem überhaupt nicht. Absolut nicht.

Sie schien es nur nicht aussprechen zu können.

Stöhnend ließ er sich neben ihr aufs Bett fallen.

Sie starrte an die Decke und redete sich ein, dass sie ganz und gar nicht enttäuscht war.

„Jetzt brauche ich entweder Schokolade oder Sex“, verkündete er.

„Schokolade“, erwiderte sie, ohne zu zögern.

„Ich dachte mir, dass du das sagen würdest.“

Er setzte sich auf, dann tätschelte er ihr Bein und stand auf. „Ich gehe zum Laden. Ich muss zumindest ein frustrierendes Bedürfnis befriedigen.“

Ihr Blut pulsierte, ihr Herz hämmerte und ihre Hormone fuhren immer noch Achterbahn, als sie ihm nachsah.

Grundgütiger. Sie steckte wirklich in Schwierigkeiten. Erst eine Woche war vorbei, fünf lagen noch vor ihr und seine ständigen Berührungen, sein Streicheln, Necken und seine bloße Anwesenheit machten sie bereits mürbe.

Sobald sie hörte, wie sich die Haustür hinter ihm schloss, ging sie mit ihrem Handy ins Badezimmer und rief Cassandra an.

„Ich habe niemandem was von der Million erzählt“, waren die ersten Worte aus Cassandras Mund.

Mackenzie seufzte erleichtert. „Okay. Das hatte ich

auch nicht angenommen.“

„Aber du musstest fragen?“

„Es tut mir leid.“

„Wie willst du das wieder gut machen?“

Mackenzie lachte. „Ein von mir bezahlter Termin, um dich in eine Anna-Nicole-Blondine zu verwandeln?“

„Das könnte funktionieren. Oder ein Nacktbild eines besonderen Jemand.“

„Das schicke ich dir nicht.“

„Spaßbremse.“

Mackenzie versuchte, nicht daran zu denken, wie ein besonderer Jemand nackt aussah. „Ich kann dir nichts schicken, was ich nicht gesehen habe.“

„Na dann halt dich ran. Du bist schon eine Woche da. Warum brauchst du so lange?“

„Ich brauche jemanden, der mich abkühlt und nicht noch weiter anheizt.“

„Noch weiter? Heizt er dich an?“ Cassandra quietschte. „Oh, bitte sag mir, dass es so ist.“

„Er denkt sich nichts dabei. So ist er einfach. Ich bin ziemlich sicher, dass es mein Job in dieser Beziehung ist, nichts, was er sagt oder tut, ernst zu nehmen.“

Oh, sie wusste, dass er beim kleinsten Hinweis darauf, dass sie bereit dazu war, mit ihr ins Bett hüpfen würde. Aber es wäre nichts Ernstes. Er war niemals ernst. Es überraschte sie, dass das offenbar niemand merkte.

Cassandra atmete tief ein. „Du bist in einer Beziehung mit Ethan Howell O’Connor. Ich schwöre bei Gott, du nutzt das besser aus, bevor du zurückkommst.“

„Ich lege jetzt auf. Du bist vollkommen nutzlos für mich.“

„Es wird dir schwerfallen, jemanden zu finden, der dir sagt, dass du es dir *nicht* gönnen solltest, solange du die Chance dazu hast.“

„Ich wette, seine Mutter würde es tun.“

Cassandra lachte. „Bei dieser Unterhaltung würde ich liebend gerne Mäuschen spielen. Nimmst du sie für mich auf?“

„Ich komme gegebenenfalls auf sie zurück, falls es so aussieht, als würde ich mein Hirn nicht mehr benutzen können oder eine Schocktherapie brauchen.“

Wahrscheinlich musste sie die Nummer der Frau auf die Kurzwahltaste legen.

Mackenzie legte auf und ging durch die Wohnung, um sich zu vergewissern, dass Ethan immer noch weg war. Anschließend drehte sie mit dem Schokoriegel aus ihrer Handtasche eine zweite Runde und suchte nach einem guten Versteck. Wenn sie das nächste Mal ausging, würde sie noch mehr Süßigkeiten kaufen müssen. Ein Schokoriegel machte noch lange keinen Vorrat und wenn die Klatschblätter weiter auf Ethan herumhackten, würde er die Ablenkung brauchen.

6

Ethan ging an drei Mini-Märkten vorbei, ehe er entschied, in einen reinzugehen, um einen Schokoriegel zu kaufen. Schokolade war nicht genau das, was er in diesem Moment wollte, aber wie es aussah, würde er nicht näher an das, was er wirklich wollte, herankommen.

Als er den Plan mit der Schein-Verlobung fasste, hatte er nicht wirklich vorgehabt, mit Mackenzie zu schlafen. Sie sollte sein Puffer sein und ihm eine Atempause vor anderen Frauen verschaffen. Aber irgendwann nach der Unterschrift auf dem Vertrag war alles anders geworden und seitdem beherrschte sie seine Gedanken. Genauer gesagt, seit dem Kuss in der Limousine – oder nein, schon seit dem Softballspiel – interessierte ihn nichts anderes mehr als Mackenzie Wyatt.

Er hatte das Gefühl, dass sie ihm auch allmählich freundlicher gesinnt war. Sie stritt nicht mehr so oft mit ihm. Und anstatt sich anzuspannen, wenn er in ihre Nähe kam, blieb sie locker. Anstatt ihm die Leviten zu lesen, wenn er die Grenzen überschritt, errötete sie und reagierte sichtlich aufgewühlt. Dennoch heizte sie ihm ordentlich ein.

Der Gedanke an Mackenzie, die sich nackt und

aufgewühlt unter ihm räkelte und ihm ordentlich einheizte, machte ihn verrückt.

Er schnappte sich den ersten Schokoriegel, den er zu fassen bekam, riss die Verpackung auf und nahm einen großen Bissen. Die Frau hinter dem Tresen beobachtete ihn argwöhnisch.

Er schenkte ihr ein Lächeln. „Ich bezahle dafür. Ich bin nur noch nicht sicher, wie viele ich brauchen werde."

Sie nickte zögernd, und als er sich das Karamell von den Lippen leckte, weiteten sich ihre Augen und ihr Mund öffnete sich.

Ethan biss noch einmal ab und erinnerte sich an Mackenzies Mund unter seinen Lippen.

War das eine schlechte Idee?

Wohl kaum. Er war sich ziemlich sicher, dass sie auch nicht abgeneigt war. Aber sie hatte offenbar noch Zweifel. Es würde sicher eine reizvolle Herausforderung werden, diese auszuräumen. Wenn ihn dieses Spiel nicht vorher umbrachte.

Er nahm sich einen zweiten Riegel, beschloss, der Verkäuferin nicht noch mehr Show zu bieten und bezahlte.

Als er den Laden verließ, wusste er nicht, wo er am liebsten sein wollte – außer zu Hause bei Mackenzie. Oder unterwegs mit Mackenzie, wenn sie schon nicht nackt mit ihm im Bett lieben würde.

Allerdings konnte er noch nicht nach Hause gehen, wenn das Bett keine Option war. Die Willenskraft eines jeden Mannes hatte Grenzen.

Die Schokolade allein wirkte nicht; er musste etwas Energie verbrennen und diese sexuelle Frustration loswerden.

Vielleicht sollte er ins Fitnessstudio gehen. Ob Mackenzie ihn begleiten würde? Unvermittelt grinste er.

Er würde mit Mackenzie zu den Baseball-Schlagkäfigen

fahren. So würde er seine Frustration loswerden und vielleicht konnte er sie sogar dazu überreden, knappe Shorts zu tragen, während sie ein paar Bälle schlugen.

Er konnte sich keine bessere Beschäftigung für den Tag vorstellen.

Solange sie sich nicht auszogen.

*

Als Ethan ein paar Tage später zum Mittagessen nach Hause kam, überreichte Mackenzie ihm ein bedrucktes Blatt.

„Was ist das?“

„Meine Rechnung für die ganzen Ball-Witze. Du hast mich daran erinnert.“

Er warf einen Blick darauf, ehe er sie wieder ansah. „Du veräppelst mich.“

„Das glaube ich nicht.“

„Ich habe dir gerade eine Million Dollar gezahlt!“

„Eine halbe Million fehlt noch.“

„Wir zanken uns um eine halbe Million und du stellst mir 57.000 Dollar in Rechnung?“

„Du bist derjenige, der ständig den Mund aufmacht, ohne vorher nachzudenken. Nur weil die Summe ständig größer wird, heißt das nicht, dass du nicht für deine früheren Fehler zahlen musst.“

Er klappte den Mund zu. „Das zahle ich nicht.“

„Warum nicht? Wir haben uns darauf geeinigt.“

„Die Umstände haben sich geändert.“

„Du meinst, anstatt peinliche sexuelle Bemerkungen vor meinen Kollegen zu machen, vermittelst du jetzt der ganzen Welt den Eindruck, ich würde mit dir schlafen. Irgendwie glaube ich nicht, dass sich die Umstände zu meinem Vorteil geändert haben.“

„Du ziehst dich wirklich daran hoch“, murmelte er.

Er sah hinunter auf die Rechnung und sie sagte: „Es ist alles einzeln aufgelistet.“

Langsam ging er die Posten durch. „Ist es. Wie gut, dass wir nicht jedes Mal alle Bälle durchzählen mussten, als du beim Softballspiel dran warst. Es war billiger, dich einfach auf die Base zu schicken.“

Sie bleckte die Zähne und er grinste. „Also gut. Ich denke, die Erinnerung ist mir 57.000 Dollar wert.“

Sie wartete.

„Soll ich jetzt sofort mein Scheckbuch zücken?“

„Vielleicht sollten wir noch abwarten. Wahrscheinlich stellst du bald schon wieder was an.“ Sie tippte sich ans Kinn. „Ich frage mich, ob ich das nächste Mal die halbe Million aus dir rausgeleiert bekomme.“

Er schüttelte den Kopf. „Normalerweise kaufe ich einfach Schmuck. Ich musste einer Frau noch nie einen Scheck ausstellen.“ Er sah auf ihre Hand. „Wo ist eigentlich dein Ring? Sag nicht, dass du ihn verloren hast.“

„Ich hab ihn nicht verloren. Ich trage ihn nur nicht gern.“

Er verengte die Augen, denn er war unverhältnismäßig unglücklich darüber, dass sie ihn nicht gern trug. „Hol ihn.“

Sie musterte ihn genervt. „Ich habe ihn wirklich nicht verloren.“

„Hol ihn trotzdem.“

Seufzend nahm sie sich einen Stuhl aus der Küche und ging ins Schlafzimmer.

„Du musst ihn jedes Mal tragen, wenn du die Wohnung verlässt“, erklärte er, während er ihr folgte.

„Er ist zu groß. Ich bleibe ständig damit hängen.“

„Woran denn?“

„Zum Beispiel an meiner Jeans. Jedes Mal, wenn ich

etwas in die Tasche stecken oder herausholen will, verfängt sich der Diamant daran. Das ist nervig."

„Du behauptest also, dass der Ring *zu groß* ist."

Sie nickte.

Er schüttelte hinter ihr den Kopf. „Wie kann der Diamant eines Verlobungsringes zu groß sein? Zu klein, sicher. Aber zu groß? Absurd."

Sie ging in ihren begehbaren Kleiderschrank und stellte den Stuhl mitten in den Raum.

„Was machst du da?"

„Den Ring holen."

Sie kletterte auf den Stuhl, schraubte die Milchglas-Halbkugel der Deckenlampe ab und fischte einen kleinen weißen Umschlag heraus.

Kopfschüttelnd nahm er ihr den Umschlag ab. „Ich habe einen Safe."

„Dann solltest du den Ring darin aufbewahren."

Er lachte leise, beobachtete, wie sie die Halbkugel wieder anschraubte, und half ihr dann vom Stuhl herunter. „Ernsthaft. In einer Lampe?"

„Ich will nicht, dass die Haushälterin ihn aus Versehen findet."

Er schnaubte. „Du wolltest nicht, dass ich ihn finde, wenn ich nach deinem Schoko-Vorrat suche. Hast du in deinem ganzen Haus Wertsachen versteckt?"

„Natürlich nicht. Ich habe ein Bankschließfach."

„Ich weiß nicht, ob ich dir das glauben soll. Du hast in deinem Büro Dinge versteckt und tust es auch hier."

Er öffnete den Umschlag und nahm den Ring heraus, um ihn ihr wieder an den Finger zu stecken. „Trag ihn."

Sie sah auf ihre Hand, wackelte mit dem Finger und betrachtete das funkelnde Schmuckstück, ehe sie es wieder abnahm und ihm reichte. „Probier du das mal. Steck dir den Ring an den Finger und versuch, deine Hand in die

Tasche zu stecken."

„Es kann wohl kaum so schlimm sein, dass du ihn in einer Lampe versteckst, damit du ihn nicht tragen musst."

Sie verschränkte die Arme und deutete mit dem Kopf auf seine Hand. „Versuch es einfach."

Lachend schob er sich den Ring über den Finger, so weit es zumindest möglich war. Dann steckte er die Hand in die Tasche, der Ring blieb am Stoff hängen.

Sie nickte. „Wenn du das jetzt noch zwanzig Mal machst, wirst du es verstehen."

„Das ist …"

„Nervig."

Er versuchte es erneut, weil er ihr nur ungern zustimmen wollte. „Ein wenig. Aber das ist das erste Mal, dass ich eine Beschwerde darüber höre."

„Haben die Frauen, mit denen du ausgehst, keine Hosentaschen?"

Nachdenklich zuckte er mit den Schultern. Mackenzie mochte Jeans und Hosen lieber als jede seiner Ex-Freundinnen. Seit ihrem Tête-à-Tête in der Limousine hatte er keinen Blick mehr auf ihre Beine erhaschen können.

„Vielleicht ist es wie mit High Heels. Der Schmerz lohnt sich."

„Für mich nicht."

Er lächelte sie an. „Okay. Wir besorgen dir einen anderen."

Sie schüttelte den Kopf. „Dieses Arrangement dauert sowieso nur noch ein paar Wochen. Ich brauche keinen Ring."

„Eine Verlobung ist erst dann echt, wenn du einen Ring am Finger hast."

„Zeig mir, wo das geschrieben steht."

„Ich lasse Grandma eine Kopie vorbeibringen."

Sie zog einen Schmollmund. „Ich will keinen Ring."

„Pech für dich. Er zeigt der Welt, dass du vergeben bist."

Ihr Blick war eindeutig. „Wie entzückend. Und wo ist dein *Privateigentum*-Stempel?"

„Den bekommt ein Mann erst, wenn er wirklich verheiratet ist."

„Mir gefällt, in welche Richtung sich diese Unterhaltung entwickelt. Der Duft einer halben Million Dollar steigt mir schon in die Nase."

Lachend zog er sich den Ring ab und hielt ihn gegen das Licht. „Du willst ihn wirklich nicht tragen?"

Sie schüttelte den Kopf. „Nein."

„Na ja, er war sowieso nur als Übergangslösung gedacht. Besorgen wir dir einen richtigen."

Er ergriff ihre Hand und wollte sie mit sich aus dem Ankleidezimmer ziehen, doch sie stemmte die Füße auf den Boden.

„Du willst doch wohl nicht, dass ich ihn aussuche, oder? Ich glaube an das *‚Je größer, desto besser‘*-Mantra", verkündete er.

„Ich finde einfach ein anderes Versteck dafür."

„Oder du begleitest mich und suchst dir einen aus, den du auch tragen wirst."

„Ich bin nicht sicher, ob wir uns bei diesem Problem je einig werden. Ich werde kleine aussuchen und du große. Diese Verlobung ist längst aufgelöst, bis wir eine Lösung gefunden haben."

„Was sollen wir heute sonst machen?"

„Du solltest wirklich wieder zur Arbeit gehen."

„Hey, ich hatte auch seit Jahren keinen Urlaub mehr. Und ich hab das Gefühl, dass eine Shoppingtour mit dir eine neue und unterhaltsame Erfahrung sein wird." Er zog leicht an ihr. „Hatten wir denn im Zoo nicht viel Spaß zusammen?"

„Ich hab das Gefühl, dass ich Nein sagen sollte."

„Du kannst es so oft sagen, wie du willst, ich werde es dir nicht glauben."

Sie zuckte mit den Schultern. „Es hat Spaß gemacht, mir vorzustellen, wie ich dich an die Löwen verfüttere."

„Deshalb haben wir so viel Zeit bei dem Eisbärbaby verbracht."

„Das war ziemlich niedlich. Und in ein oder zwei Jahren kann ich dich an *ihn* verfüttern."

Er nickte, als er es endlich verstand. „Oh, du hast dir Notizen gemacht."

Sie kicherte.

Er atmete tief ein, genoss ihr Lachen. „Oder wir bleiben einfach hier."

Sie stieß den Atem aus und sah sich um, als fiele ihr erst jetzt auf, dass sie in ihrem Schlafzimmer standen, ehe sie ihn aus der Tür schob. „Wir nehmen die U-Bahn."

Er nickte. „Natürlich."

Die U-Bahn war voll und sie mussten stehen. Ethan schlang einen Arm um ihre Mitte. Sie musterte ihn und er grinste. Ohne seinen Arm von ihr zu nehmen.

Sie lehnte sich an ihn. „Du bist nur nervös, weil du U-Bahn fahren musst."

Er nickte. „Auf jeden Fall. Der Typ da drüben starrt mich an."

Sie folgte seinem Blick und sah drei Männer in Anzügen. Alle lasen.

Kopfschüttelnd lächelte sie, schwieg jedoch. Leute stiegen ein und aus und Ethan versuchte, nicht daran zu denken, dass er Mackenzies Hitze durch das T-Shirt spüren konnte und wie der Geruch von Waschmittel seine Libido durcheinanderbrachte.

Beim Aussteigen ergriff er ihre Hand und bahnte sich mit ihr einen Weg durch die Menge die Treppe hinauf. Als sie ins Tageslicht traten, hielt er ihre Hand immer noch fest.

Verwundert blickte sie auf ihre verschränkten Hände. „Was machst du da?“

„Deine Hand halten.“

Die Beunruhigung war ihr deutlich anzusehen, als sie wieder aufsah. „Hier draußen? Warum?“

„Weil du keinen Ring am Finger hast und ich das Bedürfnis habe, mein Revier zu markieren.“

Sie versuchte, ihre Hand zurückzuziehen, doch er hielt sie fest.

Genervt verdrehte sie die Augen. „Also gut. Markier ruhig. Du versuchst nur, mich wütend zu machen“, behauptete sie.

„Eigentlich versuche ich nur, dich lang genug abzulenken, um dich in ein Modegeschäft zu manövrieren.“

Sie schüttelte den Kopf. „Ich werde shoppen gehen. Aber nicht mit dir.“

„Warum nicht? Ich habe einen guten Geschmack. Und dich in kurze Röcke und High Heels zu kleiden, klingt nach einer Menge Spaß.“

„Das ist nur einer der Gründe, warum ich nicht mit dir einkaufen werde.“

„Aber wir müssen dieses *Muumuu* loswerden. Vielleicht heute.“

Sie hatte ernsthaft ein *Muumuu* mitgebracht. Viel unmissverständlicher hätte sie ihm gar nicht deutlich machen können, dass sie vorhatte, sich in den nächsten sechs Wochen auf nichts einzulassen. Er hätte sich darüber ärgern können, aber er genoss die Herausforderung.

Und zwar viel zu sehr.

Sie sah ihn mit verengten Augen an. „Hast du mit Cassandra gesprochen?“

„Das muss ich nicht. Ich habe Augen im Kopf. Und ich

glaube nicht, dass dieses *Muumuu* den Zweck erfüllt, den du dir davon erhoffst."

„Ich erhoffe mir, dass es bequem ist."

„Und ich will es dir vom Körper reißen und es am liebsten in den Müll schmeißen."

Sie zuckte zurück und ließ seine Hand los. „Also in mir weckt es den Wunsch, nach Hawaii zu reisen."

„Wo du einen Bikini und High Heels tragen wirst? Ich könnte mir dafür ein paar Tage freinehmen." Den Kopf schräg gelegt, fasste er erneut nach ihrer Hand und sie ließ es zu.

„Ich erkenne einen Trend. Musst du deinen Lesestoff für die Nacht aufstocken?"

Er betrachtete sie aus dem Augenwinkel. „Nein."

„Wenn du dich um etwas kümmern musst, solltest du das am besten selbst tun."

Vor sich hin brummelnd zog er sie in ein Juweliergeschäft. Im Inneren war es ruhig und kühl, einige elegant gekleidete Kundinnen wurden bereits bedient.

Ethan senkte den Kopf zu Mackenzie und deutete auf eine Frau, die sich Ohrringe ansah. „Sie scheint keine Probleme mit großen Ringen zu haben", stellte er leise fest.

„Sie hat ja auch keine Hosentaschen", murmelte Mackenzie.

Er nickte. „Ich glaube, wir können festlegen, dass es ein Taschen- und kein Schmuckproblem ist. Wir könnten diesen Laden überspringen und dir stattdessen neue Klamotten kaufen."

„Warum überspringen wir nicht alle Läden und machen für heute Schluss?"

„Nur, wenn du zu Hause wieder das *Muumuu* anziehst."

Sie drehte den Kopf weg und entdeckte Ellen und Christine, die den Laden gerade betraten. Sofort riss sie ihre Hand los. „Was um alles in der Welt?"

Er sah auf. „Ich habe Mutter und Großmutter eingeladen.“

Mackenzie stöhnte leise. „Das soll wohl ein Witz sein:“

„Sie gehen gern einkaufen. Und sie kennen sich mit Schmuck aus.“

„Man nimmt seine Mutter nicht mit, wenn man einen Verlobungsring aussucht.“

„Bei der Auswahl deines ersten Ringes hab ich keine so gute Arbeit geleistet. Und ich dachte, du hast wahrscheinlich recht damit, dass wir uns nie einigen werden. Ich brauchte Verstärkung.“

„Ich glaube, das hätten wir schon allein hinbekommen.“

Seine Mutter ignorierte Mackenzie und küsste ihn auf die Wange. „Ich dachte, du hättest ihr schon einen Ring besorgt.“

„Sie mag ihn nicht.“

Seine Mutter schnaubte empört. „Ich fand ihn hinreißend.“

„Sie findet den Stein zu groß“, erklärte er und Ellen lachte leise.

„Gib ihm nur schön weiter Rätsel auf, Herzchen“, sagte sie.

Die Blicke seiner Mutter durchbohrten sie wie Dolche aus Eis, dann holte sie ihr Handy hervor und schlenderte ein paar Schritte von ihnen weg.

„Bringen wir es hinter uns“, murmelte Mackenzie.

Eine halbe Stunde später diskutierten sie immer noch. Ellen hatte über Mackenzies erste Wahl geschnaubt und gesagt, dass kein O’Connor solch ein Stück Draht für seine Braut kaufen würde.

„Spielt es denn überhaupt eine Rolle?“, hatte Christine gemurmelt, während sie Mackenzie erneut mit ihren kalten Blicken erdolcht hatte. Ethan wählte immer zu große, zu teure und zu auffällige Steine. Alles andere als das, was

Mackenzie gern tragen würde.

Er beugte sich zu ihr. „Beunruhigt es dich nicht, dass meine Mutter jeder deiner Entscheidungen zustimmt? Ich denke, du solltest das als Zeichen sehen."

Sie sah es als Zeichen, dass zumindest eine Person diesen Laden genauso schnell verlassen wollte wie sie.

Christine lächelte und winkte, als eine große, vollbusige Rothaarige den Laden betrat. Die Rothaarige küsste Christine auf die Wange, positionierte ihre Brüste in Ethans Blickrichtung und musterte Mackenzie kritisch von oben bis unten.

Es stellte sich heraus, dass die Frau Modeberaterin war. Sie packte Mackenzies Hände, um sie in verschiedene Richtungen zu drehen und lachte dabei affektiert. „Eine Minimalistin heiratet in die O'Connor-Familie ein?" Sie warf einen vielsagenden Blick zu Christine. „Jetzt verstehe ich, warum ich so schnell herkommen sollte."

Mackenzie funkelte erst Ethan und dann Christine finster an. Und als der Vamp in Gestalt einer Beraterin verschiedene Ringe brachte, gegen die niemand Einwände erhob, warf Mackenzie einen düsteren Blick auf den Schmuck. Es ging ihr gegen den Strich, dass ihr Ring von einer Beraterin ausgesucht wurde, die Christine ausgewählt hatte. Einer Beraterin, die sich ständig an Ethan drückte und ihm verführerische Blicke zuwarf, wenn sie offenbar dachte, dass Mackenzie nicht hinsah. Während sie einen Verlobungsring aussuchten.

„Ein Ring ist wichtig, denn eine Verlobung ist der Anfang, nicht das Ende ...", sagte Ethans Großmutter.

„Ja, ich kenne diesen Spruch", unterbrach Mackenzie und zeigte auf den kleinsten Ring der Auswahl. Es war ohnehin egal. Sie würde ihn nur noch ein paar Wochen tragen.

Ob es hier wohl ein Rückgaberecht gab?

Die Beraterin lächelte. „Und jetzt Kleidung."

Ethan bedankte sich schnell bei ihr, als er Mackenzies aufmüpfigen Gesichtsausdruck bemerkte, und behauptete, dass er das Vergnügen für sich haben wollte. Die Beraterin kicherte. Christine sah aus, als müsste sie sich übergeben. Und Mackenzie konnte nicht entscheiden, ob sie lachen oder ob sie sich übergeben wollte.

Ellen hakte sich links bei Christine unter und rechts bei der Beraterin. „Nun, da wir geholfen haben, den Ring-Notfall zu lösen, lassen wir diese beiden Turteltauben allein einkaufen."

Mackenzie machte sich nicht die Mühe, ihr zu widersprechen. Sobald sie den Laden verlassen hatten, fischte sie einen Schokoriegel aus ihrer Handtasche.

Ethan warf erst einen Blick auf die Süßigkeit und dann auf sie. „Danke, dass du der Beraterin nicht die Augen ausgekratzt hast. Oder meiner Mutter."

„Ich habe zumindest etwas Taktgefühl. Nur wenn du mich nervst, kann ich mich anscheinend nicht kontrollieren."

Er betrachtete den Ring an ihrer Hand. „Kontrolle wird ohnehin überbewertet. Wirst du diesen Ring tragen?"

Sie schob die Finger ein paar Mal in die Hosentasche. „Er ist okay", sagte sie und er lachte schallend.

Mackenzie fühlte sich einen Hauch besser und steckte die Schokolade wieder ein. „Die Beraterin war hübsch. Genau dein Typ." Sie wusste nicht, warum sie das gesagt hatte. Jede Frau war sein Typ. „Wahrscheinlich würde dir deine Mutter ihre Nummer geben. Sie könnte dein Problem lösen."

Er sah auf ihre Lippen. „Ich bin treu, Mackenzie, und immer nur mit einer Frau zusammen. Und im Moment bist du das."

Sie versuchte, sich empört zu geben, doch ein

prickelndes Gefühl durchfuhr sie. Er griff nach ihrer Hand und sie sagte: „Du kannst loslassen. Ich trage jetzt deinen Ring."

Er schüttelte den Kopf. „Geht nicht. Ich habe mich daran gewöhnt. So muss ich mir keine Sorgen machen, dass ich dich in der Menge verliere."

Gemeinsam schlenderten sie durch die Stadt, aßen in einem kleinen Restaurant und Ethan versuchte ein paar Mal vergeblich, sie in eine Boutique zu ziehen. In einem Buchladen verweilten sie länger und verglichen Investment-Bücher.

Mackenzie kaufte ein paar davon. „Schließlich gehöre ich jetzt zu den reichen Müßiggängern", sagte sie und er schnaubte.

„Was glaubst du wohl, wie lange du durchhältst, wenn du nichts zu tun hast?"

Sie wedelte mit einem Buch vor seiner Nase herum. „Ich werde meine Millionen investieren. Das ist eine Beschäftigung."

„Million. Singular. Du wirst überrascht sein, wie schnell die weg ist."

Er nahm die Tüte mit den Büchern in eine Hand und hakte sich bei ihr unter, als sie den Laden verließen. „Aber mal ehrlich: Was willst du tun, falls du dir nicht wieder einen Job suchst?"

„Wenn. Und das weiß ich noch nicht. In eine mittelgroße Stadt ziehen." Sie dachte nach. „Oder vielleicht reisen."

„Und wieso?"

„Um mir die Welt anzusehen?"

„Langweilig. Du willst sie nicht sehen, sondern erobern."

Dem konnte sie nicht widersprechen und sie zuckte mit den Schultern. Sie wusste nicht, was sie tun würde, wenn das alles vorbei war.

„Geh nicht. Du kannst ins Londoner Büro wechseln und ich halte mich fern, bis Gras über die Sache gewachsen ist. Vielleicht kannst du ja einen fremden Markt mit deinem besonderen *Charme* erobern."

Sie spürte, wie ihr Blut bei dem Gedanken an eine neue Herausforderung in Wallung geriet, doch sie unterdrückte den Gedanken rasch. „Hat HGC nicht eine Niederlassung in Tokio? Das wäre mal eine wirkliche Herausforderung."

Er stöhnte. „HGC! Ich verbiete dir, für die zu arbeiten. Egal in welchem Land."

Sie lachte. „Wie gut für dich, dass ich mich so langsam ans Ausschlafen gewöhne."

„Ich hätte dir im Vertrag verbieten sollen, für HGC zu arbeiten", brummelte er.

„Du könntest mir die noch ausstehende halbe Million zahlen, dann überlege ich es mir vielleicht."

„Das wäre es mir beinahe wert."

Sie lächelte ihn an und er schüttelte den Kopf. „Nein, diesen Schritt hebe ich mir lieber für einen wirklichen Notfall auf. Du würdest schon nach einer Woche bei HGC merken, was das für ein Haufen hinterhältiger, nichtsnutziger Diebe ist, die nur auf ihren eigenen Vorteil aus sind, und dann kommst du wieder zu mir gekrochen."

„Du bist nur sauer, dass Bob Givens es aufs Cover vom *Forbes Magazine* geschafft hat."

Er sah sie finster an und sie tätschelte ihm mit der freien Hand den Arm. „Denk einfach daran, dass du auf deinem Cover besser ausgesehen hast. Und wahrscheinlich hat sich die Ausgabe mit dir auch besser verkauft."

„Wirklich? Ich sah besser aus?"

„Natürlich. Und du hast tatsächlich etwas gesagt, anstatt nur deine Firma anzupreisen."

Nun wirkte er besänftigt. „Das liegt daran, dass er an

die Börse gegangen ist." Er schüttelte den Kopf. „Jetzt muss er sich darauf konzentrieren, Aktien von seiner Firma zu verkaufen, statt das eigentliche Produkt."

Sie schüttelte den Kopf. „Es liegt daran, dass er kein Geld verdient. Er hat nur diesen Hype, den er nutzen muss."

„Seine Umsätze haben sich verdreifacht! Was für ein fantastisches Jahr!"

„Aber er vergisst zu erwähnen, dass sich die Kosten verfünffacht haben."

Er sah sie neugierig an. „Würdest du ihre Aktien kaufen?"

Sie winkte ab, dann hielt sie inne. „Oder vielleicht doch. HGC ist diesen Monat gerade heiß. Aber wenn die Aufregung nachlässt?" Sie schüttelte den Kopf. „Beim ersten Anzeichen einer Kehrtwende würde ich sie abstoßen."

„Und was ist mit O'Connor-Aktien?"

Überrascht schaute sie ihn an. „Überlegst du, an die Börse zu gehen?"

„Nicht, solange ich noch atme", sagte er und sie lachte. „Aber falls doch, würdest du die Aktien dann kaufen?"

Sie zuckte mit den Schultern. „Ich müsste erst ein paar Jahresberichte lesen."

Er lächelte ein wenig und drückte ihre Hand. „Komm schon. Sag mir, dass du es tun würdest."

„OC wird sich die Klienten von HGC schnappen, wenn sie bankrott sind. Also würde ich wahrscheinlich Aktien kaufen."

„Warum hast du dann die Anteile nicht angenommen, die ich dir angeboten habe?"

„Weil ich ein persönliches Problem mit dem Eigner habe. Er klaut immer meine Schokolade."

Er nickte dem Portier zu und beugte sich dann zu ihr

hinunter, um zu flüstern: „Ich muss mir etwas überlegen, wie ich das bei dir wiedergutmachen kann."

Auch im Fahrstuhl hielt er ihre Hand noch fest und strich gedankenverloren mit dem Daumen darüber. Hoch und runter und über ihre Handfläche. Wieder und wieder.

Ihr Atem beschleunigte sich und ein Kribbeln überlief sie. Der Fahrstuhl hielt und sie schlenderten den Flur hinunter. Nachdem er die Tür aufgeschlossen hatte, drängte er sie von innen dagegen.

„Du kannst jetzt mit dieser Show aufhören", sagte sie.

Er beugte sich zu ihr und flüsterte ihr ins Ohr: „Ich räche mich nur für den Lesestoff-Witz an dir."

„Das war kein Witz. Sondern eine ernst gemeinte Sorge."

Er strich mit der Nase über ihren Hals. „Ach so. Und wie besorgt bist du?"

Sein Atem strich über ihre Haut und sie ballte die Hände zu Fäusten. Hitze stieg in ihr auf.

Wenige Zentimeter vor ihren Lippen entfernt hielt er inne. „Ich werde dich jetzt küssen." Fragend schaute er sie an.

Mackenzie dachte daran, wie seine Mutter diesen rothaarigen Vamp eingeladen hatte, um ihren Verlobungsring auszusuchen, und murmelte: „Okay."

Seine Lippen kamen einen Hauch näher. „Mhm. Ich hatte eher auf *Gott, ja* oder *warum hast du so lange gebraucht* gehofft."

„*Okay* ist alles, was du bekommst", presste sie atemlos hervor.

Er ließ seine Hände über ihre Hüften wandern. „Ist das so?"

Auf ihr Nicken hin lächelte er, legte seine Lippen an ihre und flüsterte: „Ethan. Gott. Ja."

Ihre Lider waren schwer. „Vergiss es. Das wird nie

passieren.“ Sie stellte sich auf die Zehenspitzen, schlang die Arme um seinen Nacken und öffnete den Mund. Stöhnend küsste er sie und ließ seine Zunge mit ihrer tanzen.

„Hast du es immer noch nicht satt, dagegen anzukämpfen?“, fragte er, und schob zärtlich die Hände unter ihre Bluse.

Oh doch, das hatte sie. Sie hatte es satt, dass ihr Herz jedes Mal einen Satz machte, wenn er in der Nähe war. Sie hatte es satt, dass sie beim Duft seines Aftershaves jedes Mal feucht wurde. Sie hatte es satt, die einzige Person zu sein, die versuchte, ihre Schein-Beziehung nicht zu einer echten Beziehung werden zu lassen. „Ich lebe, um zu kämpfen“, antwortete sie stattdessen.

Ethan glitt mit der Zunge zu ihrem Ohr. „Oh, das weiß ich. Schon seit Wochen kann ich an nichts anderes denken, als daran, wie du unter mir liegst und mir die Krallen zeigst.“

Seit Wochen? Es fühlte sich an wie Jahre, seit sie bei ihm eingezogen war. „Wer sagt, dass ich unter dir sein werde?“

Er hob sie an den Schenkeln hoch und drückte sie an die Tür. „Ich erinnere mich. Du bist gern oben.“

Sie schlang die Beine um seine Taille und spürte, wie ihr allmählich die Kontrolle entglitt. Sie legte den Kopf zurück, starrte zur Decke und versuchte, sich etwas Verstand einzubläuen. Ethan Howell O’Connor war ein prominenter Playboy. Er ging mit Models und Schauspielerinnen aus. Er war zu gut aussehend und zu charmant.

Er war ein charmanter Mistkerl. Die Art Mann, die sie am allermeisten hasste. Und nun strich dieser charmante Mistkerl mit seinem Drei-Tage-Bart langsam über ihren Hals und presste sich an sie.

Er meint es nie ernst und spielt immer irgendein Spiel.

Kurz darauf hob er sie hoch und schob sich zwischen ihre Beine.

Wie es aussah, schien er das hier ziemlich ernst zu meinen.

Möglicherweise biss sie ihm ins Ohrläppchen, als er ihren Namen flüsterte. Möglicherweise stöhnte sie auch wohlig auf, als seine Finger unter den Bund ihrer Jeans schlüpften.

Er atmete aus und ließ sie langsam an der Tür hinabgleiten, hielt sie aber immer noch fest, sodass sie jeden Zentimeter seines Körpers spürte.

Dann trat er einen Schritt zurück und ergriff ihre Hände. „Dein Bett oder meins?"

Eindringlich durchbohrte er sie mit seinem Blick, während er sich an sie schmiegte. In Gedanken zählte sie die Tage. Noch vier Wochen. Vier weitere Wochen, in denen Ethan Howell O'Connor beständig versuchen würde, sie zu verführen?

Dem würde sie nicht lange widerstehen können.

Vielleicht würde er das Interesse verlieren und zum nächsten Spiel übergehen, wenn sie miteinander geschlafen hätten.

Außerdem wollte sie es wirklich gerne.

„Ach, zum Teufel, meins", antwortete sie.

Ein Lächeln breitete sich auf seinem Gesicht aus und er küsste sie voller Leidenschaft. „Hervorragende Wahl!", sagte er, warf sie sich über die Schulter und trug sie zu ihrem Zimmer.

Vor dem Bett stellte er sie wieder ab und ging auf die Knie, um ihr die Jeans auszuziehen.

Sie fuhr mit den Händen durch seine Haare. „Gibt es etwa kein Vorspiel?"

„Was denkst du denn, was ich die ganze letzte Woche gemacht habe? Mehr Vorspiel geht nicht." Blinzelnd betrachtete er ihre Unterwäsche. „Was ist das denn?"

Mackenzie blickte nach unten und stöhnte auf. „Formwäsche. Die hatte ich vergessen."

„Unter einer Jeans?" Er schüttelte den Kopf. „Das ist ziemlich übertrieben, finde ich."

Sie spürte, wie sich Röte auf ihrem Gesicht ausbreitete. „Ähm … Eine Maßnahme, um dich auf Abstand zu halten. Ich hab mir selbst nicht getraut."

Er grinste. „Aus gutem Grund."

„Ich kann meine Meinung jederzeit ändern."

Nachdem er ihr aus der Jeans geholfen hatte, stand er wieder auf. „Sicher. Moment, ich bin gleich wieder da."

Sie sah ihm nach, dann befreite sie sich so schnell wie möglich von der Formwäsche. Sie hatte sie wirklich vergessen. Diese Art von Dessous konnte man allerdings nicht sexy ausziehen. Sie schlüpfte gerade in einen Slip, als er mit einer Schere zurückkam. Schnell trat sie einen Schritt zurück. „Wofür ist die?"

Er hob die Hose hoch und schnitt sie in lange Streifen.

„Hey!", rief sie.

„Ich wollte sie dir eigentlich vom Körper schneiden. Wäre lustig gewesen."

„Für dich vielleicht."

Er warf einen Blick auf ihren Slip. „Wir können es immer noch versuchen."

„Nein."

Er ließ die Stofffetzen und die Schere fallen und drehte sich wieder zu ihr. „Entschuldige die Unterbrechung. Ich musste einen Feind vernichten."

„Wie schön, dass du das klären konntest. Aber es beunruhigt mich, mit dir und einer Schere im selben Zimmer zu sein."

Grinsend war er die Schere zur Tür hinaus. Als sie gegen die Wand im Flur schlug, zuckte Mackenzie unwillkürlich zusammen. Ethan schlang einen Arm um ihre Mitte und zog sie mit sich zum Bett.

„Wo waren wir stehen geblieben?"

„Kann mich nicht erinnern. Die Schere hat mich abgelenkt."

Er küsste sie auf den Mundwinkel. „Lass mich dir auf die Sprünge helfen." Er schob die Hände unter ihre Bluse. „Die will ich dir auch vom Leib reißen."

„Das scheint eine persönliche Obsession von dir zu sein."

Ungerührt umfasste er den Stoff und riss daran, die Knöpfe flogen in alle Richtungen.

Sie schlug ihm auf die Hände. „Jetzt reicht's aber! Du machst all meine Sachen kaputt."

„Das ist die heiße Leidenschaft, die vernebelt mir den Verstand." Er legte die Hände auf ihren schwarzen Spitzen-BH und nickte anerkennend. „Dieses Dessous hier gefällt mir schon viel besser."

Er hakte den BH auf und senkte den Kopf, um ihre Brüste zu liebkosen. Seine Zähne streiften über die harten Knospen. Nach Luft schnappend, schob sie die Hände unter sein Hemd.

Er hob den Kopf. „Erinnerst du dich jetzt wieder, wo wir stehen geblieben waren?"

Sie nickte. „Allmählich dämmert es mir wieder."

„Gut." Er zog eine Spur Küsse über ihren Bauch und steckte einen Finger unter den Bund ihres Slips. „Ich weiß nicht, warum du das überhaupt angezogen hast."

Ohne Umschweife zog er es ihr aus und warf es durchs Zimmer. Anschließend lehnte er sich lächelnd zurück. „Jetzt trägst du nur noch meinen Ring. Es könnte nur noch besser werden, wenn du Stöckelschuhe anhättest."

Lachend schüttelte sie den Kopf.

„Nun ja, vielleicht nächstes Mal", erwiderte er. Dann

beugte er sich hinunter und leckte spielerisch über ihren Bauchnabel. Sie erschauerte, als er ihren Bauch mit kleinen Küssen bedeckte.

Sie öffnete den Knopf seiner Hose.

„Oh nein, erst wenn du es sagst“, bemerkte er.

Sie rieb über die Vorderseite der Hose und spürte seine Härte, die sich gegen den Stoff drückte. „Glaubst du wirklich, ich werde zuerst einknicken?“

Er atmete tief ein. Dann noch einmal. „Ja. Auf jeden Fall.“

Lachend schob sie ihm die Hose über die Hüfte. „Beweise es.“

Er sprang auf und zog sich die Hose aus. Sie konnte nur einen kurzen Blick auf ihn erhaschen, dann war er schon wieder im Bett und nestelte an einer Kondomverpackung.

Sie nahm ihm das Tütchen ab, schubste ihn auf den Rücken und kniete sich zwischen seine Beine. Geschickt zog sie ihm das Kondom über und strich dabei genüsslich über seine Länge, ganz langsam, Zentimeter für Zentimeter.

Schweiß benetzte seine Haut. „Ich fange an, dich zu hassen.“

„Sieht so aus.“

Mit einem Ruck richtete er sich auf und drehte sich mit ihr, sodass sie nun auf dem Rücken lag. Er drängte sich an sie, glitt zwischen ihre Beine und sagte: „Bitte, Grundgütiger. Sag es.“

Sie stöhnte auf. „Niemals.“

Er rieb sich an ihrem Schoß. „Oh, Himmel“, hauchte sie.

„Allmählich kommen wir der Sache näher.“

„Ethan!“

„Ethan, Gott, ja“, flüsterte er.

„Du gottverdammter …“

„Ja.“

Sie stieß einen kehligen Laut aus und er neckte zärtlich ihre Brust. „Sag ja."

„Ja! Bitte, ja!"

Mit einem geschmeidigen Stoß drang er in sie ein und sie vergaß alles um sich herum vor Lust.

„Du bist zuerst eingeknickt", hörte sie ihn wie aus weiter Ferne sagen.

Ein tiefer, langer Seufzer entfuhr ihr, während sie wohlig die Fingernägel in seinen Rücken grub.

„Oh, verdammt", presste er hervor und folgte ihr auf den Gipfel der Ekstase.

*

Ethan verharrte reglos. Er musste erst wieder zu Atem kommen. So eine Verführung hatte definitiv etwas für sich.

Er stemmte sich hoch und betrachtete Mackenzie, die erhitzt und verschwitzt unter ihm lag. „Das war nett."

Träge öffnete sie die Augen und das Gold ihrer Iris wurde beinahe völlig vom Schwarz ihrer Pupillen verschluckt. Sie blinzelte, fokussierte sich auf ihn und streckte sich dann genüsslich. „Nett und kurz."

„Ich bin überrascht, dass wir so lange durchgehalten haben. Seit ich sechzehn war, musste ich mich nicht mehr so sehr anstrengen, um mit einer Frau im Bett zu landen."

Sie lachte schnaubend und er schob sich von ihr herunter, legte sich neben sie und strich mit den Fingern über einen Knutschfleck auf ihrer blassen Haut.

Da sie erneut die Augen geschlossen hatte, musterte er ihr Gesicht. Weich und entspannt wirkte es, ganz anders als ihre übliche, wilde Intensität. Er verspürte eine Mischung aus Reue und Angst. Vielleicht war Mackenzie doch nicht so O'Connor-immun, wie er gedacht hatte.

„Wir sind immer noch auf der sicheren Seite, richtig?

Das war nur ein freundschaftliches Geplänkel unter Freunden?“

Ihr Mund verzog sich zu einem Lächeln: „Ein Geplänkel? So nennst du das also?“

„Es ist nur so, dass wir zufällig verlobt sind und ich zufällig viel von Treue halte. Ich bin sozusagen ein Ein-Frauen-Mann.“

Sie öffnete die Augen und sah ihn sichtlich belustigt an. „Du scheinst wirklich davon besessen zu sein.“

Er drehte sich auf den Rücken. „Das hat man mir seit der Kindheit eingebläut. Versuch du mal, so aufzuwachsen und nicht davon besessen zu sein.“

Mackenzie rutschte unter die Decke, drehte sich auf den Bauch und legte das Kinn auf die Hände. „Willst du mir damit etwa sagen, dass du Probleme hast?“

„Jeder hat irgendwelche Probleme. Das ist ein Gesetz.“

„Und welche hast du?“

Er kroch zu ihr unter die Decke. „Wenn ich sie dir verrate, muss ich dich heiraten.“

Sie erschauderte. „Entschuldige. Unwillkürliche Reaktion. Ich hab mir das Gesicht deiner Mutter vorgestellt, wenn du ihr sagst, dass wir tatsächlich heiraten werden.“ Als er erstarrte, fügte sie hinzu: „Du solltest eigentlich jetzt lachen und nicht in Angststarre verfallen.“

„Ich hab das zu oft erlebt, um über beiläufige Hochzeitskommentare noch lachen zu können.“

Sie musterte ihn einen Augenblick, ehe sie laut auflachte. „Glaubst du wirklich, ich würde schon unsere Hochzeit planen? Ich bin mit dir ins Bett gestiegen, also muss ich von weißen Kleidern und rosa Blumen träumen?“

Er stöhnte auf. „Du weißt sogar schon, welche Farbe die Blumen haben sollen?“

Ein Grinsen breitete sich auf ihrem Gesicht aus. „Ich hab dich wirklich total erschreckt, nicht wahr?“

Das stimmte, aber langsam wurde ihm klar, dass das völlig unnötig war. Sie schien den Gedanken, ihn zu heiraten, extrem lustig zu finden.

„Du hältst dich wohl für unwiderstehlich, was?“, flüsterte sie.

Er legte einen Arm um ihre Taille und streichelte ihren nackten Rücken. „Ich möchte gern auf Beweisstück A verweisen.“

„Hm. Und ich möchte auf die letzten zwei Wochen verweisen, in denen du versucht hast, mir an die Wäsche zu gehen. Ich konnte dich einfach nicht länger leiden sehen.“

„Hab dich mürbe gemacht, wie?“

„Das war kein Kompliment. Ich weiß nicht, warum du so selbstzufrieden lächelst.“

„Bei dir bin ich mit allem zufrieden, was funktioniert.“

Als sie versuchte wegzurutschen, schloss er den Arm fester um sie.

„Das war sehr wohl ein Kompliment“, widersprach er. „Ich hab mich noch nie so sehr danach gesehnt, mit einer Frau zu schlafen. Mich macht alles glücklich, was dich dazu bewogen hat, deine Meinung zu ändern. Ganz egal, was es war.“

„Das ist nun wirklich kein Kompliment für mich, auch wenn du das zu glauben scheinst. Du wolltest doch nur mit mir schlafen, weil du ein notgeiler Mistkerl bist und dich versehentlich selbst sechs Wochen lang ins Zölibat verbannt hast.“

Blinzelnd überlegte Ethan, ob er je zuvor Mistkerl genannt worden war.

„Du hättest dir eine andere dafür suchen können, aber nein. Ethan Howell O’Connor ist ja treu und ein *Ein-Frauen-Mann.*“

„Ich verstehe nicht, warum du deshalb wütend bist.“

Erneut versuchte sie, aufzustehen, aber er zog sie zurück. Ihm gefiel es, ihre nackten Brüste an sich zu spüren. Er genoss ihre beschleunigte Atmung und die Röte, die sich wieder auf ihrer Haut ausbreitete.

Sie schien wirklich wütend auf ihn zu sein.

Mit dem Daumen strich er über die Wölbung ihres Pos. „Ich bin mir ziemlich sicher, dass ich mit dir schlafen wollte. Eine andere Frau wäre für mich nicht infrage gekommen."

„Und ich bin mir ziemlich sicher, dass ich nicht vorhatte, mit dir zu schlafen. Aber deine Berührungen …"

„Also haben meine Berührungen dich umgestimmt." Er hob die andere Hand, um ihre Schulter zu streicheln.

Sie zog die Brauen zusammen. „Ich hätte dir eine Prostituierte besorgen sollen."

Er schüttelte den Kopf. „Das hätte nichts gebracht. Ich gehöre nicht zu der Sorte Mann, die eine Frau betrügt. So will ich auch nicht sein, deshalb gestatte ich mir auch keinen einzigen Ausrutscher. Noch nicht einmal bei einer Frau, die nur theoretisch meine Frau ist. Selbst dann nicht, wenn mir diese Frau die Erlaubnis dafür geben würde."

„Nenn mich nie wieder deine Frau. Nicht mal theoretisch." Als er lachte, stupste sie ihm in die Seite. „Denk daran, dass einige weiche Stellen in Schlagreichweite sind."

„So weich sind sie nicht", murmelte er. Als sie ihn empört musterte, fügte er hinzu: „Du bedrohst mich. Das scheint mich wirklich anzumachen."

„Kranker Mistkerl."

„Ein notgeiler *und* kranker Mistkerl? Sehr unwahrscheinlich. Davon hätte ich schon gehört."

„Ich möchte gern auf Beweisstück A verweisen", sagte sie und er lachte.

Als sie sich Beweisstück A widmen wollte, drängte er

sich an sie, hielt ihre Arme fest und sprach schnell weiter, um sie abzulenken. „Wenn ich meiner Ehefrau die Hälfte des O'Connor-Aktienvermögens übertrage, darf ich ihr keinen Grund liefern, die Firma zu ruinieren. Deshalb sind wir O'Connors treu und lassen uns nur mit einer Frau ein. Mir bleibt gar nichts anderes übrig."

Mackenzie keuchte auf und er hob sich leicht von ihrem Brustkorb. „Du könntest auch darauf verzichten, ihr die Hälfte deiner Aktien zu übertragen", sagte sie, nachdem sie tief eingeatmet hatte.

„Es ist Tradition."

Sie hob eine Braue. „Das ist kein Grund."

Es war kein Grund. Um zu heiraten, musste er nicht die Hälfte seines Vermögens weggeben. Aber seit er angefangen hatte, sich für Frauen zu interessieren, hatte er gewusst, dass Geld die Dinge veränderte. Geld veränderte die Art und Weise, wie sich die Leute in seinem Umfeld verhielten, wie sie auf ihn reagierten und was sie vor ihm geheim hielten. Das Wissen, dass er die Hälfte seiner Anteile bei einer Heirat abgeben würde, stellte sicher, dass er sich nicht kopflos in eine Ehe stürzte. Es war wie eine Versicherung, die dafür sorgte, dass er sich nicht vormachte, er hätte die einzig richtige Frau gefunden, wenn dies nicht der Fall war.

„Mein Urgroßvater glaubte, aus Liebe zu heiraten. Viel zu spät ist ihm klar geworden, dass seine Frau ihn hintergangen und betrogen hat. Dass er sich hat betrügen lassen. Er hätte meine Urgroßmutter nie geheiratet, wenn er ihr beim Gang vor den Altar die Hälfte seines Vermögens hätte geben müssen."

„Ich weiß nicht, ob irgendein Mann heiraten würde, wenn er dafür die Hälfte seines Vermögens abgeben müsste." Sie legte den Kopf schief. „Oder irgendeine Frau."

„Vielleicht nicht. Aber bei meinem Großvater und

meinem Vater hat es funktioniert. Sie haben beide eine lange und glückliche Ehe geführt. Weil sie sich der Frauen sicher waren, die sie geheiratet haben. Weil sich ihre Frauen ihrer sicher sein konnten."

„Ich verstehe, was sie damit bezwecken wollten, aber bei dir führt es nur dazu, dass du durchdrehst. Du musst deiner Frau nicht nur die Hälfte deiner Anteile geben, sondern auch versprechen, dass du zukünftig mit deinem Schwanz für immer und ewig allein nur sie beglückst. Davor würde jeder Mann zurückschrecken."

Er starrte sie verblüfft an und lockerte überrascht den Griff an ihren Handgelenken.

„Tu es einfach nicht."

„Was soll ich nicht tun? Nur eine Frau mit meinem Schwanz beglücken oder die Hälfte meiner Anteile hergeben?" Er schnaubte und versuchte, seine Gesichtszüge unter Kontrolle zu halten.

„Wähle einfach nur eins von beiden. Und schließ einen Ehevertrag." Sie verdrehte die Augen. „Um Himmels willen, mach einen Ehevertrag mit deiner Auserwählten. Ewige Liebe ist reine Glückssache. Dein Großvater und Vater hatten enormes Glück", murmelte sie.

„Wer hat jetzt ein Problem?"

„Oh, du. Einzig du."

Mackenzie stieß die Hüften nach oben, drehte ihn auf den Rücken und setzte sich auf ihn. Anschließend hielt sie seine Handgelenke fest und beugte sich vor, so dass sie ihn mit ihrem Gewicht auf die Matratze drückte. Ihre wippenden Brüste erregten seine Aufmerksamkeit und er grinste sie an.

„Du kannst einfach eine Vereinbarung aufsetzen, in der geregelt ist, dass du deiner zukünftigen Frau im Falle einer Scheidung einfach eine hübsche Abfindung zahlst und deine Firma behältst. Und sie dann mit deinem Schwanz für immer und ewig beglücken."

Er lachte laut auf. „Bitte hör auf, das zu sagen. Das beschwört nur Bilder in meinem Kopf herauf, die ich nicht mehr loswerde, fürchte ich."

„Ich will damit nur sagen, dass ich mir als deine Frau mehr Sorgen über Liebe und Treue machen würde als um ein paar Millionen Dollar."

Er hob die Brauen. „Ein paar Millionen Dollar?"

Mackenzie verengte die Augen. „Ein paar Hundert Millionen Dollar?"

„Hm."

Sie zuckte mit den Schultern und Ethan machte sich nicht die Mühe, den Blick auf ihr Gesicht zu richten.

„Ich glaube nicht, dass man einer Ehefrau fünfzig Millionen Dollar zahlen sollte. Ganz egal, wer sie ist."

Nun sah er ihr wieder in die Augen. „Jetzt rätst du einfach."

Lachend lehnte sie sich zurück und nahm das Gewicht von seinen Handgelenken. „Verrat mir bloß nicht, wie vermögend du bist, sonst kommt noch das kleine Teufelchen in mir heraus."

Er setzte sich auf, schlang die Arme um sie und flüsterte ihr eine Zahl ins Ohr.

Sie verschluckte sich. „Das ist einfach nur widerlich. Warum braucht irgendjemand so viel Geld?"

„Verspürst du den Drang, mich um einen Teil davon zu erleichtern?" Ihr schuldbewusster Gesichtsausdruck brachte ihn zum Lachen und er drückte sie an sich. „Das glaube ich dir nicht. Ich hab schon versucht, dir einen Teil von O'Connor Capital zu geben und du hast mich abgewiesen. So verhält sich keine Goldgräberin."

Sie sah ihn unter schweren Lidern an. „Vielleicht warte ich einfach auf die Hälfte."

Als sie dieses Mal das Thema Ehe andeutete, verspürte

er nicht den leisesten Anflug von Angst. „Dafür würdest du mich wirklich heiraten müssen. Ich glaube nicht, dass du bereit bist, diesen Preis zu zahlen."

Langsam strich sie über seinen Arm und klimperte mit den Wimpern. „Ich habe kürzlich neue Informationen über deinen Marktwert erhalten und das bringt mich ins Grübeln, wie sehr ich dich verabscheue."

Er grinste. „Du kannst dich so sehr belügen, wie du willst, aber ich weiß, dass du mich nicht verabscheust. Egal, wie sehr du es versuchst."

Sie hörte auf mit den Wimpern zu klimpern und sagte trocken: „Du bist zu schön, um nicht verabscheut zu werden."

„Das ist eine seltsame Reaktion auf Schönheit."

„Und dann noch das viele Geld. Igitt."

Er lachte. „Was, wenn ich alles spende? Würde das helfen?"

Sie stöhnte. „Dann wärst du ja obendrein auch noch selbstlos. Ich fürchte, dass es für dich keine Hoffnung gibt."

Er rieb mit der Nase über ihren Hals. „Keine Hoffnung? Überhaupt keine?"

Mackenzie atmete tief durch und rutschte nach unten, um sich auf seinen Schoß zu setzen. „Vielleicht eine winzig kleine", erwiderte sie nur ein klein wenig widerwillig.

„Lass uns das hier in mein Bett verlegen. Ich hab nur ein Kondom aus meinem Zimmer mitgenommen." Er knabberte an ihrem Ohr. „Das war sehr kurzsichtig von mir."

„Ich habe mir eine Dreimonatsspritze geben lassen", murmelte sie und Ethan zog sich zurück.

„Ach ja? Also hast du nur gespielt, dass du schwer zu haben bist."

„Nein, ich wollte eigentlich ‚*Ich will nicht mit Ethan Howell O'Connor schlafen*' spielen, das zu ‚*Ich will nicht mit*

Ethan Howell O'Connor schlafen, brauche aber vielleicht einen Plan B' wurde."

Lachend schüttelte er den Kopf. „Ach, ich wusste gar nicht, dass so ein Spiel existiert. Ich wünschte, es gäbe mehr Frauen, die es kennen."

„Das sagst du jetzt, aber es hat dir nicht gefallen, als ich es gespielt habe."

Er rollte sich auf den Rücken und zog sie mit sich. Zärtlich strich er ihr durch die Haare. „Ich habe das Spiel genossen. Und ich genieße es noch mehr, dass du verloren hast."

Mackenzie stemmte sich hoch. „Ich durchschaue, was du vorhast. Entweder muss ich zugeben, dass ich verloren habe, oder dir sagen, dass ich nicht verloren habe, weil ich mit dir geschlafen habe. Du gewinnst in beiden Fällen."

Er grinste. „Es geht nicht um gewinnen oder verlieren."

„Sagt der Verlierer."

„Ich bin immerhin nicht zuerst eingeknickt."

„Du hast aber auch nicht viel länger durchgehalten. Meinst du, den Boulevardblättern würde ein Artikel darüber gefallen?"

Er kitzelte sie unter den Armen und sie ließ sich auf ihn fallen. „Gib mir noch eine Chance, meinen Ruf zu verteidigen, bevor du die Presse anrufst", bat er.

„Ich glaube, eine Geschichte über dein nicht vorhandenes Stehvermögen würde sich besser verkaufen."

„Dann sorg dafür, dass ich erneut verliere, und schon hast du deine Schlagzeile." Er küsste sie leicht und flüsterte: „Lass mich verlieren, Mackenzie."

Für den Bruchteil einer Sekunde dachte sie darüber nach, dann lächelte sie.

Und anschließend sorgte sie dafür, dass er verlor.

7

Ethan verschwendete keine Zeit damit, zur Arbeit zu gehen, und ließ sich nicht einmal für ein paar Stunden im Büro blicken. Er verbrachte den Tag lieber nackt mit Mackenzie und machte die vergangene Woche wieder wett. Gegen Mittag hatte er sie in sein Bett bekommen, hauptsächlich weil ihres mit geschmolzener Schokolade beschmiert war. Schokolade und Mackenzie gingen Hand in Hand. In mehr als einer Hinsicht.

Nun betrachtete er schwer atmend Mackenzie, die verschwitzt und zufrieden neben ihm lag. „Du magst mich, gib es zu."

Träge öffnete sie die Augen. „Wieso hast du diesen krankhaften Wunsch, von jedem gemocht zu werden?"

„Warum hast du diesen krankhaften Wunsch, so knallhart zu sein?" Er drehte sich auf die Seite und strich über ihren Arm. „Wir liegen nach einer schönen Runde Matratzentango im Bett. Du kannst zugeben, dass du mich ein wenig magst. Falls nicht, wäre es seltsam."

„Ein bisschen mag ich dich vielleicht."

Er kitzelte sie. „Nur ein bisschen?"

„Wenn du nicht ständig versuchen würdest, jeden mit deinem Charme einzunehmen, könnte ich dich etwas mehr mögen."

Er brummte. „Was hast du gegen meinen Charme? Und warum bist du ihm nicht verfallen? Du machst es mir so schwer." Er legte den Kopf in ihre Halsbeuge und atmete ihren Duft ein. „Das ist wirklich anstrengend und ermüdend."

„Ich würde dir ja glauben, dass du müde bist, wenn du mir nicht gerade gegen das Bein stupsen würdest."

„Ignorier ihn einfach. Er begreift nicht, dass wir gerade eine ernste Unterhaltung führen."

Sie verkniff sich offensichtlich ein Lachen, aber er bemerkte, dass sie sich dabei auf die Zunge beißen musste.

Er stupste gegen ihr Bein. „Komm schon. Verrate es mir. Wieso kannst du mir widerstehen?"

Sie zuckte mit den Schultern. „Ich bin immun."

„Und ich frage dich, warum du immun bist."

„Muss es einen Grund geben, dass ich dir nicht zu Füßen liege?"

„Ja, ich denke schon. Wer war er?"

Mit verschränkten Armen starrte sie an die Decke. „Nur ein charmanter Mann, der mich glauben ließ, dass er mich liebt."

Er legte den Kopf aufs Kissen. „Liebst du ihn noch?"

„Natürlich liebe ich ihn nicht mehr. Das ist zehn Jahre her."

Schweigend beobachtete er sie, bis sie die Augen verdrehte und seufzte. „Ich dachte, ich wäre … etwas Besonderes für ihn, anders. Dass die Gefühle hinter der Fassade echt sind. Aber so war es nicht."

Ethan sah Mackenzie an und versuchte, sich vorzustellen, wie sie gewesen war, bevor sie gelernt hatte, den Lügen charmanter Männer nicht zu glauben. Das fiel ihm nicht schwer. Sie wäre wie jede andere Frau gewesen, die sich von ihm bezaubern ließ. „Es tut mir leid."

„Jede Frau begeht einmal im Leben irgendeine Dummheit. Ich hatte meine Chance und habe aus meinen Fehlern gelernt."

„Ich bin nicht er. Ich werde dich nicht manipulieren."

Sie blickte an ihrem nackten Körper hinab. „Ja, klar."

Er grinste. „Wie wäre es, wenn ich dafür sorge, dass du dich nicht in mich verliebst, nur damit ich mit dir schlafen kann?"

„Da ich schon mit dir geschlafen habe, erscheint mir das unnötig zu sein."

Ethan drehte sich wie Mackenzie auf den Rücken und starrte an die Decke, als würden dort alle Antworten auf die Fragen des Lebens zu finden sein. „Ich werde dir nicht wehtun. Okay? Du wirst dich nicht in mich verlieben."

Mackenzie rollte sich auf die Seite und sagte mit rauer Stimme: „Das tut jede Frau."

Bei dem Gedanken wurde ihm ein wenig mulmig. „Wirklich?"

Sie tätschelte ihm den Arm. „Du machst dir solche Sorgen deswegen. Selbst wenn du mir die Hälfte deines Vermögens gibst, würde ich mich nicht in dich verlieben."

„Meine Bilanz ist nun mal bis jetzt leider nicht so gut."

Lächelnd drückte sie ihm die Hand. „Denk dran, ich bin immun gegen deinen Charme. Ich werde nicht vergessen, dass du einfach nicht anders kannst. Es ist wie eine Krankheit."

„Es ist keine Krankheit. Ich mache die Menschen gern glücklich."

„Außerdem kannst du so leichter deinen Willen durchsetzen."

Das zynische Funkeln in ihren Augen war nicht zu übersehen. „Ich kann mich glücklich schätzen, dass ich dich ins Bett bekommen habe, stimmt's?"

Sie nickte. „Vergiss das nicht."

Ethan beugte sich zu Mackenzie und küsste sie sanft. „Werde ich nicht.“ Er ergriff ihre Hand und sah sie lächelnd an. „So gern ich den restlichen Abend auch hier verbringen würde, müssen wir uns in etwa einer Stunde mit Mutter und Grandma zum Essen treffen.“

Stöhnend drehte sie sich von ihm weg und entriss ihm ihre Hand. „Oh nein. Warum? Wir haben sie erst gestern gesehen.“

„Weil ich jede Woche mit den beiden essen gehe.“

Sie stöhnte erneut. „Ich dachte, das Essen letzte Woche hatte den Zweck, mich zu foltern.“

„Ich fürchte, dieses Ritual wurde lange vor deiner Zeit eingeführt.“

„Nun, ich möchte keine lange Tradition unterbrechen. Ich werde einfach hierbleiben.“

Er stand auf, um seine Hose zu suchen, und Mackenzie warf einen verstohlenen Blick auf seinen nackten Hintern.

„Oh, wie schade. Ich wollte gerade sagen, dass du hierbleiben kannst, wenn du mir nicht auf den Hintern glotzt“, sagte er über die Schulter.

„Ich habe nur …“

„Mhm ja. Vielleicht fällt dir unterwegs eine Ausrede ein.“

Erneut betrachtete sie ihn, und vielleicht war das kein schlechter Tausch. Sein Hintern war schon knackig. Als er ins Badezimmer ging, sprang sie auf und huschte in ihr Zimmer.

„Hey! Ich wollte auch gucken!“, rief er.

Mackenzie duschte rasch und versuchte, alle Spuren zu beseitigen, die verrieten, dass sie die letzten vierundzwanzig Stunden im Bett verbracht hatte. Die tiefe Trägheit konnte sie jedoch nicht wegwischen. Erstaunlich, wie guter Sex jeden Muskel entspannte.

Missmutig betrachtete sie ihre beschränkte Garderobe.

Sie war einfach nicht in der Stimmung für ein elegantes Karrierefrau-Outfit. Nun, da sie alle Vorsicht in den Wind geschlagen hatte, wollte sie gut aussehen. Falls Ethan Lust bekam, ihr die Klamotten vom Leib zu reißen, sollte er es nicht nur deshalb tun wollen, weil er der Meinung war, sie gehörten in den Müll.

Außerdem hatte er kein Problem damit, jedwedes Kleidungsstück zu zerstören, das ihm nicht gefiel. Sie würde einkaufen gehen müssen, um überhaupt etwas zum Anziehen zu haben.

Deshalb schlüpfte sie in ihren kürzesten Rock und die höchsten Stöckelschuhe, die sie mitgebracht hatte, und suchte nach Ethan.

Er wartete auf sie im Flur, sein Blick wanderte unwillkürlich zu ihren Beinen. „Du hast im Büro nie Röcke getragen." Er hielt ihr ihren Mantel auf.

„Büro ist Arbeit. Röcke sind für den Spaß."

Er räusperte sich. „Du weißt, dass du mir noch einen Blick schuldest."

Sie lächelte ihn über die Schulter an und er sagte: „Ach, zum Teufel damit. Dann kommen wir eben zu spät."

*

Mackenzie versteckte sich mit dem Handy in ihrem Badezimmer. Sie würde es nie laut zugeben, aber sie war froh, es zu haben. Vielleicht würde sie sich der modernen Welt anschließen und sich ein eigenes kaufen, wenn sie wieder zu Hause war.

Cassandra ging nach dem ersten Klingeln ran. „Jo."

„Äh … hey."

„Du hast mit ihm geschlafen! Du hast auf jeden Fall mit ihm geschlafen!"

Ah, beste Freundinnen. Manchmal musste man nicht

mal etwas sagen.

Mackenzie setzte sich auf den Wannenrand. „Ich bin eine Idiotin. Eine dumme Idiotin.“

„Das ist Ansichtssache. Für mich persönlich wärst du eine Idiotin, wenn du *nicht* mit ihm geschlafen hättest.“

„Du hast mich Idiotin genannt, weil ich auch nur daran gedacht habe, nicht mit ihm zu schlafen.“

„Und? Hatte ich recht?“

„Gott, ja“, flüsterte Mackenzie und schloss die Augen.

Cassandra lächelte. „Sag mir, dass er so gut ist, wie er aussieht.“

Mackenzie seufzte laut. „Ich wünschte wirklich, es wäre nicht so.“

„Auf einer Skala von eins bis zehn?“

„Ich werde ihn nicht bewerten.“

„Sag mir einfach, dass du jetzt auf ewig verdorben bist.“

„Sehr wahrscheinlich.“ Schokolade würde sie ganz sicher nie wieder wie früher sehen. Cassandra seufzte und Mackenzie gab ihr einen Moment, um es einen Augenblick lang stellvertretend zu genießen, ehe sie fortfuhr. „Seine Mutter weiß, dass ich mit ihm schlafe. Sie hat nur einen Blick auf mich geworfen und ist beinahe in Ohnmacht gefallen.“

Das Abendessen war ein Spektakel gewesen, anders ließ es sich nicht beschreiben. Ethans Großmutter hatte der plötzlich benommenen Christine auf ihren Stuhl geholfen, ihr ein Glas Wein in die Hand gedrückt und dann eine Flasche Champagner bestellt. Ethan hatte neben seiner Mutter gesessen, beruhigend ihre Hand getätschelt und hin und wieder Mackenzies Knie gestreichelt, was seine Mutter zu einem weiteren Glas Alkohol getrieben hatte. Mackenzie hatte beinahe Mitleid mit ihr gehabt.

Beinahe.

„Seine Mutter könnte Kurse in passiv-aggressivem

Verhalten geben. Sie hat eine *Modeberaterin* für mich engagiert“, sagte Mackenzie.

„Oh, wie schrecklich.“

„Du warst nicht da. Diese Frau war groß, wunderschön, hatte tolle rote Haare und ihre Brüste haben bei jedem Schritt gewippt. Und sie hat sie Ethan ständig unter die Nase gehalten.“

„Und du hast ihr den Kopf deswegen abgerissen?“

„Nein. Das hätte ich aber machen sollen. Stattdessen hab ich mit ihm geschlafen.“

„Ich denke, diese Runde geht an dich.“

Mackenzie war sich ziemlich sicher, dass diese Runde an Ethan ging. „Seine Mutter hat nach dem Einkaufsbummel eine seiner Ex-Freundinnen angerufen und sie zum Dinner eingeladen.“

Es folgte eine lange Pause, ehe Cassandra mit leiser Stimme sagte. „Okay, das war echt mies.“

„Danke.“ Mackenzie hatte Ethan gerade sagen wollen, dass er aufhören sollte, seine Mutter zu quälen, als eine nordische Göttin an den Tisch getreten war. „Sie war eigentlich ziemlich nett und ist nicht lange geblieben, aber trotzdem“, fügte Mackenzie widerwillig hinzu.

Sarah Milton war nur gekommen, um Mackenzie zu sagen, dass Ethan sie nie geschlagen hätte und nie eine Frau schlagen würde. Mackenzie hätte niemals vermutet, dass Christine sie eingeladen hatte, doch Ellen hatte ihre Schwiegertochter finstere Blicke zugeworfen. Außerdem hatte Christine versucht, Sarah zum Bleiben zu überreden.

„Und deshalb bist du mit Ethan gleich nochmal ins Bett, als ihr wieder in seiner Wohnung wart? Nur, um seine Mutter zu ärgern.“

„Nein. Ich hab stattdessen dich angerufen.“

„Diese Runde könnte an seine Mutter gehen. Ist Ethan wirklich so blind?“

Mackenzie erinnerte sich an Ethans Gesichtsausdruck, als seine Ex-Freundin aufgetaucht war. Er hatte sich gefreut, Sarah zu sehen, und fand es offensichtlich urkomisch, dass seine Mutter ihre Abneigung gegen Mackenzie so offen zeigte. Er nahm mit ziemlicher Sicherheit an, dass sie sich nur zu seiner Unterhaltung stritten. „Er findet es lustig."

„Vielleicht solltest du ihm zeigen, dass es das nicht ist. Und es für mich aufnehmen."

„Das wird nicht passieren."

„Dann sag mir wenigstens, dass es kein Blümchensex ist. Dass er was draufhat."

Mackenzie legte sich eine Hand an den Hals, hob ihre Haare an und betrachtete die Haut im Spiegel. „Keine Blümchen. Es war Schokolade im Spiel."

„Oh, Schokolade und Sex."

„Und er hat mich … er hat an meinem Hals geknabbert."

Kurz herrschte Stille, dann kreischte Cassandra: „Oh. Mein. Gott. Warum zum Teufel rufst du mich an? Geh wieder mit ihm ins Bett."

„Eine Frau braucht auch mal eine Pause. Weißt du, was ich sagen will?"

„Nein, ich weiß nicht, was du sagen willst. Ich liebe einen schwulen Mann. Er wird nie an meinem Hals rumknabbern. Geh wieder in dieses verfluchte Bett und opfere dich für die Schwesternschaft."

Mackenzie berührte die empfindliche Haut und errötete bei der Erinnerung, wie er ihren Rock angehoben und sie von hinten genommen hatte. Sie gebissen hatte.

Kein Wunder, dass seine Mutter nach nur einem Blick gewusst hatte, was sie getrieben hatten.

Sie beendete das Gespräch, schaltete das Licht aus und hielt an der Tür inne.

Sie hatte bereits mit ihm geschlafen, sie konnte auch noch mal mit ihm schlafen. Er hatte ihr gesagt, dass er auf sie warten würde. Es war nur …

Mit ihm zu schlafen war eine Sache. Es machte Spaß. Das vergab sie sich schon im selben Moment, in dem sie es getan hatte. Eine Frau konnte eben nur eine bestimmte Dosis von Ethans Charme ertragen, bis sie vor ihm dahinschmolz.

Aber mit ihm zu *schlafen*, war etwas völlig anderes. Irgendwie sanfter. Und … gefährlicher. Das war eine Sache für richtige Paare. Keine scheinverlobten Paare, die ihre Klamotten nicht anbehalten konnten.

Als sie aus der Tür linste, stellte sie fest, dass seine noch offen war. Auf Zehenspitzen schlich sie durch den Flur und reckte den Hals, um hineinzusehen. Er lag auf dem Rücken, hatte die Arme hinter dem Kopf verschränkt und beobachtete die Tür.

„Oh, gut“, sagte er, als er sie entdeckte. „Ich hatte schon befürchtet, ich müsste dich holen.“

Sie kroch neben ihm ins Bett und legte den Kopf auf seine Brust, ehe er den Arm um sie legte. „Sarah ist eine alte Freundin.“

Mackenzie nickte. „Deine Mutter mag sie.“

„Alle dachten, sie wäre die Richtige. Und das hätte sie sein können. Sie ist leidenschaftlich und treu und sie liebt mich.“

„Du liebst sie auch.“ Das war für alle offensichtlich gewesen. Er war entzückt gewesen, sie zu sehen. Und als er den Arm um sie gelegt hatte, hatte Mackenzie gesehen, warum alle gedacht hatten, Sarah Milton wäre die Eine. Sie waren das perfekte Paar. Wunderschön und selbstsicher und … wie für die Klatschpresse gemacht.

Ethan nickte. „Das tue ich. Aber … Ich war nicht sicher, ob ich sie genug liebte. Das bin ich immer noch nicht. Ich mag und liebe sie. Und konnte trotzdem diesen letzten Schritt nicht machen.“ Er schüttelte den Kopf. „Ich weiß, dass sie dem Familiennamen niemals schaden würde. Ich habe ihr wehgetan, als ich mich von ihr getrennt habe, und dennoch würde sie mich bis zum letzten Atemzug verteidigen.“

„Es war nett von ihr, mir zu sagen, dass du ihr nicht die Nase gebrochen hast. Selbst wenn deine Mutter sie dazu eingeladen hat.“

Er schwieg und als sie den Kopf hob, grinste er. Sie sah ihn mit verengten Augen an. „Ich weiß nicht, warum du es lustig findest, dass deine Mutter mich hasst.“

Er lachte. „Ich dachte ernsthaft, sie würde selbst dann noch vor Freude ganz aus dem Häuschen sein, wenn ich ein Showgirl mit nach Hause bringe. Ich finde es witzig, dass es zumindest eine Frau gibt, die sie nicht billigt.“

„Oh, ja. Das ist unglaublich witzig.“

„Wenn du sehen könntest, wie meine Mutter sich in Gegenwart anderer Frauen verhält, würdest du auch lachen.“

Oh, Mackenzie wusste durchaus, wie sie sich bei anderen Frauen verhielt. Es würde sie nicht überraschen, wenn Christine jedes Mal eine Kirche reservierte, wann immer ihr Sohn eine Frau mit nach Hause brachte. Nur um auf Nummer sicher zu gehen.

„Aber es macht dir doch nichts aus, dass meine Mutter dich nicht leiden kann, oder?“

Sie legte den Kopf wieder auf seine Brust. „Natürlich macht es mir nichts aus.“

„Denn falls doch, würde ich sie in den nächsten Wochen von dir fernhalten.“

„Kein wöchentliches Abendessen mehr?“

Sie spürte, wie er den Kopf schüttelte und seine Brust unter ihrem Ohr vibrierte. „Du musst nur zugeben, dass es dir nicht egal ist.“

Mackenzie lauschte seinem langsamen, gleichmäßigen, teuflischen Herzschlag. „Weißt du, so langsam fange ich an, *dich* zu hassen.“

Er lachte leise. „Sie würde dich mögen, wenn sie dich wirklich kennen würde.“

„Ich glaube, das macht es schlimmer.“

„Ich mag dich.“

„Das liegt daran, dass ich in deinem Bett bin.“

Ethan gab einen angewiderten Laut von sich. „Und jetzt stelle ich mir dich mit meiner Mutter im Bett vor. Danke, dass du die Stimmung ruiniert hast.“

Sie lachte leise, und er zog sie näher an sich. „Ich bin sicher, dass ich morgen wieder in Stimmung kommen kann“, meinte er. „Nachdem ich mein Hirn mit Bleiche geschrubbt habe.“

„Das tut deine Mutter gerade wahrscheinlich auch. Sie sah aus, als hätte sie mich am liebsten mit ihrem Wein überschüttet und dann angezündet.“

Er lachte. „Ich würde ja gern behaupten, dass ihr so etwas noch nicht mal im Traum einfallen würde, aber … Seit sie dich kennengelernt hat, zeigt sie sich von einer ganz neuen Seite.“ Er hielt inne. „Ebenso wie meine Grandma.“

„Soll das heißen, ich habe beide um den Verstand gebracht?“

„Als wir gegangen sind, hat Grandma rumtelefoniert und versucht, eine Kirche für eine Hochzeit zu reservieren.“

Mackenzie erschauderte. „Und ich dachte, dass ich sie wirklich mögen würde.“ Erneut hob sie den Kopf, um ihn finster anzusehen. „Sag mir, dass du es unter Kontrolle hast.“

„Die Stimmung hebt sich schon wieder.“

Sie stieß ihn leicht an. „Nicht das. Die beiden. Sag mir, dass ich keinen Pferdekopf in meinem Bett finden werde. Oder mit einer Schrotflinte zum Altar gezwungen werde."

Nachdenklich legte er den Kopf schräg. „Vielleicht solltest du das Essen nächste Woche ausfallen lassen."

„Das passt mir gut."

Er zog sie auf sich. „Aber ich brauche trotzdem eine Gegenleistung."

Sie schüttelte den Kopf. „Deine verrückte Familie war nicht Teil der Abmachung."

„Meine Familie spielt nur bei dir verrückt. Du hast einfach etwas an dir, das uns aus der Bahn wirft."

„Vielleicht bin ich der Anti-O'Connor."

„Meine Mutter ist definitiv dieser Meinung."

Sie beugte sich näher zu ihm. „Du hoffst wohl, es regt mich so sehr auf, wenn du deine Mutter erwähnst, dass du allerhand verdorbene Dinge mit mir anstellen kannst."

„Das hat bisher prima funktioniert."

„Ich glaube, sie könnte die Anti-Wyatt sein."

Er lachte leise. „Also, lässt du mich allerhand verdorbene Dinge mit dir anstellen?"

„Nein." Sie drückte ihre Lippen an sein Ohr. „Ich werde sie mit dir anstellen."

„Ich will die Stimmung nicht ruinieren, aber Gott segne meine Mutter."

„Halt die Klappe, O'Connor."

„Jawohl, Wyatt."

*

Eine weitere Woche lag hinter ihnen, und ein weiteres Familienessen, das sie überlebt hatten. Knapp. Mit reichlich Alkohol.

Mackenzie hatte Ethan davon überzeugt, dass sie

danach einen Tag zur Erholung brauchen würde, weshalb sie immer noch im Schlafanzug war, als er nach Hause kam.

Er sah sie auf der Couch sitzen und hielt eine hoch. „Mittagessen. Zieh dir was Anständiges an und ich teile."

Sie sah an sich hinab. „Was stimmt hiermit nicht?"

„Es ist ein Schlafanzug. Und du hast ihn an."

Sie stand auf, schnappte sich sein Magazin und ging wieder zur Couch. „Das wollte ich sowieso haben."

„Du weißt, dass es kein Boulevardblatt ist, richtig?"

Sie lachte über ihn. „Du bist derjenige, der die liest. Ich bevorzuge schwerere Kost." Er warf einen Blick auf die Zeitschrift in ihrer Hand und hob eine Braue. „Na schön, ich ziehe es einfach vor, wenn es bei meinem Klatsch-Lesestoff um Aktien geht", räumte sie ein.

„Und hast du dir schon überlegt, wie du deine Million investieren willst?"

„Teilweise. Ich sehe mir WestCon an."

Erst blinzelte er, dann lachte er auf. „Wir stehen in Verhandlungen, sie zu übernehmen."

Plötzlich sah WestCon wie ein echter Gewinner aus und sie setzte sich auf. „Oh, wirklich?"

Er wackelte mit dem rechten Zeigefinger. „Das bedeutet, dass du weder kaufen noch verkaufen darfst, Ms Wyatt. Das wäre Insiderhandel."

Sie legte sich die Hände auf die Ohren. „Erzähl mir keine weiteren Details!"

Grinsend schüttelte er den Kopf. „Ich erzähle dir besser von all unseren Expansionsplänen, denn der Börsenaufsicht wäre es sicher egal, dass du nur meine Scheinverlobte bist."

Mit finsterer Miene lümmelte sie sich auf die Couch und zog die Füße hoch. „Erst nimmst du mir meinen Job weg und jetzt auch noch meine Investitionen. Ich werde im

Armenhaus landen, wenn diese Verlobung beendet ist."

Er wirkte unbesorgt. „Mhm. Du bekommst die halbe Million trotzdem nicht."

„Dann gib mir besser die Hälfte deines Sandwiches ab", grummelte sie.

Er brachte ihr einen Teller und setzte sich neben sie. „Wir sehen uns nur noch eine andere Firma an. Wenn du also nicht gerade in Parkade investieren willst, solltest du dich bequem zur Ruhe setzen können." Er verzog das Gesicht. „So bequem man es mit einer lausigen Million eben kann."

Mackenzie biss in ihr Pastrami-Sandwich und schloss genüsslich die Augen, während ihr Fleischsaft übers Kinn lief. „Schmeckt lecker. Und zum Glück habe ich schon seit einer ganzen Weile Parkade-Aktien in meinem Depot."

Er grinste sie an. „Hast du? Große Geister denken ähnlich."

„Oder Dummköpfe unterscheiden sich selten."

Ethan rieb ihr mit der Serviette übers Kinn. „Richtet sich diese Beleidigung gegen mich? Oder dich?"

„Sie richtet sich gegen das Konzept von uns als Paar."

„Oh, gut. Denn nach all deinen bissigen Bemerkungen weiß ich gar nicht, was du von uns als Paar hältst."

Sie lehnte sich zurück und betrachtete seinen gereizten Gesichtsausdruck. „Du bist sauer, weil ich nicht in dich verliebt bin."

„Nein. Ich habe dich ja extra ausgewählt, weil ich mir sicher sein konnte, dass du dich nicht in mich verliebst."

Genau deshalb hatte er sie ausgesucht – und sie trotzdem ins Bett bekommen.

„Und das macht dich sauer."

„Ich habe bekommen, was ich wollte, Wyatt."

„Ja, klar."

Er legte sein unangerührtes Sandwich ab, und

Mackenzie musterte es. Deli-Sandwiches standen auf ihrer Top-10-Liste von den Dingen, die ihr an New York gefielen, ungefähr an gleicher Stelle wie die U-Bahn.

„Würde es dich umbringen, so zu tun, als würdest du mich mögen?"

Sie sah wieder zu ihm auf. „Wahrscheinlich."

Sie verbrachten jeden Tag achtzehn Stunden miteinander und waren nur getrennt, wenn er zur Arbeit ging. Ihr blieben nur bissige Kommentare zur Verteidigung, denn wenn sie ehrlich war, musste sie sich eingestehen, dass das Zusammenleben mit Ethan gar nicht so übel war.

Er sah sie finster an und Mackenzie lehnte sich lachend an ihn, um über seinen Arm zu streichen. „Soll ich anhänglicher werden? Dir Sorge bereiten, dass ich dich wirklich heiraten will?"

Als er ihr in die Augen sah, glaubte Mackenzie einen Moment lang, dass er Ja sagen würde. Doch er schloss die Augen und seufzte. „Nein."

„Musst du eine andere Frau verführen, um die Funken wieder zu entfachen?"

Er lächelte ironisch. „Nein."

„Soll ich die Bissigkeit runterschrauben?"

„Ja."

„Okay, das kann ich machen."

Sie griff nach seinem Sandwich, doch er riss vielsagend die Augen auf und klopfte ihr leicht auf die Hand. „Kannst du das wirklich?"

„Schon möglich. Kannst du denn deinen Charme runterschrauben?"

Er nahm das Sandwich und biss vor ihren Augen ein großes Stück ab. „Schon möglich", erwiderte er mit vollem Mund.

Während sie zusah, wie er seine Hälfte aß, fragte sie sich, ob sie ihn dazu bringen könnte, ihr noch ein

Sandwich zum Abendessen zu holen. Heute war Schlafanzugtag und nicht einmal für ein Deli-Sandwich würde sie sich dazu überwinden, sich anzuziehen. „Dann halten wir es wahrscheinlich noch zwei Wochen miteinander aus."

Überrascht sah er sie an und schluckte. „Mehr haben wir nicht übrig?"

„Und ein paar Tage."

„Die Zeit vergeht echt schnell. Ich dachte, es würde sich hinziehen."

„Nett. Allein dafür werde ich dir, wenn ich gehe, nicht verraten, wo ich überall Süßigkeiten versteckt habe." Erst heute Morgen hatte sie ein paar kleine Keksriegel unter seinem Badezimmerwaschbecken platziert. Mackenzie würde nichts essen, was in einem Badezimmer gewesen war, aber wenn er kein Problem damit hatte …

Er schüttelte den Kopf. „Ich werde noch jahrelang Süßigkeiten finden. Meine Enkel werden irgendwann eine Lampe abmontieren und darin eine Tüte Kaudragees finden."

„Das ist ein ziemlich gutes Versteck." Mackenzie sah sich im Zimmer um. Was sie wohl noch abschrauben konnte?

Ethan beobachtete sie und lachte laut. „Hast du das den ganzen Vormittag gemacht? Du warst zu sehr damit beschäftigt, Dinge zu verstecken, um dich anzuziehen?"

„Nein. Heute ist Schlafanzugtag."

Er warf einen Blick auf ihre Hose. „Das Konzept ist mir nicht bekannt."

„Das überrascht mich nicht, weil ich es gerade erfunden habe. Es bedeutet, dass ich meinen Schlafanzug heute nicht ausziehe. Ich gehe nirgendwohin und tue nichts."

„Klingt … langweilig."

Sie nickte. „Ich wollte fernsehen, habe dann aber

wieder abgeschaltet. In jedem Programm liefen Talkshows. Unerträglich."

„Du solltest morgen mit mir zur Arbeit kommen. Es ist nur ein halber Tag. Fühlt sich nicht mal wie Arbeit an."

Sie schüttelte den Kopf. „Du kannst es dir nicht leisten, mir zwei Gehälter zu zahlen."

„Normalerweise leistet du deinen Beitrag. Und trägst zumindest richtige Klamotten. Alle würden dich gern kennenlernen."

Mackenzie war überrascht darüber, dass sie überhaupt keine Lust hatte, ihn zur Arbeit zu begleiten. Früher hätte sie sich gern im New Yorker Büro umgesehen. Und sei es nur, um herauszufinden, ob irgendjemand arbeitete, wenn Ethan durch die Gegend lief und die Konzentration der Mitarbeiter störte. Aber sie wollte nicht als Ethans blondes Betthäschen hingehen.

„Sie wollen nicht mich, sondern deine Verlobte kennenlernen."

„Sie wollen Mackenzie Wyatt kennenlernen, die beste Mitarbeiterin unserer Firma."

„Und die allergrößte Nervensäge?"

Er lachte. „Auf jeden Fall. Und die Frau, die sich den Boss geschnappt hat. Du vereinst all das."

„Nein, das stimmt nicht. Ich gehöre nicht mehr zum Unternehmen."

„Das ließe sich ändern. Du wirst es vermissen."

Sie fürchtete, dass er recht hatte. Irgendwie hatte sie noch nicht gelernt, mit so viel Freizeit umzugehen. Aber sie wollte auf keinen Fall in der Firma arbeiten, wenn alle dachten, sie sei Ethans Frau. Außerdem könnte sie es nicht ertragen, vierundzwanzig Stunden mit Ethan zu verbringen. Sie könnte es nicht ertragen herauszufinden, dass sie möglicherweise den ganzen Tag lang in seiner Gegenwart glücklich wäre.

„Nein. Ich muss lernen, *nicht* zu arbeiten.“

Einen Augenblick lang musterte er sie, um herauszufinden, wie ernst es ihr war. „Dann habe ich noch eine Frage zu diesem Schlafanzugtag“, sagte er schließlich und zwickte ihr in die Hose. „Du ziehst ihn unter keinen Umständen aus?“

„Nein.“

„Wie lautet die Definition von *anhaben*? Würde es noch zählen, wenn du ihn ein paar Zentimeter weiter südlich trägst? Denn ich glaube, dass ich das schaffen könnte.“

Sie legte den Kopf schräg.

„Was sollen wir sonst machen, wenn wir nicht ausgehen?“, fragte er.

Gutes Argument.

8

Ethan stöhnte auf, als es an der Tür klingelte. „Wissen die nicht, dass Schlafanzugtag ist?“ Er rollte sich von Mackenzie runter und reichte ihr ihre Hose. „Tut mir leid. Wir können es noch mal versuchen, nachdem ich den Störenfried losgeworden bin.“

Mackenzie nahm ihr rechtes Bein von der Rückenlehne der Couch. „Lass es uns ins Bett verlegen. Diese Couch ist nicht groß genug für uns beide.“

Grinsend ging er zur Gegensprechanlage. Er lauschte einen Augenblick und sah Mackenzie dann mit gerunzelter Stirn an. „Der Portier sagt, dass dein Vater hier ist. Jake Holden?“

Übelkeit breitete sich in Mackenzie aus, und sie setzte schnell eine neutrale Miene auf, bevor Ethan es bemerken konnte. Sie schüttelte den Kopf und richtete sich auf. „Lass ihn nicht rein.“

Er hob eine Braue und musterte sie eindringlich.

Erneut schüttelte sie den Kopf. „Lass ihn nicht rein.“

Ethan bat den Portier, ihren Vater nicht hereinzulassen, ehe er sich an die Wand lehnte. „Also?“

Mackenzie zog ihre Hose an. Sie hätte es voraussehen müssen. Aber sie hatte seit zehn Jahren nichts von ihrem

Vater gehört. Sie war sich nicht sicher, ob er sich überhaupt an ihren Namen erinnerte, obwohl sie seine Tochter war. Und sie war sich nicht sicher, ob es ihn überhaupt interessierte, falls er ihn erkannte.

Offensichtlich traf beides zu. Und wo auch immer Jake Holden viel Geld witterte, ging er hin.

Als sie aufsah, stellte sie fest, dass Ethan sie immer noch beobachtete. „Er ist ein Schwindler. Sein Lächeln ist so ehrlich, dass man glauben könnte, er wäre ein Engel. Oder ein Prophet. Er hat sogar schon mal seine eigene Sekte gegründet und hunderte Menschen davon überzeugt, dass er ein von Gott ausgesandter Prophet wäre, um ihnen das Geld abzuknöpfen“, erklärte sie und seufzte.

„Ich nehme an, dass eure Beziehung nicht besonders gut ist.“

Sie lächelte schwach. „So könnte man es ausdrücken.“ Das Lächeln verschwand. „Es tut mir leid. Ich hätte nicht gedacht, dass er durch diese Sache auf dich aufmerksam werden könnte. Ich hab überhaupt nicht an ihn gedacht. Es ist lange her, seit ich mit ihm zuletzt gesprochen habe.“

Ethan ging zum Weinkühlschrank, nahm eine Flasche heraus und sagte beiläufig: „Zehn Jahre?“

Schweigend senkte sie den Blick.

Er brachte zwei Gläser zur Couch und füllte sie mit einem tiefdunklen Rotwein. „Also war es kein hoffnungsloser, charmanter Schwarm, der deine Liebe nicht erwidert hat. Sondern dein Vater.“

Ethan hielt das Glas fest, als sie es nehmen wollte, und zwang sie, ihn anzusehen. Sie setzte ein Lächeln auf, um nicht zu weinen.

Ein Vater, der seine eigene Tochter nicht liebte.

Als Ethan sich neben sie setzte, stand sie auf und ging zum Fenster, ohne wirklich hinauszusehen. „Er ist gut aussehend und charmant. Und er kann jeden, egal ob Mann oder Frau, in den Glauben versetzen, dass sie die wichtigste Person auf der ganzen Welt sind. Das hat er auch meiner Mutter vorgemacht und sie schwanger zurückgelassen. Und mir, als ich ihn aufgespürt habe."

Mackenzie erinnerte sich, wie es sich anfühlte, die wichtigste Person im Leben ihres Vaters zu sein. Sie erinnerte sich, wie es sich angefühlt hatte, als sie sich beide der Welt entgegengestellt hatten. Und sie dachte daran, wie sich die Erkenntnis angefühlt hatte, dass er ihr nie nahe gewesen war, sondern immer ein Einzelkämpfer. Sie war nur ein Mittel zum Zweck gewesen. Nur ein Werkzeug, wenn auch vielleicht sein bestes, um seine Ziele zu erreichen und seinen Willen durchzusetzen.

Sie nahm einen Schluck von ihrem Wein. „Er besitzt die Fähigkeit, in die Seele einer Person zu schauen und zu wissen, was sie sich wünscht und was sie dafür geben würde. Wie viel sie geben würde."

„Was hast du aufgegeben, um von ihm geliebt zu werden?", fragte Ethan sanft.

Sie spürte ihn hinter sich, seine Wärme an ihrem Rücken, und sah ihn über die Schulter an. Seine Kiefermuskeln waren angespannt und in seinem Gesicht spiegelte sich Ekel.

Sie schüttelte den Kopf. „Nicht das."

Sie drehte sich zu ihm um, nahm seine Hand und sah auf seine langen Finger hinab, ehe sie über seine manikürten Nägel und die goldenen Härchen an seinem Handgelenk strich. „Ich wollte von ihm geliebt werden. Ich wollte seine Tochter sein."

Als sie Jake Holden zum ersten Mal begegnet war, hatte sie ihn gleich als ihren Vater erkannt. Honigbraune Haare, bernsteinfarbene Augen und dieses helle Strahlen. Als wüsste er etwas, das man selbst nicht wusste. Und es war etwas *Gutes*.

Sie zwang sich, den Blick zu heben und Ethan in die Augen zu sehen. „Und Jake Holden wollte herausfinden, ob er mich in sich verwandeln konnte. Er wollte eine weitere Version von sich.“ Sie lächelte schief. „Ich sah genauso aus wie er, also gab es keinen Zweifel, dass er mein Vater ist. Er hat nur einen Blick auf mich geworfen und dann gelächelt. Als wäre ich das Geschenk, auf das er gewartet hat.“

Ethan blinzelte und die aufkommende Erkenntnis war ihm deutlich anzusehen. „Seinetwegen kannst du so gut verkaufen.“

Ihrem Lachen fehlte jeglicher Humor. „Ich habe von ihm gelernt. Ich wurde von ihm darauf trainiert, herauszufinden, wer das wollte, was wir anboten, und wie sehr sie es wollten. Ich habe alles benutzt, was ich hatte, um diesen Leuten auch noch den letzten Penny abzuknöpfen.“

Er hob eine Braue. „Entschuldige, aber ich habe gesehen, wie du ein Geschäft abschließt. Du nutzt nichts anderes als die Fakten. Und die Gier der Kunden. Du gibst ihnen überhaupt nichts, manchmal nicht mal ein Lächeln.“

Damit brachte er sie zum Lachen. Sie lehnte sich an ihn, während sich der Knoten in ihrem Bauch ein wenig löste. „Ich hatte es satt, mich selbst zu verkaufen. Diesen Menschen das zu geben, was sie wollten, damit sie einen Scheck ausstellten.“ Sie schüttelte den Kopf. „Sie bekommen mich nicht. Sie bekommen nicht einmal mein wahres Ich zu sehen. Ich bin nicht Teil des Geschäfts.“

„Ich bin immer wieder überrascht, dass das funktioniert. Meine anderen Top-Verkäufer sind ziemlich freundlich und zuvorkommend.“ Er strich mit einem Finger über ihre Lippen und die noch immer leicht nach unten gezogenen Mundwinkel. „Du solltest keinen Erfolg beim Verkauf haben.“

Mackenzie verdrehte die Augen. „Oh, bitte. Versuch mal, jemandem Geld für ein theoretisches Versprechen aufs Paradies abzuluchsen. Eine greifbare Investition zu verkaufen, über die sie jeden Tag jammern oder sich freuen können, ist dagegen ein Kinderspiel."

Lachend drückte er ihre Hand. „Du hast gesagt, dass du ihn nicht mehr liebst", murmelte er.

Sie zog sich zurück und sah wieder zum Fenster hinaus. „Tue ich nicht."

„Er ist dein Vater."

„Ich habe lange gebraucht, um zu erkennen, dass er das nicht ist. Er ist ein Samenspender. Nichts weiter."

Zum Vatersein gehörte ein gewisses Maß an Emotionen und Interesse am eigenen Kind, das über die eigenen Bedürfnisse hinausging. Jake Holden hatte nichts davon.

Ethan brummte. „Wir können uns unsere Eltern nicht aussuchen. Wir können uns nur aussuchen, wer wir sein wollen. Und ich kann mit Sicherheit behaupten, dass du gelernt hast, deine Kräfte für das Gute einzusetzen."

Sie drehte sich wieder zu ihm und ließ sich von ihm fest in die Arme nehmen. „Ich sehe, was du willst."

Die Bemerkung war wahr. Sie wusste genau, was er wollte.

„Weil das ja auch so schwer zu erkennen ist, wenn ich mich an dich presse?", fragte Ethan.

Sie schüttelte den Kopf. „Nicht das. Geh mit mir einkaufen", fügte sie flüsternd hinzu.

Misstrauisch zog er sich zurück. „Du versuchst nur, mich abzulenken."

„Vielleicht. Und vielleicht brauche ich neue Klamotten."

Er sah auf ihren Schlafanzug hinab und fluchte. „Ich hab das Gefühl, dass ich diese Gelegenheit nicht verpassen darf."

Ihr rechter Mundwinkel hob sich.

Er verengte die Augen. „Was ist mit dem Schlafanzugtag?“

„Wir würden ihn sowieso nur mit Sex verbringen.“

Er nickte. „Und ich dachte, das sei der Sinn der Sache.“ Ethan folgte ihr in ihr Schlafzimmer und setzte sich aufs Bett, während sie sich anzog. „Du kannst mich gerne eine Weile ablenken, aber die Diskussion über deinen Vater ist noch nicht beendet.“

„Doch, ist sie. Ende. Vater-Tochter-Probleme? Langweilig. Und wenn wir vom Einkaufen nach Hause kommen, kannst du mich aus all den neuen Klamotten herausschälen und alles vergessen, was ich dir in einem Anflug der Leidenschaft erzählt habe.“

„Das klingt verlockend.“

„Ja, nicht wahr?“

Er lächelte. „Wir werden dir kurze Röcke und hohe Schuhe besorgen.“

„Dafür muss ich deine Gedanken nicht lesen können, das ist offensichtlich.“ Sie ging zu ihm, packte ihn am Hemd und kam ihm ganz nah. „Du solltest nur eines noch wissen, bevor wir gehen.“ Sie wartete einen Moment und sah, dass er nervös wurde. „Wenn du irgendjemanden anrufst und einlädst, uns Gesellschaft zu leisten, verstecke ich deine Leiche an einem Ort, wo sie niemand finden wird.“

Er lächelte. „Du willst mich nur ganz für dich allein haben.“

Mackenzie ließ sein Hemd los und ging aus dem Zimmer. „Was auch immer dich über den Tag bringt, O’Connor.“

Ethan folgte ihr leise lachend.

Und schaltete sein Handy aus, ehe sie in den Fahrstuhl stiegen.

*

Mackenzie ließ Ethan nach der Hälfte ihrer Shopping-Expedition allein, um zwei Becher Kaffee zu holen. Ethan hatte ihr versichert, dass sich eine Verkäuferin der Boutique sicher gern darum kümmern würde, aber Mackenzie brauchte eine Pause. Eine Pause vom Einkaufen, eine Pause von dem übertrieben beflissenen Personal, eine Pause von Ethan. Seit dem unerwarteten Versuch ihres Vaters, sich wieder in ihr Leben zu stehlen, fasste Ethan sie mit Samthandschuhen an. Sanfte Berührungen, geflüsterte Worte. Seine ganze Aufmerksamkeit galt ihr, um auch das leichteste Stirnrunzeln in ein Lächeln zu verwandeln.

Das ging ihr auf die Nerven.

Sie wollte nicht verhätschelt werden, weil sie einen lausigen Vater hatte. Sie wollte nicht, dass es sie überhaupt berührte. Und Ethan signalisierte ihr, dass sie nicht nur aufgewühlt war, sondern er es auch sehen konnte.

Das alles gefiel ihr ganz und gar nicht.

Schließlich hatte er sie mit einem Winken verabschiedet. Offensichtlich war ihm klar geworden, dass sie einen Moment für sich brauchte, und sie wusste, dass er diese Gelegenheit nutzen würde, um etwas höchst Verruchtes zu kaufen. Nun, wenn sie nicht wusste, was es war, konnte es sie auch nicht verlegen machen.

Mackenzie wartete in der Schlange, doch sie erkannte den Mann ein paar Meter vor sich erst, als er seinen Kaffee bezahlte. Das Tattoo, das unter der rechten Manschette seines teuren Anzugs hervorlugte, erregte ihre Aufmerksamkeit. Als er sich umdrehte, hatte sie ihr Herz bereits verschlossen und hielt ihr Portemonnaie gut fest.

Ihr Vater bot ihr einen der beiden Becher an, die er gekauft hatte. Kurz überlegte sie, ob sie das Angebot ignorieren oder ihm den Kaffee ins Gesicht schütten sollte.

Seine Augen funkelten. „So bekommst du nicht von mir, was du willst.“

„Ich will, dass du weggehst.“

„Das weiß ich. Und mit einem Wutanfall wirst du das nicht erreichen.“

Sie nahm den Becher, folgte ihm zu einem Tisch und setzte sich steif.

Er sah sie so eindringlich an, als wolle er sich die neuen Falten auf ihrem Gesicht, ihren verkrampften Mund und ihre blonden Haare einprägen. Er musterte ihre neuen Klamotten abschätzend und sein Blick blieb einen Hauch zu lang an ihrem Verlobungsring hängen. „Du bist kein Kind mehr“, sagte er und stellte seinen Becher ab.

„Das passiert in zehn Jahren.“

Er nickte. Unwillkürlich bemerkte sie die Veränderungen an ihm. Seine goldbraunen Haare waren grau meliert und die Lachfalten in seinem Gesicht tiefer.

Langsam nahm er seinen Becher wieder in die Hand und trank einen Schluck. „Ich bin verheiratet.“

Sie blinzelte, konnte ihre Überraschung aber nicht schnell genug verbergen.

Er lachte leise. „Du würdest sie mögen. Hat mich für Satan persönlich gehalten, als sie mich kennengelernt hat, und ihre Meinung in den fünf Jahren Ehe nicht geändert. Sie hätte mir beinahe den Kiefer gebrochen, als sie herausgefunden hat, dass ich eine erwachsene Tochter habe, von der ich ihr nie erzählt habe. Sie will dich kennenlernen.“ Er sah zum Fenster hinaus. „Ich hab ihr gesagt, beim nächsten Mal.“

Mackenzie nippte an ihrem Kaffee und war nicht überrascht, dass er süß und stark war – genau so, wie sie ihn mochte. Ihr Vater konnte sich sehr gut an solche Kleinigkeiten erinnern. Die Kleinigkeiten, sagte er immer, bewahrten einen Schwindler vor dem Gefängnis.

Jake sah sie seufzend an und erkannte anscheinend in ihren Augen, dass es kein nächstes Mal geben würde. „Deine Schwester wird im November drei", meinte er und trieb ihr damit die Luft aus der Lunge, als hätte er sie geschlagen.

Sie versteckte ihre zitternden Hände unter dem Tisch. „Wie heimelig. Eine nette Frau, ein neues Kind."

Er lächelte leicht. „Meine Frau ist nicht nett. Ich würde sie eher als kratzbürstig bezeichnen. Obendrein hat sie auch etwas von einer Bulldogge. Sie hat ihre Zähne in mich geschlagen und ich habe sie noch nicht loswerden wollen."

„Das ist nicht der Typ, auf den du es normalerweise abgesehen hast. Sie muss reich sein und klug genug, um ihr Vermögen von dir fernzuhalten."

Sein leises, tiefes Lachen sorgte dafür, dass die Frau am Nebentisch ihren Kaffee verschüttete. „Oh, ich hatte mir ihr Erbe schon gesichert, bevor sie mich überhaupt kannte. Sie hat mich aufgespürt, um es sich zurückzuholen." Er schüttelte den Kopf und lächelte. „Sie glaubt mir kein einziges Wort. Und will trotzdem nicht loslassen."

„Ganz anders als meine Mutter."

Er reichte der armen Frau am Nebentisch eine Serviette, lächelte sie an und brachte sie zum Erröten. Dann drehte er sich wieder zu Mackenzie. „Deine Mutter war ein Schatz. Das beste Ziel für einen Betrüger, das ich je gesehen habe, und sie hat mir jedes Wort geglaubt. Ich hatte wirklich Glück, dass ich dich damals in die Hände bekommen habe, sonst wärst du genau wie sie geworden."

Es kostete sie all ihre Konzentration, um gleichmäßig zu atmen. Um nicht über den Tisch zu springen und ihm sein selbstgefälliges, selbstbewusstes Lächeln aus dem Gesicht zu wischen.

Er betrachtete sie und murmelte dann: „Du bist gut geworden. Wenn ich es nicht besser wüsste, würde ich sagen, dass du mir verziehen hast."

„Habe ich nicht. Du kannst beruhigt sein."

Er nickte und zwinkerte der Frau zu, die immer noch versuchte, ihn nicht anzustarren. „Machst du ihm etwas vor?"

„Nein."

„Gut. Denn du würdest nicht gewinnen."

Sie hob die Brauen. „Du weißt nichts über die O'Connors."

„Nein. Aber ich kenne dich. Und für dich ist es Betrug, deine Talente einzusetzen, um etwas von jemandem zu stehlen."

„Ja, das klingt für mich wie Betrug."

„Also knöpfst du ihnen ihr Geld moralisch korrekt ab?" Lachend schüttelte er den Kopf. „Du verkaufst Geldanlagen."

„Das ist eine Steigerung zu deinem Versprechen vom ewigen Leben."

Er nickte gnädig. „Natürlich. Und jetzt bist du noch eine Stufe aufgestiegen und dazu übergegangen, für Geld zu heiraten."

„Das kannst du nicht beurteilen."

„Für mich klingt das nach einem Schwindel. Deshalb bin ich gekommen, um herauszufinden, ob meine Tochter ins Spiel eingestiegen ist." Jake betrachtete sie einen Moment. „Jetzt mache ich mir allerdings über ihn Gedanken."

„Es ist kein Schwindel."

„Sagt das Ziel."

„Es ist ein Gefallen."

Schwer seufzend schüttelte er den Kopf. „Es wird immer schlimmer."

Sie lachte verbittert auf. „Was denkst du denn, was er von mir will?"

„Was will ein Mann von einer Frau? Alles."

„Ich weiß ganz genau, was er von mir will. Er ist kein Betrüger." Sie hielt inne. „Okay, doch. In gewisser Weise schon. Aber nicht so wie du."

Jakes Blick huschte hinter sie. „Vielleicht ist er besser als ich."

Mackenzie drehte sich um und sah, wie Ethan mit wütender Miene auf sie zusteuerte. Ihre Schultern entspannten sich. Ethan war kein besserer Schwindler als ihr Vater. Er spielte nicht mit ihr. Was ihn anging, hatte sie keine Zweifel.

Ethan ergriff ihre Hand, zog sie hoch und versuchte, ihren Vater niederzustarren. „Belästigen Sie sie nicht."

„Sie kann auf sich selbst aufpassen."

„Aber das muss sie nicht. Ich bin hier und wenn sie sagt, dass sie Sie nicht sehen will, werde ich dafür sorgen, dass sie es auch nicht muss."

Stirnrunzelnd sah ihr Vater zwischen ihnen hin und her, ehe er laut auflachte. „Oh, ihr zwei. Wie ich sehe, spielt hier niemand etwas." Er stand auf, nickte Ethan zu und lächelte seine Tochter an. „Wenn ihr beide das rausgekriegt habt, denk an deinen alten Dad. Besuch uns, triff deine Schwester und meine Frau. Wir lernen uns neu kennen."

Mackenzie konnte nicht anders, die Worte kamen einfach aus ihrem Mund. „Ich weiß schon alles, was ich über dich wissen muss. Menschen ändern sich nicht."

Jake nickte. „Stimmt. Aber sie werden älter und langsamer und weiser. Manchmal können sie sich auch in mancher Hinsicht bessern. Und manchmal reicht das." Er lächelte sie an und sein Lächeln wurde noch breiter, als er ihre ärgerliche Miene sah. Sein lautes, kristallklares Lachen war selbst für seine Tochter undurchschaubar. „Aber manchmal ist es auch zu wenig und kommt zu spät." Er schüttelte den Kopf. „Du hast zu viel von mir und nicht genug von deiner Mutter. Ich habe zu gute Arbeit geleistet."

„Meine Mutter war ein perfektes Ziel. Du wolltest nie, dass ich wie sie werde."

„Nein. Und das will ich immer noch nicht. Aber sie hätte mir vergeben, im Gegensatz zu dir."

Mackenzie atmete tief durch. „Sie hätte dir nicht vergeben. Sie hätte nicht einmal geahnt, dass es überhaupt etwas zu verzeihen gibt. Aber du hast recht damit, dass ich es nicht tun werde. Komm nicht wieder. Du hast hier nichts zu erwarten."

Abwartend sah sie ihm in die Augen. Er sollte sehen, was er ihr angetan hatte, was er ihr genommen hatte. Er sollte sehen, dass er sie nie davon würde überzeugen können, dass sie ihm wichtig war.

Schließlich nickte Jake ihr zu, er lächelte immer noch. Dann sah er Ethan an. „Sie werden es bereuen, wenn Sie meine Tochter betrügen."

Mackenzie schnaubte. „Diese Drohung hättest du an dich richten sollen."

Er drehte sich zu ihr um und sein Blick war plötzlich kalt und hart. „Das hätte ich wohl. Aber damals war ich zu dumm. Deshalb bedrohe ich ihn." Er sah Ethan wieder an. „Ihre tiefsten, dunkelsten Ängste werden dann wahr werden. Vielleicht kann ich sie sogar dazu überreden, mir zu helfen, wenn sie herausfindet, dass sie auf einen weiteren Schwindler hereingefallen ist."

Ethan stellte sich dem Blick ihres Vaters, ohne mit der Wimper zu zucken. „Ist sie nicht."

Mackenzie drehte sich um und ließ ihren Vater einfach stehen. Sie wusste, dass sie schon längst hätte gehen sollen. Aber sie hatte geglaubt, möglicherweise einen Hinweis darauf zu bekommen, was er von ihr wollte. Wie viel es kosten würde, ihn loszuwerden.

Oh, sie hätte nicht bezahlt. Aber sie wollte wissen, wie sehr er sich anstrengen würde.

Und nun wusste sie, dass er entweder alles oder nichts wollte.

Sie würde auf alles wetten.

Ethan folgte ihr nach draußen und hielt schweigend ihre Hand, während sie mit der U-Bahn zu seiner Wohnung zurückfuhren. Im Fahrstuhl verschränkte Mackenzie fest die Arme vor der Brust. Nachdem Ethan aufgeschlossen hatte, ging sie direkt in ihr Zimmer, ohne ihn anzusehen.

Ethan folgte ihr und hielt die Tür mit dem Fuß auf.

„Geh weg", sagte sie barsch.

Er drückte die Tür auf, packte sie an den Armen und zog sie an sich, ehe er sie schweigend umarmte.

„Bitte geh weg", flüsterte sie.

„Nein."

Er hielt sie fest, während sie weinte und sein Hemd mit ihren Tränen durchnässte. Er hielt sie einfach nur in den Armen und strich immer wieder über ihre Haare.

„Du musst deine Grandma warnen. Und vielleicht deine Mutter", flüsterte sie schließlich.

Sie spürte ihn lächeln. „Sie erkennen Schwindler auf den ersten Blick."

„Warum fällt deine Mutter dann auf dein Lächeln rein?"

„Weil sie meine Mutter ist. Du musst dir keine Sorgen machen. Die O'Connors hatten schon mit Hochstaplern zu tun."

Sie hob den Kopf und sah ihm endlich in die Augen. „Keinem wie ihm."

„Ich sage ihnen, dass er eine Bedrohung ist."

Sie nickte und wischte sich übers Gesicht.

„Du hast eine Schwester?", fragte er.

Sie sah auf den Teppich hinab. „Wer weiß. Vielleicht hat er das nur erfunden, um mich aus der Fassung zu bringen. Es hat funktioniert."

Sie wusste nicht, was sie mit einer Schwester anfangen sollte. Einer dreijährigen Schwester. Und ihr Vater war verheiratet? Sie hätte behauptet, dass das nie passieren würde. Was bedeuteten Ehe und Familie einem Mann, dem nur Geld wichtig war?

„Warum bist du gegangen? Was hat er getan?"

Sie gab eine Mischung aus Lachen und Schluchzen von sich. „Er hat nichts getan. Nichts, als er etwas hätte tun müssen."

Ethan setzte sich aufs Bett und zog sie neben sich, während er sie schweigend betrachtete. Sie wusste, dass er sie mit seinem Schweigen aus der Reserve locken wollte, aber sie schien die Worte ohnehin nicht aufhalten zu können. „Ich war bei ihm, als meine Mutter gestorben ist." Sie atmete tief durch. „Dass sie tot ist, habe ich jedoch erst Monate später herausgefunden. Er hat mir nicht Bescheid gesagt. Nicht, dass sie krank war, nicht, dass sie gestorben ist, und auch nicht, wann die Beerdigung stattfand."

„Warum?"

„Weil es ihm egal war. Und er dachte, mir wäre es das auch." Mackenzie blinzelte ein paar Mal, da sie nicht wieder weinen wollte. „Mir war es jedoch nicht egal. Immerhin war sie meine Mutter."

Er nickte.

„Ich hatte ihm erzählt, dass ich sie und meine Großeltern besuchen wollte. Ich hatte das Anwesen meines Vaters und die Trottel, die an seinen Lippen hingen, satt. Und er sagte einfach: *Oh, sie ist tot.* Im selben Ton, als ob … als ob …" Sie wedelte mit der Hand. „Als ob es im Supermarkt keine Erdnussbutter mehr gäbe und er es nicht für nötig gehalten hätte, es zu erwähnen."

„Das tut mir leid."

„Es war ihm egal, dass ich mich vielleicht von meiner

Mutter hätte verabschieden wollen. Ich habe ihm richtig viel Geld eingebracht und darauf wollte er nicht verzichten. Für ihn war ich eine Geldmaschine. Genau wie alle anderen dort. Nur ein großes Dollarzeichen."

Ethan nahm ihre Hand und strich beruhigend mit dem Daumen darüber.

„Ich habe gelernt, die Menschen zu durchschauen, ihre geheimsten Wünsche zu erkennen. Also habe ich ihn mir genauer angesehen. Und er wollte nur Geld. Er wollte keine Tochter."

„Sein Verlust. Sein Problem. Nicht deins."

Sie zuckte mit den Schultern. „Ich bin nach Hause gefahren und hab meine Großeltern besucht, aber sie haben mich angesehen, als wäre ich genau wie er. Kalt und herzlos. Sie sagten, dass meine Mutter angerufen und Briefe geschickt hatte, weil sie mich vor ihrem Tod sehen wollte. Sie haben mir nicht geglaubt, dass ich sie nie bekommen habe." Sie schüttelte den Kopf. „Sie konnten mir nicht vergeben, dass meine Mutter todunglücklich und allein gestorben ist. Ich habe meine ganze Familie verloren, weil ich ihn dazu bringen wollte, mich zu lieben. Ich habe alle verloren, die mich bereits geliebt haben."

Er schüttelte den Kopf. „Sie haben getrauert. Hast du seitdem noch mal versucht, sie zu kontaktieren?"

„Einmal. Es hat sich nichts geändert." Sie lachte freudlos, es klang wie ein tränenersticktes Schluchzen. „Sie haben eine Frau gesehen, die noch kälter war als in ihrer Erinnerung."

„Ich kann nicht glauben, dass sie dich für kalt und herzlos hielten."

Sie hob eine Braue. „Ach nein? Ich wurde oft genug Eiskönigin genannt, um zu wissen, dass mich die meisten Leute so sehen."

„Du kamst mir nie kalt vor. Nur ... verschlossen,

vielleicht. Eine Festung, die von einem Graben und einer Zugbrücke geschützt ist und mit einem *Betreten-verboten*-Schild in die Mauer gemeißelt.“

Sie musste unwillkürlich lachen. „Kein Wunder, dass du mich nicht in Ruhe lassen konntest. Was für eine Herausforderung für dich.“

„Ich wusste, dass es hinter der Mauer etwas gibt, was sich zu verteidigen lohnt.“

Sie sah auf ihre verschränkten Hände hinab. „Vielleicht.“

„Nein. Ich war mir damals ziemlich sicher. Und jetzt bin ich davon vollends überzeugt.“

Mackenzie lächelte matt. „Du bist der Einzige, der mich aus der Fassung bringen kann, vielleicht macht das also den Unterschied.“

Zufrieden mit ihrem Geständnis lehnte er sich zurück. „Wird dein Vater bleiben? Und versuchen, dich wieder auf seine Seite zu ziehen?“

Sie nickte. „Wenn er versucht, dich zu kontaktieren, rede nicht mit ihm. Gib ihm nichts, was er verwenden kann. Lass ihn nicht ins Firmengebäude rein.“

Er nickte. „Ich habe nur noch eine Frage. Wie gut warst du im Ausquetschen? Wenn du es auf mich und mein Vermögen abgesehen hättest, könntest du es bekommen?“

Sie sah in seine klaren, grünen Augen. „Du wärst eine harte Nuss.“

Aber sie wusste, was er sich wünschte. Er wollte die Frau finden, die die Hälfte seines Vermögens wert war. Der er sich sicher sein konnte und die ihm auch Vertrauen in sich selbst gab. Sie war die Tochter ihres Vaters, egal, wie sehr sie sich das Gegenteil wünschte. Sie wusste, was Ethan wollte und wie sehr er es wollte. Sie könnte alles von ihm bekommen.

Aber sie war ziemlich sicher, dass es sie auch alles

kosten würde.

Er zuckte mit den Brauen. „Könntest du mich knacken?“

„Ich könnte es“, erwiderte sie lächelnd.

Er zog sie näher und legte das Kinn auf ihren Kopf. „Ich würde gern sehen, wie du es versuchst.“

„Nein, würdest du nicht.“

„Doch. Ich würde gern wissen, wer am Ende die Oberhand gewinnt.“

„Erinnerst du dich an den Film *WarGames*? Es blieb keiner übrig, der gewinnen konnte. Der einzige Weg, um nicht zu verlieren, ist, nicht zu spielen.“

„Wir reden hier nicht von Vernichtung.“

„Weil du noch nie verloren hast. Du weißt nicht, wie sich das wirklich anfühlt.“

Er strich ihr über den Rücken. „Ich hasse deinen Vater.“

Sie lauschte seinem Herzschlag und der Wut in seiner Stimme. Sie spürte seine starken Arme um sich und glaubte einen Moment lang, dass sie ihren Vater aus genau demselben Grund hasste wie Ethan. Weil er ihr das Verlangen genommen hatte, mit allem zu spielen, was sie hatte.

Laut sagte sie jedoch: „Klingt fair. Ich hasse deine Mutter.“

Er lachte leise. „Lass uns etwas tun, was beide hassen werden.“

Sie lächelte zu ihm auf. „Bei diesem Spiel bin ich dabei.“

Er ließ sich mit ihr aufs Bett fallen und sagte: „Gut. Wir werden ja sehen, wer am Ende oben ist.“

*

In den vergangenen Tagen hatte Ethan still vor sich hin geschäumt und auch die vergangene Nacht wieder kaum

Ruhe gefunden. Da konnte er genauso gut aufstehen und Mackenzie schlafen lassen. Er genoss es zwar, sie aufzuwecken, aber sie hatte seit dem plötzlichen Auftauchen ihres Vaters keine Nacht mehr durchgeschlafen.

Er ging in den Fitnessraum. Ein kurzes Training vor der Arbeit würde sicher helfen, das loszuwerden, was auch immer ihn belastete. Es lag nicht allzu tief in ihm vergraben, das erkannte er auf dem Weg zum Sandsack. Er bandagierte sich routiniert die Hände, zog die Boxhandschuhe an und drosch auf den Sandsack ein.

Direkt in Jake Holdens grinsendes Gesicht.

Er dachte an Mackenzie, wie sie an jenem Tag ausgesehen hatte, blass, verheult. Gebrochen.

Und wie sie sich seitdem verhielt. Zurückhaltend. Verschlossen. Ein wenig auf der Hut.

Vor Ethan.

Ethan schlug wieder und wieder auf den Sandsack ein.

Hass. Hass. Hass.

Er hatte noch nie zuvor jemanden gehasst.

Er hatte noch nie zuvor jemanden geliebt.

Stocksteif und schwer atmend hielt er inne, während der Sandsack hin und her schwang. Wo kam dieser Gedanke denn plötzlich her? Er liebte jeden. Er liebte die Marotten und Eigenheiten der Leute. Er liebte es, ihren Tag zu versüßen und sie dazu zu bringen, einen Augenblick lang über ihren Schatten zu springen. Er liebte es, den Menschen einen Grund zu geben, sich an diesen einen Moment dieses einen Tages zu erinnern, denn die meisten Tage waren verloren. Vergessen. Nicht wert, sich daran zu erinnern.

Und Mackenzie hatte nicht unrecht damit, dass ihm die meisten Menschen dann gaben, was er wollte. Er war stolz darauf, dass das, was er wollte, niemandem schadete.

Verdammt, er war nicht wie ihr Vater. Er war nicht richtig bei der Sache, als er erneut auf den Sandsack einschlug, also ließ er es sein, riss sich die Handschuhe und Bandagen von den Händen und lehnte sich an die verspiegelte Wand.

War er etwa doch wie ihr Vater?

Er schloss die Augen, während er sich an die unzähligen Artikel in der Klatschpresse erinnerte, die seine letzte Trennung hervorgerufen hatte. Er dachte daran, wie er Mackenzie als Puffer benutzte, um andere Frauen von sich fernzuhalten. Er benutzte immer jemanden, um zu bekommen, was er wollte.

Verflucht.

Ethan schlug mit der nackten Faust in den Spiegel, sodass das Glas zersprang und in seine Haut schnitt. Blut spritzte und er starrte darauf. Er betrachtete seine Hand und wie das Blut über seine Finger auf den Boden tropfte. Schnell nahm er sich ein dickes, weißes Handtuch, wickelte es um seine Finger und konzentrierte sich auf den Schmerz, damit er nicht an all die Menschen denken musste, die er verletzt hatte. All die Frauen, die er blass und mit Tränen in den Augen zurückgelassen hatte.

Er stellte sich vor, wie Mackenzie mit gebrochenem Herz um ihn weinte. Weil er sie nach sechs Wochen mit einem Flugzeug nach Hause schickte. Noch eine Frau, die sich fragte, was passiert war, obwohl das Problem wie immer er gewesen war.

Denn obwohl er zu Beginn seiner Beziehungen immer klarmachte, dass er nur Spaß wollte, nichts Langfristiges, war es nie dabei geblieben. Selbst dieses Mal nicht, obwohl sie einen Vertrag unterschrieben hatten.

Seine Beziehung mit Mackenzie war nicht rein geschäftlich geblieben. Sie war nicht unkompliziert geblieben. Er hatte sich mal wieder nicht zurückhalten können und sie waren ein Paar geworden. Scheinbar konnte er niemandem nah sein, ohne zu versuchen, der Person unter die Haut zu gehen.

Ethan betrachtete sein rissiges Spiegelbild und erkannte … Dass er Mackenzie nicht unter die Haut gegangen war. Nicht sie war diejenige, die sich ungemein darauf freute, nach der Arbeit nach Hause zu kommen. Sie war nicht diejenige, die sich Notizen über die lustigen Dinge machte, die passierten, wenn sie nicht zusammen waren. Sie war nicht diejenige, die Aktivitäten plante, nur um ihn zum Lächeln zu bringen. Die sich ein Leben ohne ihn nicht vorstellen konnte. Lachend, konkurrierend, streitend, liebend.

Mackenzie würde nicht diejenige sein, deren Herz gebrochen war, diejenige, die weinte, wenn er sie verließ. Er konnte es sich einfach nicht vorstellen. Er konnte sich nicht vorstellen, dass Mackenzie je um ihn weinte. Er würde sie in ein Flugzeug setzen und sie würde ihn mit einer bissigen Bemerkung über die halbe Million Dollar verlassen.

Und nach Hause fliegen. Und ihr neues, langweiliges Leben beginnen.

Ohne je um ihn zu weinen.

Ohne je zu erkennen, dass er in seiner nun tristen Wohnung herumlief, allein und verloren, weil sie ihn verlassen hatte.

Weil er sie liebte und sie ihn verlassen hatte.

Verflucht noch mal.

Er war nicht nur in Mackenzie Wyatt verliebt. Er liebte sie.

*

Mackenzie war überrascht, als es an der Tür klopfte. Ethan war zur Arbeit gegangen, als sie noch geschlafen hatte, weshalb sie nun allein durch seine Wohnung wanderte. Sie hatte noch ein paar Schokoriegel versteckt und kam sich dabei wie ein Eichhörnchen vor, weil es ihr so großen Spaß machte, Verstecke zu finden.

Sie wollte gerade die Abdeckung der Lüftung wieder anschrauben, als das Klopfen ertönte. Argwöhnisch schaute sie nun durch den Türspion und entdeckte zu ihrem Missfallen seine Mutter. Zögerlich machte sie ihr auf. „Er ist nicht da."

„Ich weiß. Ich wollte mit Ihnen sprechen."

Mackenzie trat zurück und ließ sie widerwillig herein.

Christine blieb stehen und hob die Augenbrauen, als sie die Abdeckung und den Schraubenzieher in Mackenzies Händen bemerkte.

„Ich habe nur … Schokolade versteckt." Christine starrte sie abwartend an und Mackenzie zuckte verlegen mit den Schultern. „Er findet es lustig, danach zu suchen."

Christine umklammerte ihre Handtasche. „Ich möchte, dass Sie gehen."

Mackenzie nickte. „Ich weiß. Aber Ethan und ich haben eine Abmachung. Ich werde zum vereinbarten Zeitpunkt gehen."

Christine öffnete ihre Handtasche und nahm einen Scheck heraus. „Ich möchte, dass Sie sofort gehen."

Mackenzie warf einen Blick darauf und nahm verblüfft zur Kenntnis, wie viele Nullen auf so einen kleinen Scheck passten. Ihre Brauen hoben sich unwillkürlich. „Haben Sie alle seine Freundinnen dafür bezahlt, damit sie verschwinden?"

„Bis jetzt musste ich das nicht."

Mackenzie schüttelte den Kopf. „Das ist nicht annähernd die Hälfte seines Vermögens."

Christine erbleichte. „Er hat Ihnen davon erzählt?" Sie warf einen Blick auf den Scheck, steckte ihn wieder in die

Tasche und schloss sie. „Ich werde Sie wohl nicht dazu bringen zu gehen, nicht wahr?“

„Nein.“ Mackenzie überließ sie einen Moment ihrer Sorge, ehe sie fortfuhr: „Aber Sie werden mich trotzdem los.“ In einer Woche und drei Tagen. Aber wer zählte schon mit.

„Ich glaube Ihnen nicht.“

„Er hat mir eine Million Dollar gezahlt, um sechs Wochen lang seine Verlobte zu spielen. In etwas mehr als einer Woche bin ich weg.“ Mackenzie sah das höhnische Lächeln, das sich auf Christines Gesicht ausbreitete, also fügte sie hinzu: „Er hat mir drei Prozent von O’Connor Capital angeboten. Ich habe ihn dazu überredet, mir Geld zu geben.“

Das Lächeln gefror auf Christines Gesicht. „Er hat Ihnen Anteile an der Firma angeboten? Warum sollte er das tun?“

„Ich vermute, dass er mir beweisen wollte, wie ernst es ihm ist.“

„Er könnte Ihnen keine Anteile übertragen, jedenfalls nicht ohne Ellens Zustimmung.“

Mackenzie hätte beinahe laut gelacht.

„Und Sie gehen, wenn es vorbei ist?“

Mackenzie nickte.

Christine schien ihr nicht zu glauben. „Mein Sohn ist von Ihnen fasziniert. Fühlt sich herausgefordert. Und Sie sind nicht das, was er braucht. Er braucht eine Frau, die ihn an erste Stelle setzt. Die ihm vergeben kann, wenn er strauchelt. Er braucht keine Frau, die alles zerstört, was seine Familie aufgebaut hat, falls er ihr wehtut.“

Nachdenklich sah Mackenzie sie an. Sie war überrascht, dass Christine sie deshalb nicht mochte. „Nun. Ich glaube, Sie unterschätzen Ihren Sohn. Ich glaube nicht, dass er jemals gestrauchelt ist oder straucheln könnte. Aber Sie haben recht, sollte er mir je wehtun, würde ich ihn ruinieren. Wahrscheinlich würde ich ihn ausweiden und blutend auf dem Boden zurücklassen."

Seine Mutter wurde blass und griff sich an ihre Perlenkette.

„Aber er könnte mir nur wehtun, wenn ich ihn lieben würde. Wenn er mich lieben würde. Das ist jedoch nicht der Fall", fuhr Mackenzie fort.

„Warum schlafen Sie dann mit ihm? Ist das Teil der Vereinbarung? Ist die Million dafür gedacht?"

Mackenzie zuckte zurück, als wäre sie geschlagen worden. Dann atmete sie tief durch.

Christine hob eine Hand, um Mackenzie zum Schweigen zu bringen. „Ich glaube, dass Sie eine Lügnerin sind. Ich kann nur nicht entscheiden, ob Sie ihn, mich oder sich selbst belügen."

Sie wandte sich zum Gehen und Mackenzie biss sich so fest auf die Zunge, dass sie Blut schmeckte. Als Christine die Haustür hinter sich schloss, warf Mackenzie den Schraubendreher quer durch den Raum.

9

Als Ethan nach Hause kam, tigerte Mackenzie durchs Wohnzimmer. „Ich schlafe nur aus einem einzigen Grund mit dir: weil es mir gefällt“, schrie sie ihn an, als er das Zimmer betrat.

„Hört sich gut für mich an.“

„Und weil ich es kann.“

„Ja. Absolut.“

„Und nicht wegen deines gottverdammten Geldes.“

„Dafür bezahle ich dich auch nicht. Das wäre illegal.“

Sie blieb stehen und sah ihn fassungslos an.

„Außerdem glaube ich, dass du mich bezahlen solltest“, meinte er.

Ihr klappte der Mund auf, doch sie schloss ihn schnell wieder. „So gut bist du nicht, O’Connor.“

Er lächelte leicht und trat einen Schritt vor, denn er spürte, dass die Gefahr vorbei war. „Ach nein?“

„Ich hatte schon bessere.“

Er schüttelte den Kopf. „Nein, hattest du nicht.“

Sie rümpfte die Nase und hob den Kopf. „Woher willst du das wissen?“

Er trat noch einen Schritt näher und nahm ihre Hand. „Weil es für mich noch nie besser war. Und ich habe mehr

Erfahrung als du.“

„Vielleicht liegt es einfach an mir. Vielleicht ist es für diejenigen, mit denen ich zusammen bin, immer so.“

Bei dem Gedanken wurde ihm ein wenig schwindlig. „Ist es das?“

Sie antwortete ihm nicht und er atmete tief durch, dann deutete er mit dem Kopf auf die Schramme an der Wand. „Renovierst du? Oder habe ich dich beim Verstecken von Süßigkeiten unterbrochen?“ Er zog sie zu sich. „In den Wänden werde ich deinen Vorrat nicht finden können.“

„Ich hab den Schraubendreher quer durchs Zimmer geworfen, nachdem mir deine Mutter einen Besuch abgestattet hat.“

„Der Schraubendreher. Den hätte ich auch loswerden sollen“, murmelte er.

Er hatte gewusst, dass seine Mutter hier gewesen war. Der Portier hatte ihn darüber informiert. Ethan hatte ihm für die Warnung ein großzügiges Trinkgeld gegeben.

„Wie wäre es, wenn du deine Mutter loswirst? Schick sie für die kommende Woche auf eine Kreuzfahrt.“

„Es stört mich nicht, dass ihr euch streitet. Einige der Nebenwirkungen sind zu meinem Vorteil.“

„Mich stört es aber.“

„Du versuchst nur, dich vor dem Essen zu drücken.“

Sie atmete geräuschvoll aus. „Ich werde mich nie wieder mit dieser Frau an einen Tisch setzen.“

„Du darfst auch den Schraubendreher mitnehmen.“

Sie presste die Lippen aufeinander und sah ihn finster an. „Bring mich nicht zum Lachen. Ich bin sauer.“

„Nein. Du warst sauer. Jetzt bist du ein klein wenig erregt. Und willst dich an meiner Mutter rächen.“

„Ach tatsächlich?“

Ethan nickte. „All diese Energie muss irgendwohin. Ich ziehe es vor, wenn sie in mein Bett und nicht in meine

Wände geht."

Sie schüttelte den Kopf. „Ich bin klüger geworden. Wegen deiner Mutter werde ich nicht wieder mit dir ins Bett steigen."

„Wenn ich dich heute Abend also ins Bett bekomme, liegt es daran, dass du dort sein willst?"

Sie legte den Kopf schräg. „Ja, das ist wohl wahr. Ich gebe zu, du bist ziemlich gut im Bett."

Das hörte er zum ersten Mal, aber er küsste sie sanft. „Denk daran, der Klatschpresse in deinem Trennungsinterview davon zu erzählen."

Sie lachte und schien sein langes Gesicht und seinen zusammengesackten Körper nicht zu bemerken. „Das wird nicht helfen, dir die Frauen vom Hals zu halten. Bezahlst du mich nicht für diese Aufgabe?"

„Ich habe ganz ehrlich vergessen, wofür ich dich bezahle. Ich dachte, es wäre der Sex."

Sie stöhnte auf. „Dieser Ansicht ist zumindest deine Mutter", erwiderte sie.

„Und schon sind wir wieder bei meiner Mutter." Er zog sie zur Tür und nahm einen großen braunen Umschlag aus seiner Aktentasche. „Vergessen wir sie doch für einen Moment und widmen uns *deinen* aufdringlichen Verwandten."

Sie atmete scharf ein. „Hat er dich belästigt?" Sie betrachtete die Schnitte auf seiner Hand. „Hast du ihn *geschlagen*?"

„Ich habe keinen Mucks von ihm gehört. Ich habe ihn überprüfen lassen." Er sah auf seine Hand, wackelte mit den Fingern und verzog das Gesicht. „Und meine Hand hatte heute Morgen im Fitnessraum einen unglücklichen Unfall."

„Was ist passiert?", fragte sie und untersuchte seine Finger.

„Nur ein fehlgeschlagenes Geschäft. Ich war wütend."

„Nicht WestCon? Heißt das, dass ich jetzt Aktien kaufen kann?"

Er sah sie düster an. „Nicht WestCon und nein, du kannst keine kaufen."

„Was hat dich denn dann so wütend gemacht? Du bist ein Liebhaber, kein Kämpfer."

„War das eine Beleidigung?"

„Nein. Es ist … die Wahrheit. Du würdest nie jemanden schlagen. Ich hätte nicht mal gedacht, dass du dir vorstellen könntest, jemanden zu schlagen."

Die Erinnerung daran, wie er sich vorgestellt hatte, das Gesicht ihres Vaters zu Brei zu schlagen, entlockte ihm ein kaltes Lächeln. „Ich gebe zu, dass es noch nie zuvor passiert ist."

„Vielleicht brauchst du Urlaub. Gewalt passt nicht zu dir. Du würdest womöglich jemanden zu Tode lieben, um deinen Willen zu bekommen, aber du würdest nie gewalttätig werden." Sie schürzte die Lippen. „Du bist nicht reif genug, um zu erkennen, dass du nicht immer bekommst, was du willst."

Sie hatte recht. So reif war er nicht. Überhaupt nicht. Er lächelte sie charmant an und sie verengte die Augen.

„Es war nur ein kurzer Moment. Ich werde es nicht wieder tun." Ihr war anzusehen, dass sie alles über das geplatzte Geschäft wissen wollte, weshalb er sich eine Ausrede einfallen ließ. „Wahrscheinlich war nur mein Blutzucker zu niedrig. Du solltest in meiner Sporttasche Schokolade verstecken." Er hielt den Umschlag zwischen sie. „Das hat mein Ermittler über deinen Vater herausgefunden."

Sie trat einen Schritt zurück. „Ich will es nicht wissen.

Er nickte. „Er hat New York verlassen. Und das mit deiner Schwester war nicht gelogen."

„Er hat New York verlassen?“ Sie nahm ihm den Umschlag ab und betrachtete die großen Fotos von ihrem Vater und einer dunkelhaarigen, hochschwangeren Frau. Sie hatte ein kleines Mädchen an der Hand und sah Jake genervt an. Er wirkte belustigt und Ethan ballte die Hand zur Faust.

„Schwanger. Das hat er nicht erwähnt“, murmelte sie.

Ethan atmete durch die Nase ein. Auch wenn es ihn umbrachte, er würde die Stimme der Vernunft sein. „Vielleicht wollte er dich nicht mit allem auf einmal überfallen.“

Mackenzie schnaubte. „Von wegen. Er dachte einfach, dass mich diese Information nicht dahin bringt, wo er mich haben will.“ Sie betrachtete das kleine Mädchen mit den honigbraunen Haaren und den bernsteinfarbenen Augen und flüsterte: „Mist!“

Seine Reaktion war die gleiche gewesen. Das kleine Mädchen sah wie eine Miniaturausgabe von Mackenzie aus.

„Die Bilder wurden in Spanien aufgenommen“, erklärte er.

Überrascht sah sie auf. „Spanien?“

Er nickte. „Dort haben sie die letzten fünf Jahre gelebt. In einem kleinen Dorf an der Küste.“

Erneut betrachtete sie das kleine Mädchen, sichtlich besorgt darüber, dass Jake Holden eine weitere Tochter hatte.

„Sie hat ihre Mutter“, erinnerte Ethan sie.

Mackenzie nickte und strich mit dem Finger über das Gesicht der Frau. „Jake hat gesagt, dass seine Frau ihm kein Wort glaubt. Vielleicht wird es seine Tochter auch nicht tun.“ Sie steckte die Fotos wieder in den Umschlag. „Ich werde nicht anbeißen. Welches Spiel er auch immer spielt, es ist mir egal.“

„Du denkst, dass er versucht, etwas von dir zu

bekommen? Indem er dich in Ruhe lässt?“

Sie legte den Umschlag wieder in Ethans Aktentasche. „Ich weiß es nicht. Aber normalerweise hat er immer Hintergedanken. Es ist das Risiko nicht wert.“

„Was, wenn doch? Er gehört zu deiner Familie. Was, wenn er jetzt für eine Tochter bereit ist?“

Sie sah ihn an, als könnte sie nicht glauben, dass er das gerade gesagt hatte. Er konnte es selbst nicht glauben.

„Versuchst du, mich mit meinem Vater zu versöhnen?“

„Nein. Ich versuche, dich glücklich zu machen.“

Als Mackenzie ihn anlächelte, wurde ihm klar, dass es die Wahrheit war. Ethan wollte sie glücklich machen, selbst wenn es bedeutete, sie wieder mit einem Mann zusammenzubringen, der sie beinahe zerstört hatte.

„Ich sag’s dir, es ist eine Krankheit.“

„Er ist dein Vater. Sie ist deine Schwester. Willst du mir wirklich weismachen, dass du nichts mit ihnen zu tun haben willst?“

„Lieber habe ich keine Familie als ihn.“ Ethan schüttelte den Kopf, doch sie fuhr fort. „Es ist kein Zufall, dass er mich ausgerechnet jetzt gefunden hat, nachdem ich mich mit dir verlobt habe. Ich denke nicht, dass er dumm genug ist, zu glauben, dass er je etwas von mir bekommt, aber wenn er sich mit mir aussöhnt, könnte er Zugang zu einer Menge Leute bekommen, die er einwickeln und auspressen kann.“

Ethan sah sie mit verengten Augen an. „Ich nehme an, dass du damit nicht mich meinst.“

„Er könnte selbst dich einwickeln.“ Sie schüttelte den Kopf. „Du verstehst nicht, wie er ist. Er wird dir alles nehmen und wenn er fertig ist, wirst du ihm dafür sogar noch danken.“

Herablassend sah er sie an. „Er wird mich nicht einwickeln.“

Sie lenkte ein. „Wahrscheinlich nicht. Ich hatte wohl auch eher die Hoffnung, dass er es auf deine Mutter abgesehen haben könnte."

„Sie muss dich wirklich wütend gemacht haben."

Ihr Gesicht verdunkelte sich. „Sie hält mich für eine geldgierige Hure."

„Hat sie das gesagt?"

„Sie hat es angedeutet." Mackenzie dachte darüber nach. „Sie sieht mich an, als würde sie es denken."

„Ich glaube, dass du dir das nur einbildest."

Sie zeigte mit dem Finger auf ihn. „Du weißt, dass sie mich nicht mag."

„Das bildest du dir tatsächlich nicht ein. Aber ich glaube, das liegt daran, dass sie Angst vor dir hat. Meinetwegen. Körperlich." Er betrachtete das Loch in der Wand. „Keine Ahnung warum."

„Ja, das stimmt. Ich hab ihr gesagt, dass ich dich ausweiden und auf dem Boden verbluten lassen würde."

Er versuchte, sich die Reaktion seiner Mutter darauf besser nicht vorzustellen. „Warum sagst du so was zu ihr? Sie versteht deinen Sinn für Humor nicht." Ethan lockerte seine Krawatte und ging ins Schlafzimmer.

Mackenzie folgte ihm. „Sie hat eine hypothetische Situation angesprochen. Ich habe nicht gescherzt."

„Ich traue mich nicht zu fragen."

„Falls du *straucheln* würdest." Mackenzie lachte. „Was ich tun würde, wenn das hier echt wäre, also wir beide, und du mich betrügen würdest. Wenn ich dich lieben würde und du fremdgehen würdest."

Er hielt beim Aufknöpfen seines Hemdes inne. „Das würde ich nicht."

Und ihm wurde klar, dass er es wirklich nicht tun würde. Er machte sich überhaupt keine Sorgen darüber, weil er ihr das nie antun könnte. Er könnte es nicht ertragen, von ihr so angesehen zu werden, wie sie ihren Vater angesehen hatte. Er konnte sich nicht vorstellen, eine andere Frau auch nur anzuschauen, aber falls er sie womöglich doch hintergehen sollte, war er sich sicher, dass sie genau das in die Tat umsetzen würde, was sie seiner Mutter angekündigt hatte.

„Das hab ich ihr auch gesagt", erklärte sie. „Ich glaube nicht, dass sie sich deswegen Sorgen machen muss. Aber sie glaubt, dass du eine Frau brauchst, die dir verzeihen würde. Nur für den Fall."

Er drehte sich um und sah sie an. „Du hast meiner Mutter gesagt, dass ich dich nie betrügen würde?"

„Nicht mich. Aber, du weißt schon ... Die Richtige", antwortete Mackenzie.

Mit einem großen Schritt war er bei ihr, umfasste ihr Gesicht und küsste sie zärtlich und voller Leidenschaft. „Wie kommt es, dass du nicht an mir zweifelst? Frauen werfen sich mir jeden Tag an den Hals. Ich habe unzählige Möglichkeiten", sagte er, nachdem er sich aus dem Kuss gelöst hatte.

Sie blinzelte. „Weil du ... es nicht tun würdest."

„Rede weiter." Er konnte nichts gegen das Lächeln tun, das sich auf seinem Gesicht ausbreitete.

„Du weiß, dass du es nicht tun würdest."

„Weiß ich nicht."

„Bist du je bei einer deiner Freundinnen *gestrauchelt*?"

Darüber musste er nicht nachdenken, denn natürlich war er das nicht, aber das hieß nicht, dass er nicht gelegentlich versucht war. Er hatte dieses Verlangen gefürchtet.

„Und warum nicht? Wahrscheinlich werfen sich dir die Frauen an den Hals, seit du achtzehn bist."

„Sechzehn."

Sie verdrehte die Augen, öffnete aber den letzten Knopf

seines Hemdes und schob ihre Hände unter den Stoff. „Okay, sechzehn. Warum hast du diese vielen Gelegenheiten nie ausgenutzt?“

„Weil es bedeuten würde, jemanden zu verletzen, der mir wichtig ist.“

„Und diese Art Mensch bist du nicht. Du bist die Art Mensch, die die Leute glücklich machen will.“

„Wenn mir das wirklich so wichtig wäre, wäre ich immer noch mit meiner allerersten Freundin zusammen.“

Sie schüttelte den Kopf. „Nein. Ich vermute, dass du die Dinge beendest, wenn du den Drang zum Fremdgehen verspürst. Weil du weißt, dass es weniger und nicht so lange wehtut, wenn du einen klaren Schnitt machst.“

„Vielleicht habe ich deshalb Angst vor der Ehe. Ich habe Angst, dass meine Hingabe nachlässt, aber ich nicht aus der Sache herauskomme.“

Noch immer hielt er ihr Gesicht umfasst und lächelte. Er hatte gewusst, dass seine Ängste vor der Ehe ihm albern und bedeutungslos erscheinen würden, wenn er nur die richtige Frau fand. Er hatte recht behalten. Allerdings hatte er nie damit gerechnet, dass seine Auserwählte nichts von ihm wissen wollte. Er hätte nie erwartet, dass sie ihn mögen könnte, aber alles hassen würde, was ihn ausmachte.

Sein Geld, seine Familie und sein charmantes Gesicht.

Seit seinem sechzehnten Lebensjahr hatte er nach einer Frau gesucht, die über all das hinwegsehen konnte.

Die Frau, nach der er seit fast zwei Jahrzehnten suchte, sagte nun: „Ich habe ja schon erwähnt, dass du Probleme hast. Es ist, als hättest du das Wort Scheidung noch nie zuvor gehört.“

„Das ist wie Haushaltsplanung. Nur weil ich das Wort schon mal gehört habe, heißt es nicht, dass ich daran glaube.“

Sie lächelte ihn an und löste seinen Gürtel, was ihn zum Grinsen brachte. „Ich hatte einen schlechten Tag. Ich dachte, wir könnten heute hierbleiben."

„Was ist mit dem Essen?"

„Ich habe angenommen, aus der Nummer wäre ich schon rausgekommen."

„Du willst meine Mutter einfach so gewinnen lassen?"

Sie öffnete den Reißverschluss seiner Hose. „Ich glaube nicht, dass das hier ein Gewinn für deine Mutter ist."

Langsam schob er sie zum Bett. „Ich könnte behaupten, dass du dir was eingefangen hast.

Sie lächelte frech. „Sag ihnen, dass ich das von mir verursachte Loch in deiner Wand reparieren muss."

„Du willst doch nicht, dass meine Mutter noch mal vorbeikommt. Und sie würde angerannt kommen, wenn ich ihr das erzähle."

Sie lachte. „Vielleicht sollte ich deine Mutter einfach noch eine Woche quälen. Dann ertrage ich sie womöglich."

Er zog ihr das Shirt über den Kopf. „Oder wir verlängern das Ganze um ein paar Wochen und quälen sie wirklich."

„Du kannst es dir nicht leisten, mir Überstunden zu bezahlen."

Er öffnete den Knopf ihrer Hose. „Oh, wahrscheinlich könnte ich das schon."

„Nein. Wir haben uns schon auf sechs Wochen geeinigt."

„Aber wenn du sowieso nicht wieder arbeiten gehst, besteht keine Eile. Du kannst deine Million in New York genauso leicht ausgeben wie in Los Angeles. Und du hast mir die halbe Million immer noch nicht abgeknöpft."

„Ich dachte wirklich, dass ich das schaffe."

„Dann bleib. Hör auf mit dem Versuch, nichts tun zu wollen, komm mit mir zur Arbeit und bleib noch etwas länger."

Er setzte sich aufs Bett und zog sie auf seinen Schoß, doch sie schüttelte den Kopf.

„Bleib", wiederholte er. „Ich wohne gern mit dir zusammen."

„Warum?"

Er zwickte ihr in den Hintern. „Rate."

„Oh, bitte. Du musst nicht mit einer Frau zusammenleben, um mit ihr ins Bett steigen zu können."

„Es ist schön zu wissen, dass du hier bist, wenn ich nach Hause komme. Wir müssen uns nicht erst verabreden."

„Es ist ein Terminproblem?"

Er verdrehte übertrieben die Augen. „Ein Terminproblem. Du machst das mit Absicht. Du zerstörst nur zum Spaß all meine Schachzüge."

Sie deutete auf ihren Po. „Du bist damit durchgekommen, mir in den Hintern zu kneifen. Das habe ich nicht rechtzeitig kommen sehen."

„Hast du wohl."

Sie kniff ihm in die Brustwarze. „Hast du das kommen sehen?"

„Au!" Er nahm ihre Hände und drückte sie sich gegen die Brust. „Gemein. Kein Wunder, dass meine Mutter dich nicht mag. Stell dir einfach vor, wie ihr Kopf explodiert, wenn ich ihr sage, dass du noch etwas länger bleibst."

„Ich bleibe nicht länger. Ich muss mir über mein neues Leben klar werden."

„Du meinst ein Nicht-Leben. Ich muss doch besser sein als das."

Kopfschüttelnd befreite sie ihre Hände.

„Du weißt, dass ich dich dazu überreden werde."

„Dieses Mal nicht. Ich kenne deine Tricks."

Er drehte sie auf den Rücken und drückte sich ihre Hand aufs Herz. „Nicht alle Tricks."

„Du wirst mich zu Tode lieben, nicht wahr?“, fragte sie, als er den Kopf senkte.

„Nein, ich werde dich lieben, bis du bleibst.“

„Du kannst es versuchen“, sagte sie und sein Herz hämmerte wild. Bei Mackenzie wusste er, dass er sich seines Erfolgs nie sicher sein konnte.

Zum Glück mochte er Herausforderungen. Verdammt.

*

Mackenzie wachte keuchend auf und ihr Herz schlug so wild, als würde es aus ihrem Brustkorb springen wollen.

„Alles in Ordnung?“, murmelte Ethan.

Sie rutschte unter der Decke hervor, sagte ihm, dass er weiterschlafen sollte, und ging ins Badezimmer. Sie setzte sich auf den Badewannenrand, legte das Gesicht in die Hände und starrte auf die Fliesen. Zu verängstigt, um die Augen zu schließen.

Denn Ethan hatte sie angesehen. Er hatte ihre Hände gehalten, sie geküsst und sie geliebt. Und sie angesehen.

Tat er das mit all seinen Freundinnen? Sah er sie alle so an? Als ob … als ob …

Als ob er sie lieben würde.

Als ob sie alles sei, was er je gewollt hatte. Als ob sie für ihn das Wichtigste auf der Welt sei.

Mackenzie drehte sich der Magen um und sie atmete durch die Nase ein und durch den Mund wieder aus.

Sie wusste, dass er es nicht ernst meinte. Und sie wusste, dass er sie nicht täuschte.

Dafür hatte er ihr eine Million Dollar gezahlt. Um in seine Augen zu blicken, die Liebe darin zu erkennen und es nicht zu glauben. Um sie beide zu schützen. Weil er nicht anders konnte und es nicht ertrug, noch jemanden zu verletzten.

Ein leises Klopfen an der Tür ließ sie zusammenzucken.

„Mackenzie? Schätzchen?“

Ihr Magen zog sich zusammen und sie rieb sich übers Gesicht. Langsam öffnete sie die Tür, um sich zu wappnen. Sorge spiegelte sich in seinen grünen Augen. „Ich war nur … Ich hab schlecht geträumt“, erklärte sie.

Er nahm ihre Hand, führte sie zurück ins Bett und schlang die Arme um sie.

Sie legte den Kopf auf seine Brust, direkt auf die Stelle, die zu ihrem inoffiziellen Kissen geworden war. Dort, wo sie seinen Herzschlag hören konnte. Sie lag in Ethans Armen und wusste, dass eine Million Dollar nicht genug gewesen war.

Aber zumindest wusste sie, dass er nicht anders konnte. Dass diese Gefühle nicht real waren.

Es war nicht ihre Schuld, dass sie darauf hereingefallen war. Jede Frau erlag seinem Charme.

*

Eine Woche und drei Tage später wachte Mackenzie früh auf und stieg leise aus dem Bett. Sie hatte ihre Koffer bereits am Vortag gepackt, als Ethan auf der Arbeit gewesen war. Hatte sich ein Flugticket gekauft. Und es ihm nicht gesagt.

Während der ganzen letzten Woche hatte er versucht, sie zum Bleiben zu überreden. Aber das ging nicht. Und sie wusste bereits, dass er sie dazu bringen konnte, ihr Leben auf den Kopf zu stellen, obwohl sie eigentlich schreiend davonlaufen sollte.

Dieses Mal würde es ihm nicht schwerfallen, weil sie gerne mit ihm zusammen war. Sie lebte gerne mit ihm zusammen. Sie liebte New York.

Aber ihr Vertrag war ausgelaufen, was bedeutete, dass

es echt sein würde, wenn sie blieb. Sie würde mit ihm zusammenleben, weil sie es wirklich wollte. Mit ihm schlafen, weil sie echte Gefühle für ihn verspürte. Wirklich in ihn verliebt sein.

Aber genau das durfte nicht sein. Die Frauen, die sich in Ethan Howell O'Connor verliebten, fielen tief, wenn er weiterzog.

Er würde ihr das Herz brechen und dieses Mal würde nichts übrig bleiben, mit dem sie neu anfangen konnte. Nichts außer einer verbitterten Frau. Mit dem intensiven Verlangen, der Klatschpresse ein Interview zu geben.

Sie wollte nicht diese Art Frau sein.

Sie war nicht diese Art Frau.

Sie blickte auf ihn hinunter und prägte sich sein Gesicht ein. Das Sonnenlicht fiel durchs Fenster und tauchte ihn in einen goldenen Schein. Seine langen Finger lagen locker auf dem Laken. Sie liebte seine Finger. Liebte es, sie zu spüren, sie zu halten, sie zu berühren.

Sie schloss die Augen und wandte sich ab.

Ohne sich zu verabschieden, schloss sie die Tür hinter sich. Die Kopie ihres Vertrags, das Handy und den Ring hatte sie zuvor auf den Küchentresen gelegt.

Ihre gemeinsame Zeit war vorüber.

*

Als Mackenzie zu Hause ankam, klingelte ihr Telefon. Es klingelte und klingelte. Sie dachte darüber nach, den Stecker zu ziehen, wusste aber, dass Ethan dann vor ihrer Tür auftauchen würde. Also atmete sie tief ein und ging ran.

Sie sagte nichts, sondern lauschte einfach seinem Atem, während sie sich vorstellte, wie er mit halb zugeknöpftem Hemd und mit den nackten Füßen im Teppich vergraben aus dem Fenster sah. Ihr Herz schmerzte bei dem Gedanken, ihn nie wiederzusehen. Doch sie fragte: „Hab ich was vergessen?"

Es dauerte einen Moment, bis er antwortete. „Oh ja, du hast etwas vergessen. Du bist gefeuert."

„Du kannst mich nicht feuern. Seit heute Morgen arbeite ich nicht mehr für O'Connor Capital. Und seit letzter Nacht bin ich nicht mehr deine angeheuerte Verlobte. Uns verbindet nichts mehr."

„Uns verbindet nichts mehr ...", wiederholte er langsam, fast so, als wollte er die Worte austesten, um herauszufinden, wie sie sich in seinem Mund anfühlten. Offensichtlich gefielt es ihm nicht, denn er schrie förmlich: „Gottverdammt, Mackenzie. Von wegen ‚uns verbindet nichts mehr'."

Sie konnte nichts gegen die Mischung aus Lachen und Schluchzen tun, die aus ihr herausbrach. Das war der Mr Charming, den sie kannte.

„Ethan. Ich wünsche dir das Beste. Ich weiß, dass es OC auch ohne mich gut gehen wird, obwohl du natürlich drei Leute einstellen musst, um mich zu ersetzen. Und ich weiß, dass du die Frau finden wirst, die die Hälfte deines Vermögens wert ist. Wahrscheinlich. Vielleicht. Ich denke wirklich, dass du mit dieser Tradition brechen solltest."

„Mackenzie ..."

„Leb wohl, Ethan." Sie legte auf und setzte sich auf die Couch.

Dieses eine Mal gestattete sie es sich zu weinen, nur für eine kurze Weile. Dann wischte sie sich die Tränen ab und fing an, ihren Hausstand einzupacken. Es war an der Zeit, ihr neues Nicht-Leben zu beginnen.

*

Seine Grandma öffnete Ethan mit gerunzelter Stirn die Tür. „Warum zum Teufel bist du nicht in L. A.?“

Ethan drängte sich an ihr vorbei. „Sie liebt mich nicht.

Ellen schlug die Tür hinter ihm zu. „Feigling. Ich hätte nicht gedacht, dass ich das jemals über meinen eigenen Enkel sagen würde. Aber genau das bist du. Ein Feigling. Ein Hasenfuß. Ein feiger Hasenfuß.“ Sie hob die Arme. „Ein rückgratloser, feiger hasenfüßiger Schlappschwanz.“

Er fing an zu lachen, ging mit bebenden Schultern in die Küche, nahm zwei Flaschen Bier aus dem Kühlschrank und reichte ihr noch immer lächelnd eine davon. „Es ist Karma. Wie viele Frauen haben sich hoffnungslos in mich verliebt? Jetzt bin ich an der Reihe.“

„Du willst mir also sagen, dass du kein Feigling bist. Sondern einfach nur dumm.“ Sie schüttelte den Kopf. „Ich weiß nicht, was schlimmer ist.“

„Ich bin alles, was sie nicht will.“

„Aber sie will dich trotzdem? Ich weiß nicht, wie sich Liebe deiner Meinung nach anfühlen soll, aber das ist eine ziemlich gute Beschreibung.“

„Sie ist zu klug, um sich in mich zu verlieben.“

Ellen schnaubte. „Wenn dieses gute Aussehen, mit dem du verflucht bist, zusammen mit dem Charme, den du unablässig einsetzt, und dem vielen Geld, das dir zur Verfügung steht, nicht reichen, damit die Frau, die du liebst, lange genug den Verstand verliert, um sich einen Ring an den Finger stecken zu lassen, weiß ich nicht, was der Sinn und Zweck davon sein soll.“

„Du weißt schon, dass sie mich wegen genau dieser Dinge nicht will, oder?“

„Sie will dich. Sie wünscht sich allerdings, das wäre nicht so.“ Ellen beobachtete, wie er einen Schluck Bier trank und schüttelte den Kopf. „Geh und hol sie dir, Dummdödel.“

Er verschluckte sich an seinem Bier. „Grandma! Das Wort habe ich nicht mehr gehört, seit Großvater gestorben ist.“

„Dein Großvater war arrogant, einflussreich und wurde mit einem silbernen Löffel im Mund geboren, genau wie du. Was denkst du denn, wer ihm das Wort beigebracht hat?“

Er lachte. „Wie kommt es dann, dass ich es bis jetzt nicht aus deinem Mund gehört habe?“

„Weil es mich an ihn erinnert.“

Er blickte sie aufmerksam an und erkannte den Kummer in ihren Worten. „Du vermisst ihn immer noch?“

„Natürlich.“

„Also hält manche Liebe ewig.“

Sie musterte ihn. „Manche schon.“

„Mackenzie ist anderer Meinung. Sie denkt, dass ewige Liebe reine Glückssache ist.“

Ellen lächelte. „Ist es auch. Ewige Liebe ist das Ergebnis von Glück und Mumm und man darf sich nicht wie ein dummer Sturkopf verhalten. Im Moment trifft nur eins von diesen drei Dingen auf dich zu.“ Sie tätschelte ihm die Schulter. „Aber das war bei deinem Großvater früher genauso.“

Er hob eine Braue. „Willst du mir sagen, dass Großvater keinen Mumm besaß? *Großvater*?“ Sein Großvater war ein harter Hund gewesen. Er hatte Rückgrat gezeigt und eiserne Nerven bewahrt, wenn die Märkte zusammenbrachen und andere längst durchdrehten.

Sie legte den Kopf in den Nacken und ihr Blick wurde abwesend. „Wenn es um die Liebe ging, ja. Er hatte die unglückliche Ehe seiner Eltern erlebt und dachte, dass wahre Liebe nicht existiert. Und dass es sich nicht lohnen würde, danach zu suchen, selbst wenn es sie gab. Er wollte einfach nur eine hübsche Begleitung und eine Frau, die zu

Hause auf ihn wartete.“ Sie schnaubte. „Zum Glück ist er zur Vernunft gekommen und hat gemerkt, dass es mehr gibt als das, bevor es zu spät war.“ Sie sah Ethan an und stupste ihn in die Brust, damit er aufpasste. „Es gibt mehr als das.“

Er trank einen Schluck. „Ja, das habe ich inzwischen verstanden.“

„Jetzt ist es an der Zeit, sie für dich zu gewinnen.“

„Musste Großvater dich für sich gewinnen?“

„Darauf kannst du deine Eier verwetten. Oder glaubst du etwa, ich wäre vor Verzückung, dass er mich umwirbt, sofort dahingeschmolzen und hätte mich ihm an den Hals geworfen?“

Ethan setzte sich und betrachtete seine Bierflasche. „Wie hat er es geschafft?“

Ellen nahm neben ihm Platz und legte ihm eine Hand auf den Arm. „Er hat mir gegeben, was ich brauchte.“

„Was hast du gebraucht?“, fragte er und sah wieder auf.

Sie lachte. „Oh, ich brauchte einen Beweis, dass er mich als ebenbürtig respektiert. Na ja, das wird bei Mackenzie nicht funktionieren, weil sie das nicht braucht.“

„Was braucht sie denn?“

„Woher soll ich das wissen?“

„Du bist ja eine große Hilfe.“

Sie drückte ihn sanft. „Du weißt es. Du liebst sie doch, oder nicht?“

Er schüttelte den Kopf. „Ich weiß nicht, was sie braucht, außer vielleicht, dass ich mich völlig verändere.“

„Sie liebt dich bereits. Du musst dich nicht für sie ändern“, erwiderte sie kopfschüttelnd.

Er blinzelte. „Glaubst du wirklich, sie liebt mich?“

Ellen lachte laut auf. „Wie es aussieht, arbeiten wir noch an der Sache mit der Dummheit.“ Sie schüttelte den Kopf. „Nimm einfach an, dass sie dich liebt. Was braucht sie noch?“

„Sie braucht jemanden, der sie nicht an ihren Vater erinnert.“

„Mhm. Aber sie liebt dich bereits, also ist es nicht das, was sie von dir braucht.“ Sie stemmte sich hoch. „Denk weiter drüber nach, Dummdödel. Es wird dir schon einfallen.“ Dann nahm sie das Telefon und wählte eine Nummer.

„Was machst du?“

„Das Flugzeug vorbereiten lassen. Wenn du auf meiner Couch sitzen bleibst und weiter mein Bier trinkst, wirst du ihr nicht geben können, was sie braucht.“

Er betrachtete die bernsteinfarbene Flüssigkeit. Was brauchte Mackenzie Wyatt?

Er hatte keine Ahnung. Aber er war sich ziemlich sicher, dass sie sagen würde, er wäre es jedenfalls nicht.

Er sah zu seiner Großmutter auf. „Glaubst du wirklich, dass sie mich liebt?“

Sie strich ihm über den Kopf. „Armer, ahnungsloser Junge.“ Als sie versuchte, ihn hochzuziehen, half er ihr, indem er aufstand, und ließ sich von ihr zur Tür schieben.

„Ich weiß immer noch nicht, was sie braucht.“

Sie nahm ihm die Flasche ab und drängte ihn zur Tür hinaus. „Der Flug ist lang. Du kommst schon drauf.“

*

Sechs Stunden später klopfte Ethan an Mackenzies Tür. Er klopfte und klopfte und schließlich antwortete sie, indem sie die Tür aufriss und schrie: „Was?!“

„Ich wollte ein Fenster einschlagen, um reinzukommen, aber ich dachte, dass dir das nicht gefallen würde.“

„Es gefällt mir auch nicht, dass du versuchst, meine Tür einzuschlagen.“

„Ich muss dir etwas sagen. Eigentlich will ich es nicht sagen. Und du willst es wahrscheinlich nicht hören."

„Klingt nach einer Win-Win-Situation."

„Aber wenn ich es nicht sage, werde ich es bereuen. Vielleicht nicht heute, vielleicht nicht mor…"

Sie wollte die Tür schließen, also schob er seinen Fuß dazwischen. „Ich wusste, dass du dich nie in mich verlieben würdest. Ich wusste, dass ich dir vertrauen kann … Mir war nur nicht klar, dass ich mir nicht trauen kann. Mir war nicht klar, dass ich mich in dich verlieben würde."

Seufzend schloss sie die Augen. „Ethan. In wie viele Frauen hast du dich verliebt, seit du sechzehn bist?"

„Keine."

Ihr war deutlich anzusehen, dass sie ihm nicht glaubte, als sie die Augen wieder öffnete.

„Ich habe sie alle geliebt. Liebe sie immer noch. Und war in keine von ihnen verliebt."

Sie winkte ab. „Und wie viele von diesen Frauen haben sich nicht in dich verliebt?"

Er antwortete nicht. Er wusste, dass sie glauben würde, er hätte sich nur deshalb in sie verliebt, weil sie sich *nicht* in *ihn* verliebt hatte.

Sie sprach es an seiner Stelle aus. „Keine. Du liebst mich nicht. Du weißt nur nicht, was du mit einer Frau anfangen sollst, die dir nicht zu Füßen liegt."

Er ergriff ihre Hand. „Aber du hast meinen Test bestanden. Ich würde dir ohne zu zögern die Hälfte von O'Connor Capital geben. Wenn du das willst."

Eine unglaubliche Traurigkeit spiegelte sich in ihrem Gesicht und er ließ ihre Hand los. „Aber das willst du nicht. Weil du mir nicht glaubst. Und du wirst dir nie erlauben, mich zu lieben, wenn du mir nicht zuerst glaubst", sagte er leise. Dann drückte er ihr etwas in die

Hand und sie sah nach unten. „Freu dich nicht zu sehr. Es ist nicht die halbe Million."

Sie nahm ihm den Umschlag ab und zog ein Flugticket heraus. Überrascht musterte sie ihn.

„Er wird dich nicht wieder reinlegen. Du bist kein naives Kind mehr. Und du merkt, wenn dich jemand wirklich liebt."

Ihre Augen weiteten sich.

„Aber du verdienst es herauszufinden, ob er sich dieses Mal für dich entscheidet. Ich glaube, dass du das brauchst."

Sie stand sprachlos da, als er eine Hand ausstreckte und ihr die Haare aus dem Gesicht strich. „Danke, Mackenzie. Dafür, dass du mir mit der Presse geholfen hast. Und mir erlaubt hast, mich in dich zu verlieben. Dieses Gefühl sollte ein Mann zumindest einmal im Leben verspüren."

Wortlos starrte sie ihm hinterher, als er in sein Auto stieg und davonfuhr.

*

Als Cassandra sie fand, kauerte Mackenzie heulend und mit einer Halbliterpackung Eis auf dem Sofa. „So schlimm, hm?"

Mackenzie nickte.

„Er hat gesagt, dass er dich liebt."

Mackenzie nickte erneut und verzog das Gesicht.

„Und du liebst ihn."

Lautes Schluchzen war die einzige Antwort und Cassandra ließ sie ein paar Minuten weinen, ehe sie fortfuhr: „Ich verstehe das Problem nicht."

„Er ist Ethan Howell O'Connor. Das ist das Problem."

Cassandra nickte. „Ja, alles klar. Ethan Howell O'Connor. Gut aussehend, reich, charmant. Ach ja, und er hat bereits gesagt, dass er dich liebt. Gott, was für ein

Arschloch.“

Mackenzie schob sich einen großen Löffel Eis in den Mund.

„Er ist reich. Ist das das K.-o.-Kriterium?“

Mackenzie schniefte. „Es klingt dämlich, wenn man es ausspricht.“

„Ja, tut es. Es klingt sehr dämlich. Er ist gut aussehend. Scheidet er deshalb aus?“

„Na ja, es ist nicht ideal. Ich meine, ich will nicht, dass er hässlich ist, aber er ist … Wenn er einen Raum betritt, bekommen Frauen einen Orgasmus. Sie werfen sich ihm an den Hals. Jeden Tag sehe ich Frauen, die ihn mit diesem Gesichtsausdruck anstarren: *Ich bin gerade gekommen. Nur ein kleines bisschen.* Ich musste eine Tussi aus dem Fahrstuhl werfen. Und eine andere hat vor den Toiletten auf ihn gewartet.“

„Also scheidet er deshalb aus, weil er ein Frauenmagnet ist.“

Mackenzie knurrte. „Nein.“

„Weil du damit umgehen kannst, richtig?“

„Ja.“

„Also? Was noch?“

„Seine Mutter hasst mich.“

Cassandra schnaubte. „Oh, ja. Weil das im Laufe der Jahrhunderte nicht schon Millionen Frauen passiert ist. Ich werde die Frage nicht mal stellen, weil das einfach kein K.-o.-Kriterium ist. Zieht in eine andere Stadt. Was sonst?“

Mackenzie zuckte mit den Schultern.

„Also heißt das, es gibt Dinge, die dir nicht gefallen, aber keines davon ist eigentlich ein K.-o.-Kriterium.“

„Er ist nicht das K.-o-Kriterium, sondern ich.“

„Ich kenne K.-o-Kriterien und du bist es nicht.“ Cassandra nahm ihre Hand. „Vertrau mir, wenn ich dir sage, dass es nicht immer ein Happy End gibt. Ich habe viel

Erfahrung mit dem Gegenteil. Viel Erfahrung mit einem hoffnungslosen Ende. Und ich weiß eines: Wenn die Chance besteht, das große Los zu ziehen, musst du sie ergreifen. Du musst zum Ende des Piers gehen und runterspringen, auch wenn du ganz genau weiß, dass du möglicherweise auf den Steinen aufschlägst. Das ist ein Leben, das auch sinnvoll gelebt wurde. Mit Blessuren auf den Steinen zu landen, weil du es versucht hast. Und nicht immer noch verängstigt am Pier zu warten."

„Ich bin schon mal von den Felsen runtergekrochen. Ich glaube nicht, dass ich es noch mal kann", flüsterte Mackenzie.

„Das wirst du nicht müssen. Er wird dich auffangen."

„Und wenn nicht?"

„Dann sammle ich dich auf, klopfe dir den Staub von den Klamotten und helfe dir, ihm sein wunderschönes Gesicht einzuschlagen."

Mackenzie schniefte. „Das würdest du für mich tun?"

Cassandra nickte. „Es würde wehtun, aber ich würde es tun."

„Er sagte, dass ich es erkennen würde, wenn mich jemand wirklich liebt." Sie betrachtete das Flugticket.

„Denkst du, dass er dich wirklich liebt?"

Mackenzie atmete tief durch und erinnerte sich an den Moment. An den Schimmer von Hoffnungslosigkeit in seinen Augen, weil er wusste, dass sie die Worte nicht erwidern würde. Er hatte recht gehabt. Sie konnte ihm nicht glauben und konnte sich nicht erlauben, ihn wirklich zu lieben. Sie würde nicht alles aufs Spiel setzen, was sie hatte.

Verängstigt sah sie Cassandra an, die ihr ein Lächeln schenkte. „Mir steht Lila nicht. Denk daran, wenn du die Brautjungfernkleider auswählst. Sonst sehe ich aus wie eine Zombie-Braut."

„Gibt es die wirklich?“

„Ja. Und vertrau mir, du willst es nicht sehen.“

*

Zwei Tage später stand Mackenzie vor einer alten Villa am Rand eines alten Dorfes in Spanien. Weinreben kletterten am Haus hinauf und ein pinkes Dreirad stand vergessen auf dem Rasen. Lange starrte sie das Haus an, bis die Tür von einer hochschwangeren Frau geöffnet wurde. Heather. Heather betrachtete sie ernst und sagte schließlich: „Willst du den ganzen Tag da draußen rumstehen oder kommst du rein?“

„Ich denke noch darüber nach.“

Heather schnaubte, schloss die Tür hinter sich und watschelte zu ihr.

„Denk schneller. Du hast ungefähr zwei Minuten, bevor er rauskommt und mich anschreit, dass ich wieder reingehen und mich hinsetzen soll.“

Mackenzie sah sie überrascht an. „Er schreit dich an?“

Heather nickte. „Es ist irgendwie lustig.“

Mackenzie konnte sich an keine einzige Gelegenheit erinnern, bei der ihr Vater irgendjemanden angeschrien hatte. Er war gelassen und unerschütterlich. Kalt und herzlos.

Die Haustür wurde wieder geöffnet und ihr Vater sah sie ausdruckslos an. Dann warf er seiner Frau einen finsteren Blick zu.

„Ich gehe rein“, sagte Heather. „Ich will mir heute nicht noch einen Vortrag anhören. Komm rein, wenn du bereit bist.“ Sie sah Mackenzie an und rieb sich den Bauch. „Versuch, es heute noch zu schaffen.“

Mackenzie folgte ihr zögernd und beobachtete ihren Vater, als er Heather am Arm fasste, um ihr ins Haus zu helfen. „Ich hab dir gesagt, dass ich sie hole."

„Das Warten hat mich gelangweilt. Ich hab nicht alle Zeit der Welt."

Er führte sie zum Küchentisch und wartete geduldig, bis Heather sich gesetzt hatte. Anschließend bot er Mackenzie einen Stuhl an und reichte ihr eine Tasse mit dampfendem Kaffee und ein in Schokolade getauchtes Blätterteiggebäck.

Heather verzog das Gesicht, als er ihr ein Wasser gab, schnappte sich das zerbröselnde Gebäck und nahm einen großen Bissen. „Der Arzt sagt, noch eine Woche. Ich glaube nicht, dass er weiß, wovon er redet."

„Du hoffst nur, dass er es nicht weiß", widersprach Jake.

Sie nickte entschlossen und wandte sich dann an Mackenzie. „Ich werde nächstes Jahr vierzig. Ich hab deinem Vater bereits gesagt, dass ich das hier das letzte Mal mache. Wenn er noch mehr Kinder will, muss er mich gegen ein jüngeres Modell eintauschen."

Jake beugte sich lächelnd hinunter, um seiner Frau einen Kuss auf die Haare zu drücken, ehe er sich neben sie setzte. „Und ich habe ihr gesagt, dass es auch für mich das letzte Kind sein wird."

„Und aus irgendeinem Grund glaube ich dir nicht. Jeder Mann will einen Sohn."

„Drei Mädchen." Er lächelte. „Drei Mädchen, die die Welt erobern könnten, indem sie sich von hinten anschleichen. Das ist kein schlechtes Vermächtnis." Nachdenklich legte er den Kopf schräg. „Vielleicht werde ich die Kleine so nennen. *Legacy*. Vermächtnis."

Heather schnaubte. „Nur über meine Leiche."

„Oh, mein Liebling. Das lässt sich machen", erwiderte er und Heather lachte.

„Spielst du immer noch die alte Leier?" Kopfschüttelnd tätschelte sie sein Bein. „Altes Eisen."

Seine Augen funkelten, als er einen Schluck von seinem Kaffee nahm.

Heather sah seine Tasse sehnsüchtig an, ehe sie seufzte und Mackenzie die Situation erklärte. „Dein Vater hat meiner Mutter mein Erbe gestohlen und sie dann, wie ich dachte, umgebracht. Wie sich herausstellte, hat er es nicht getan. Aber er wäre wohl nicht davor zurückgeschreckt, wenn es nötig gewesen wäre."

Jake schüttelte den Kopf. „Ich hab ihr Geld nicht gestohlen. Sie hat es mir gegeben."

Heather sah ihn an und ihr hitziges Gemüt schimmerte durch. „Ich hab nicht gesagt, dass du es ihr gestohlen hast. Sondern mir."

Er lachte leise. „Aber sieh nur, was du als Gegenleistung bekommen hast."

„Hm." Sie wandte sich wieder an Mackenzie. „Dein Vater war ein furchteinflößender Mann. Was es sogar noch furchteinflößender machte, war die Tatsache, dass es sonst niemand zu bemerken schien."

Mackenzie sah ihren Vater nicht an. „Ich weiß, was er war."

Heather musterte sie, dann nickte sie. „Ja, das sehe ich. Weißt du, was er jetzt ist?"

Mackenzie warf einen Blick zu ihrem Vater, den es offensichtlich amüsierte, von seiner Frau und Tochter auseinandergenommen zu werden. „Menschen ändern sich nicht", sagte sie.

Heather lehnte sich zurück. „Nun, das stimmt. Außer, wenn sie es tun."

Ein kleines Mädchen mit honigbraunen Haaren und bernsteinfarbenen Augen lugte um die Ecke. Das kleine Mädchen sah Mackenzie aus großen, runden Augen an und sie erwiderte den Blick. Aus der Nähe konnte sie die Unterschiede zwischen ihnen beiden erkennen. Auf dem

Foto hatte das Mädchen wie ihr Spiegelbild ausgesehen. Aber ihre Augen hatten eine etwas andere Form und den Schwung ihrer Lippen hatte sie definitiv von ihrer Mutter.

Das kleine Mädchen lächelte sie an und Mackenzies Magen verkrampfte sich. Dieses Lächeln schrie förmlich Jake Holden.

„Komm und sag Hallo, Laura“, bat Heather und das kleine Mädchen rannte zu ihr und vergrub das Gesicht an der Seite ihrer Mutter.

Verstohlen schielte sie zu Mackenzie, dann bemerkte sie das Gebäck. Sofort war die Schüchternheit verschwunden und sie klammerte sich an die Tischkante, stellte sich auf die Zehenspitzen und griff nach Mackenzies Teller. Grinsend plapperte sie etwas vollkommen Unverständliches. Heather zog sie zurück und schob sie zu Jake. „Frag Daddy, ob er teilt.“

Mackenzie sah zu, wie das kleine Mädchen auf Jakes Schoß kletterte, als würde sie es hundert Mal am Tag tun. Laura grinste ihren Vater an, zeigte und plapperte dabei, bis er nickte. Als sie nach dem schokoladigen Kuchen griff, grinste sie ihre Mutter breit an.

Mackenzie sah ihrem Vater in die Augen. „Definitiv deine Tochter.“

Er runzelte die Stirn. „Bitte. Ich wäre nie so ungehobelt, vor meinem Opfer zu prahlen. Das ist allein die Schuld ihrer Mutter. Heather reibt es einem gern unter die Nase, wenn sie gewonnen hat.“ Er schüttelte den Kopf. „Sie ist alles andere als raffiniert.“

Mackenzie konnte die aufrichtige Liebe in seinen Augen erkennen, wenn er über seine Frau sprach und Laura ansah. Da war auch Stolz, ja. Aber ebenso Liebe. Mackenzie verspürte einen kleinen Stich, weil sie sich genau das gewünscht hätte, als sie ein kleines Mädchen gewesen war. Aber sie freute sich auch, dass Laura einen Vater hatte, der in ihr mehr als nur Dollarzeichen sah.

Jake hatte sie nicht geliebt. Er tat es immer noch nicht. Und vielleicht hätte sie das früher erkennen müssen. Vielleicht konnte sie diesem jungen Mädchen aber jetzt auch endlich vergeben. Dafür, ein Opfer gewesen zu sein.

Mackenzie sah zu, wie sich Laura das Gebäck in den Mund stopfte und Schokolade auf ihrem Gesicht verteilte, und lauschte ihrem Geplapper.

Heather legte eine Hand auf Jakes Knie und er atmete tief durch. „Ich wusste damals nicht, wie man Liebe erwidert."

Mackenzie sah ihm in die Augen.

„Du wirst es verstehen. Wenn du ein Kind hast, verändert dich das nicht. Du bist immer noch derselbe Mensch wie früher, aber nun gibt es eine kleine Person, die alles, was du sagst und alles, was du tust, für wahr hält. Ich konnte dich nicht lieben. Und das hatte nichts mit dir zu tun."

Mackenzie schwieg weiter.

„Ich will nicht entschuldigen, was ich getan habe. Ich erwarte nicht, dass du mir je vergibst. Oder mir verzeihst."

„Sie ist hier, oder nicht?", warf Heather ein.

Er sah seine Frau an. „Hättest du deiner Mutter je verziehen?"

Heather kniff die Lippen zusammen. „Ich weiß es nicht. Vielleicht. Wenn sie aufrichtig gewesen wäre."

Er wischte ein paar Krümel von Lauras Kleid. „Lügnerin."

Heather sah Mackenzie an. „Sag ihm, warum du den weiten Weg über einen Ozean gemacht hast."

„Ich werde heiraten." Ethan hatte zwar nicht ausdrücklich diese Worte gewählt, ihr aber immerhin die Hälfte seiner Firma angeboten. Wenn sie wollte.

Die wollte sie nicht. Aber sie würde ihn nehmen.

Jake nickte. „Und du bist gekommen, um mich persönlich einzuladen?“

Mackenzie lächelte, doch es war kein freundliches Lächeln. „Nein. Ich will dich nicht in der Nähe der O’Connors sehen.“

Heather lachte und verschluckte sich an ihrem Wasser, sodass sie husten musste. Jake klopfte ihr auf den Rücken. „Entschuldigung“, sagte sie schließlich. „Da hat er den Nagel auf den Kopf getroffen. Er meinte, dass du ihn niemals in die Nähe deiner neuen Familie lassen würdest.“

Ihre neue Familie. Sie blinzelte, als sie sich vorstellte, welches Gesicht Christine ziehen würde, wenn sie diese Beschreibung hörte. Dann lächelte sie. Ihr Blick schwenkte zu Jake. „Bei mir hast du deine Chance als Vater vertan. Aber ich wollte sehen … Ich wollte sehen, wie du mich ansiehst.“

„Und was siehst du?“

„Keine Liebe.“ Er schloss die Augen und sie fügte hinzu: „Aber Bedauern.“

Ohne die Augen zu öffnen, nickte er.

„Warum hast du mich in New York aufgespürt?“, wollte sie wissen.

Er öffnete die Augen. „Weil ich jetzt eine Familie habe, ohne die ich nicht leben kann. Und ich wollte die Familie sehen, die ich weggeworfen habe.“

„Erwartest du etwa, dass ich dir glaube, dein Timing wäre reiner Zufall? Ich verlobe mich mit Ethan O’Connor und ein paar Wochen später tauchst du auf?“

Aus dem Augenwinkel sah er seine Frau an. „Sagen wir einfach, dass ich dazu gedrängt wurde, dich aufzusuchen. Das heißt nicht, dass ich es wollte.“

Mackenzie sah in ihre Kaffeetasse – viel Sahne, zuckersüß. Genau, wie sie es mochte. In zehn Jahren hatte er es nicht vergessen. Vielleicht war das eine verdammt schwache Basis für eine Beziehung. Aber sie hatte echte Liebe in Ethans Augen gesehen. Dieses Mal stand ihr jemand zur Seite, auf den sie sich verlassen konnte, sollte ihr Vater sie wieder enttäuschen.

„Erinnerst du dich, wie Mutter ihren Kaffee getrunken hat?"

Jake starrte sie schweigend an. Dann öffnete er den Mund, doch Heather unterbrach ihn. „Erzähl ihr keinen Mist. Sag einfach die Wahrheit."

Er sackte auf seinem Stuhl zusammen und schüttelte den Kopf. „Es tut mir leid."

Mackenzie warf einen Blick auf Lauras mit Schokolade verschmiertes Gesicht und lauschte ihrem Geplapper. Das Kind hörte nur auf zu reden, wenn es abbiss und manchmal nicht mal dann. Mackenzie sah zu Heather, deren großer Bauch sehr unbequem aussah. Es schien, als ob das Baby jeden Moment kommen könnte. Und sie sah ihren Vater an. Älter, langsamer und irgendwie verändert. Vielleicht gerade genug.

„Vielleicht können wir eine andere Art von Familie sein. Nicht Vater-Tochter. Aber etwas anderes", schlug sie vor.

Ihr Vater drückte die Hand seiner Frau und nickte Mackenzie zu. „Das wäre schön."

10

Mackenzie war nur eine Nacht in Spanien geblieben, bevor sie zurück nach New York flog. Sie hatte versprochen, nach der Geburt des Babys zurückzukommen, war aber nicht bereit, live dabei zu sein.

Sie musste Ethan finden und alle Welt wissen lassen, dass er offiziell vergeben war. Sie musste ihm das Bin-Vergeben-Schild anheften, bevor er etwas tat, worüber sie sauer wurde.

Sie hämmerte an seine Tür und fragte sich, ob er sie möglicherweise ignorierte.

Schließlich gab sie auf und fuhr durch die Stadt zu Christine und Ellen. Der Portier ließ sie durch; Ellen wartete bereits im Flur auf sie.

„Ich muss Ethan finden."

Ellen verschränkte die Arme. „Ich dachte, du hättest genug Mumm, um ihm die Stirn zu bieten."

„Hab ich nicht."

„Warum suchst du dann nach ihm?"

Sie zuckte mit den Schultern. „Ich hab vielleicht nicht genug Mumm, aber möglicherweise bin ich dumm genug."

Seine Großmutter zog einen Mundwinkel nach oben, dann lachte sie. „Dumm. Mutig. Es gibt eigentlich keinen

Unterschied, nicht wahr?“

„Es ist ein sehr schmaler Grat.“

Ellen zog sie in die Wohnung. „Ich persönlich bin froh, dass du endlich auf die andere Seite gekommen bist.“

„Ich glaube, da bist du die Einzige.“

Ellen lachte leise. „Christine kriegt sich schon ein. Irgendwann.“

„Ich werde nicht zu viel erwarten.“

„Ich auch nicht. Christine glaubt, ihr Sohn bräuchte eine Frau, die nach seiner Pfeife tanzt. Die zu Hause bleibt, um sich um die Kinder zu kümmern und seine Partys zu schmeißen. So eine Beziehung führte sie mit Michael und für die beiden hat es gut funktioniert.“ Mackenzies Gesichtsausdruck brachte Ellen zum Lachen. „Aber auch, wenn Ethan seinem Vater unglaublich ähnlich sieht, ist er nicht wie er. Und was Christine wirklich will ist, dass ihr Sohn glücklich ist. Mit dir ist er glücklich. Irgendwann wird sie ihre Scheuklappen abnehmen.“

Ellen blätterte ihr Notizbuch durch und schrieb einen Namen und eine Telefonnummer für sie auf. „Das wirst du brauchen.“

Mackenzie warf einen Blick darauf und verzog das Gesicht, als sie die Kontaktdaten der Reporterin las. „Damit ich mich zum Deppen machen kann?“

„Nein. Damit du Ethan zeigen kannst, dass du das Spiel verstehst. Und es spielen wirst.“

Mackenzie atmete tief durch. „Also gut. Ich werde es spielen. Aber nach meinen Regeln.“

Ellen lachte. „Gut. Ich setze auf dich.“

*

Mackenzie traf sich am nächsten Morgen mit der Reporterin in einem Restaurant. Diese musterte sie mit leicht zusammengekniffenen Augen und fragte dann: „Mackenzie Wyatt?“ Als Mackenzie nickte, setzte sie sich. „Ich hätte Sie beinahe nicht erkannt. Die Haare.“

Mackenzie schob verlegen ihre nun wieder braunen Haare zurück. „Das Blond war nur vorübergehend. Ich habe wieder meine natürliche Haarfarbe.“ Oder zumindest annähernd. Wenn sie das hier schon tun musste, dann als sie selbst. Erkennbar und mit allem, was dazu gehörte.

Die Reporterin legte ein Aufnahmegerät auf den Tisch, schaltete es ein und nahm dann einen Notizblock aus ihrer Tasche. „Stimmt es, dass Ethan Howell O'Connor Ihnen eine Million Dollar gezahlt hat, damit sie ihn zu heiraten?“

Mackenzie lächelte leicht. „Ja. Denn jede Frau müsste bestochen werden, um Ethan O'Connor zu heiraten.“

Die Reporterin lachte. „Gibt es einen Ehevertrag?“

„Den wird es geben. Es sollte für einen so vermögenden Mann wie ihn illegal sein, ohne einen zu heiraten.“ Die Reporterin hob die Brauen und Mackenzie fügte hinzu: „Und natürlich wird es eine Klausel für Seitensprünge geben, in der vielleicht so etwas steht wie, dass ich ihm die Eier abschneide, wenn er mich betrügt.“ Sie deutete auf den Notizblock. „Sorgen Sie dafür, dass das drinsteht.“

„Ähm, okay.“ Die Reporterin kritzelte schnell etwas, dann sah sie wieder auf. „Wann findet die Hochzeit statt?“

Mackenzie zuckte mit den Schultern. „Wir haben noch kein Datum festgelegt.“

„Und das bereitet Ihnen keine Sorgen? Ethans Erfolgsbilanz, was feste Bindungen angeht, ist nicht besonders gut.“

„Ethan hat eine wunderbare Erfolgsbilanz, was feste Bindungen angeht. Er ist ein Mann, der auf Treue schwört, schon vergessen?“

„Aber er ist auch kein Mann für immer und ewig.“

Mackenzie lächelte. „Ich schätze, er hat auf eine Frau

gewartet, die ihm eine Heidenangst einjagt."

„Nun, ich werde Ihnen die Daumen drücken", erwiderte die Reporterin blinzelnd.

Mackenzie nickte. Wahrscheinlich war sie die Einzige. Die ganze Welt würde darauf warten, dass Ethan sie fallen ließ. Wenn auch nur, damit sie eine Chance bei ihm hatten.

Die Reporterin warf einen Blick auf ihre Notizen. „Eine seiner Ex-Freundinnen hat behauptet, er wäre morgens nicht so hübsch. Stimmt das?"

Mackenzie schüttelte den Kopf. „Er ist entsetzlich umwerfend. Das reicht, um jeder Frau Komplexe zu machen."

Die Frau sah aus, als hätte sie nie darüber nachgedacht, was es wirklich bedeutete, neben so einem Prachtkerl aufzuwachen.

„Nur noch eine Frage. Es gab so viele Gerüchte, dass er Sie dafür bezahlt hat, seine Frau zu werden, dass ich einfach fragen muss. Heiraten Sie ihn wegen seines Geldes?"

Mackenzie atmete tief durch. „Ich heirate ihn, weil ich ihn liebe." Lächelnd zuckte sie mit den Schultern. „Das tut jede Frau."

*

Ellen rief Mackenzie zwei Tage später an, um ihr zum Interview zu gratulieren und ihr zu sagen, wo sie Ethan finden konnte. Nachdem er ihr nach Los Angeles gefolgt war, hatte er sich in ein Haus am See in Vermont zurückgezogen.

Mackenzie mietete sich ein Auto und fuhr nach Norden. Die lange Fahrt gab ihr viel Zeit, um nachzudenken. Um sich Sorgen zu machen. Um wütend zu sein, weil sie ihm nachlaufen musste. Um sich daran zu erinnern, dass er ihr nachgelaufen war und sie dann allein gelassen hatte, damit sie sich ohne seine Anwesenheit klar über ihre Gefühle werden konnte.

Langsam fuhr sie die lange, gewundene Einfahrt entlang und ihr Magen verknotete sich. Sie hatte Liebe in seinen Augen gesehen. Liebe, die nicht verschwand, weil sie die Dinge noch einmal überdenken musste, bevor sie den Weg zu ihm zurückfand.

Es würde immer noch Liebe in seinen Augen sein, wenn er sie sah. Aber möglicherweise verbarg sie sich hinter einer Portion Wut.

Schließlich kam das Haus in Sicht. Ethan saß auf einem Schaukelstuhl auf der Veranda. Als sich ihre Blicke durch die Windschutzscheibe trafen, lächelte er nicht, sondern sah sie einfach nur an.

Sie parkte ihren Mietwagen hinter seinem Range Rover und atmete tief durch, ehe sie ausstieg. Ihr Blick wanderte über ihn, während sie auf ihn zuging. Das war sie, ihre letzte Chance, umzudrehen und die Sache zu beenden.

Einen Schritt vor der Veranda blieb sie stehen und hielt ihm die Zeitschrift entgegen. Widerwillig nahm er sie an sich, warf einen Blick darauf und las den Artikel. Als er fertig war, legte er das Boulevardblatt auf seinen Schoß und sah Mackenzie mit offenem Mund an.

„Ich hab ein Interview gegeben. Es fühlte sich ungerecht an, dass all deine Ex-Freundinnen etwas über dich sagen durften."

„Du willst mir die Eier abschneiden?"

Sie lachte. „Das ist das Erste, was dir auffällt?"

„So ziemlich. Und ich möchte darauf hinweisen, dass diese besondere Seitensprung-Klausel vor Gericht wahrscheinlich keinen Bestand hätte. Solltest du das Bedürfnis verspüren, sie geltend zu machen."

„Aber das wird nicht passieren. Richtig?"

Er schüttelte den Kopf und sie lächelte. „Ich mache mir darüber eigentlich keine Sorgen."

Er erwiderte das Lächeln nicht.

„Das war es doch, was du wolltest, oder nicht?", fragte sie.

Ellen hatte ihr zumindest den Eindruck vermittelt, dass Mackenzie nicht in seine Nähe kommen würde, ehe sie ein Interview gegeben hatte.

Er las den Artikel erneut durch. Dann nickte er. „Das war es, was ich wollte."

„Na ja, dann hast du ja deinen Willen bekommen."

Er starrte sie an. „Ich glaube, dass du mir dafür Schmerzensgeld schuldest."

„So schlimm ist es nun auch wieder nicht."

Sein Blick fiel erneut auf die Zeitschrift. „Oh, doch. Ist es."

Sie verkniff sich ein Lachen, doch es gelang ihr nicht ganz. „Okay, ich werde dir die 57.000 Dollar zurückgeben, die du mir immer noch schuldest", erwiderte sie angesichts seines bockigen Gesichtsausdrucks.

„Nein. Das hier kostet dich mehr. Vielleicht eine halbe Million."

„Auf keinen Fall." Sie schüttelte den Kopf.

„Ich denke, dass mein Ruf mindestens so viel wert ist."

„Oh, bitte. Das wird überhaupt keine Auswirkungen auf deinen Ruf haben. Außer vielleicht, dass es einige Frauen abschreckt. Worüber wir uns beide freuen werden."

Erneut überflog er den Artikel. „Möchtest du mir noch etwas mitteilen?"

Sie atmete tief ein. „Ich mag dein Geld nicht – du hast zu viel davon. Ich mag deinen Ruf nicht – dein Leben wird immer ein Zirkus sein. Ich mag dein hübsches Gesicht nicht – die Frauen werden sich dir immer an den Hals werfen. Ich mag deinen Namen nicht – das ist ein

Vermächtnis, dem man gerecht werden muss. Ich mag deinen Charme nicht – du benutzt ihn als Waffe. Ich mag deine Mutter nicht – sie mag mich nicht."

Während ihrer Aufzählung hatte Ethan die Brauen beinahe bis zum Haaransatz hochgezogen. „Klingt hoffnungslos."

Mackenzie nickte. Aber sie blieb, wo sie war, und drehte sich nicht um und ging. Sie lief nicht weg.

Er legte den Kopf schräg. „War das deine Liebeserklärung an mich? Daran solltest du arbeiten."

„Aber ich liebe dich trotzdem. Ich will dich trotz allem."

„Willst du damit sagen, dass keine dieser Kleinigkeiten wichtig ist?"

„Ja", flüsterte sie. Und sie war davon überzeugt, dass es stimmte. Es waren nur Kleinigkeiten.

Er streckte die Hand nach ihr aus, und als sie zu ihm kam, zog er sie auf seinen Schoß. Er schob ihr eine Haarsträhne hinters Ohr und sah ihr in die Augen. Als er sie schließlich küsste, hielt sie die Augen weit offen, um in ihn hineinzusehen. Um zu sehen, wie sehr er sie liebte.

„Lass uns reingehen."

Sie schüttelte den Kopf. „Wir müssen einen Ehevertrag aushandeln."

„Das können wir auch nackt machen."

Wieder schüttelte sie den Kopf. „Ich bin mir ziemlich sicher, dass ich all meine fünf Sinne beisammen halten muss."

Er sah auf ihren nackten Ringfinger hinab. „Hier ist eine verbindliche Bedingung. Du wirst meinen Ring tragen müssen."

„Den ich diesmal aussuchen werde."

Zum ersten Mal seit ihrer Ankunft lächelte er. „Wir haben uns kaum richtig verlobt und sind schon beim dritten Ring."

Sie erwiderte sein Lächeln nicht. „Deine Mutter hat dieses Mal kein Mitspracherecht, verstanden?"

„Bist du sicher? Ihre Beraterin hat gute Arbeit geleistet."

„Nein. Ich werde diesen Ring ganz allein aussuchen. Und deinen auch."

„Warum bin ich plötzlich nervös?"

„Oder ich lasse dir einfach *Vergeben. Spar dir die Mühe.* auf die Stirn tätowieren."

Grinsend stand er auf und hob sie dabei hoch. „Vergiss den Ehevertrag. Heirate mich einfach. Zusammen könnten wir die Welt erobern, aber wir werden so sehr mit unseren kleinen Minimonstern beschäftigt sein, dass wir einfach keine Zeit dafür haben werden."

„Ich möchte nicht mal an die Kinder denken, die du haben würdest." Aber sie tat es – sie konnte sie vor sich sehen – zwei kleine Teufel mit goldenen Locken und grünen Augen.

Sie stieß die Fliegengittertür auf, als er sie hineintrug.

„Ich denke, sechs sollten reichen", verkündete er.

„Sechs!"

„So viele werden nötig sein, damit du langsamer machst. Und meine Mutter wird uns oft besuchen. Sie wird lange Zeit ein Baby brauchen, das sie im Arm halten kann." Er trug sie in den Wohnbereich und stellte sie vor der Couch auf die Füße. „Irgendwann beim vierten wird sie dich mögen, das fünfte sollte alles unter Dach und Fach bringen, aber ich glaube, wir sollten ein sechstes anpeilen, um auf Nummer sicher zu gehen."

„Ich glaube, du unterschätzt die Kinder, die wir in die Welt setzen würden. Ein kleines, strahlendes Lächeln und deine Mutter schmilzt dahin."

Er öffnete den Knopf ihrer Jeans. „Du vergisst, wie

wenig sie dich mag.“

„Nicht die Couch, wir passen nicht drauf. Und vielleicht sollten wir durchbrennen.“

Er schüttelte den Kopf. „Wir werden deine Großeltern einladen.“

Ein trauriges Funkeln trat in ihre Augen. „Sie werden nicht kommen.“

Er küsste sie sanft. „Werden sie. Ich kann sehr überzeugend sein.“

Sie starrte ihm in die Augen. „Vielleicht.“

„Nicht vielleicht. Sie werden zur Hochzeit einlenken. Oder spätestens beim ersten Kind. Genau wie meine Mutter.“ Er sah zur Treppe und verzog das Gesicht. „Ich trage dich nicht da hoch.“

„Du sagtest, dass deine Mutter erst beim fünften Enkelkind einlenken würde.“

„Beim sechsten auf jeden Fall.“

Mackenzie riss entsetzt die Augen auf. „Oh mein Gott. Wird deine Mutter bei uns wohnen wollen?“

Ethans Augen funkelten und er führte sie die Treppe hinauf in sein Schlafzimmer. „Es ist Tradition.“

„Was würdest du davon halten, wenn sie wieder heiratet?“

„Du kannst es ja versuchen. Aber fairerweise muss ich sagen, dass ich das für ausgeschlossen halte.“

Sie fing an, sein Hemd aufzuknöpfen.

„Also, wenn ich dir die Hälfte von O’Connor Capital gebe, was bekomme ich im Gegenzug?“, fragte er.

Sie sah auf. „Ernsthaft?“

„Es ist nur fair“, erwiderte er und nickte.

Sie dachte darüber nach und streifte ihm das Hemd ab. „Unsterbliche Liebe? Ein Haus voller Kinder? Eine raffinierte und kluge Geschäftspartnerin?“

„Nein. Ich brauche etwas Konkretes, etwas

Schmerzhaftes."

„Geburten sind schmerzhaft, das sollte zählen. Vor allem, wenn du sechs Kinder willst. Und ich will nicht die Hälfte deiner Firma. Wirklich nicht."

Er lächelte und seine Augen funkelten überglücklich, während er ihr die Hose abstreifte. „Ich weiß." Er küsste sie. „Aber du bekommst sie trotzdem."

„Was, wenn du deine Anteile behältst und stattdessen meinen Namen hinzufügst? Wir könnten das Unternehmen Wyatt O'Connor Capital nennen." Sie lächelte. „Das hört sich gut an."

Er schüttelte den Kopf. „Dann würdest du es nur Wok nennen." Sie lachte und er umfasste ihre Mitte, um sie schnell zu küssen. „Kalt und herzlos. Wie konnte ich das je von dir denken."

Sie ließen sich aufs Bett fallen. „Deine Mutter denkt es von mir."

„Mütter sind irrational, wenn es um ihre Kinder geht. Wenn wir unseren ersten Hosenscheißer haben, wirst du ihr vergeben." Als sie die Augenbrauen hob, fügte er hinzu: „Okay, du wirst ihr beim fünften vergeben. Oder du wirst zu müde sein, um dir darüber noch Gedanken zu machen."

„Vielleicht ist sie dann auch schon tot."

Er sah sie mit verengten Augen an. „Mir ist etwas eingefallen, das die Hälfte meines Vermögens wert ist."

„Oh nein", erwiderte sie angesichts seines Gesichtsausdrucks.

Er nickte. Sie versuchte es mit dem Hundeblick, doch er sagte: „Komm schon, du kannst es."

Sie schloss die Augen. „Ich werde versuchen, deine Mutter zu mögen."

„Ich brauche etwas mehr als das."

Sie verzog schmerzhaft das Gesicht. „Ich werde deine Mutter lieben, als wäre sie meine eigene."

„Und?“

Ihre Kehle verkrampfte sich beinahe, doch sie krächzte: „Und sie kann bei uns wohnen, wenn sie will. Wenn ich sie nicht verheirate“, fügte sie murmelnd hinzu.

„Wir schreiben es in den Ehevertrag.“

Sie nickte langsam und öffnete die Augen. „Ist das schmerzhaft genug für dich?“

Seine Augen funkelten und seine Zähne strahlten. „Das besiegelt es.“

„Gott, ich hasse es, wenn du das tust“, flüsterte sie.

Er stellte das Funkeln ab, sodass sein wahres Ich sie anlächelte. „Oh, Schätzchen. Du gewöhnst dich besser dran.“

Und dann küsste er sie.

Prinz Charmings Happy End

Ethan Howell O'Connor und seine Frau, Mackenzie Wyatt O'Connor, haben ihr erstes Kind willkommen geheißen – einen Jungen!

Wyatt Dean O'Connor erblickte am vergangenen Donnerstag das Licht der Welt und wiegt 3570 Gramm. Mutter und Kind sind wohlauf und der stolze Vater vermeldet, dass der kleine Wyatt bereits alle um den kleinen Finger wickelt. Ethan O'Connor erklärte, dass er sich auch noch eine Tochter in seiner glücklichen Familie wünschen würde. Mackenzie O'Connor stand für eine Stellungnahme nicht zur Verfügung, aber unsere Reporterin bemerkte, dass Ethan O'Connor plötzlich etwas kurzatmig wirkte, nachdem er das Thema eines zweiten Kindes angeschnitten hatte.

Wird Prinz Charming seine Prinzessin bald zu einem Geschwisterchen für Baby Wyatt überreden können? Wir halten Sie auf dem Laufenden!

* * *

It's Only Temporary

Eigensinnige Bräute

Printed in Poland
by Amazon Fulfillment
Poland Sp. z o.o., Wrocław

92407630R00143